当代陕西文学评论文丛 | 编委会

主　编　贾平凹　齐雅丽

副主编　韩霁虹　李国平　李　震

编　委（按姓氏笔画排序）

　　　　仵　埂　齐雅丽　李　震

　　　　李国平　杨　辉　段建军

　　　　贾平凹　韩霁虹

当代陕西文学评论文丛

接续中坚

批评：空间与言说

梁向阳 著

陕西师范大学出版总社　西安

图书代号　WX24N2338

图书在版编目（CIP）数据

批评：空间与言说 / 梁向阳著. -- 西安：陕西师范大学出版总社有限公司, 2025.6. --（当代陕西文学评论文丛 / 贾平凹, 齐雅丽主编）. -- ISBN 978-7-5695-4805-1

Ⅰ. I206.7-53

中国国家版本馆CIP数据核字第20244KB495号

批评：空间与言说
PIPING：KONGJIAN YU YANSHUO

梁向阳　著

出版统筹	刘东风　刘　定
策划编辑	马凤霞
责任编辑	舒　敏
责任校对	王淑燕
封面设计	周伟伟
出版发行	陕西师范大学出版总社
	（西安市长安南路199号　邮编 710062）
网　　址	http://www.snupg.com
印　　刷	中煤地西安地图制印有限公司
开　　本	720 mm×1020 mm　1/16
印　　张	17.25
插　　页	2
字　　数	250千
版　　次	2025年6月第1版
印　　次	2025年6月第1次印刷
书　　号	ISBN 978-7-5695-4805-1
定　　价	69.00元

读者购书、书店添货或发现印装质量问题，请与本公司营销部联系、调换。
电话：（029）85307864　85303629　　传真：（029）85303879

文脉陕西，评论华章（序）

贾平凹

从延安文艺的烽火岁月，到新时代的文学繁荣，陕西文学以其独特的风格和深邃的内涵，赢得了国内外的广泛赞誉。在中国当代文学史上，陕西不仅拥有一支强大的文学创作队伍，同时也拥有一批占领各个历史阶段文学批评潮头的评论骨干。他们以敏锐的洞察力剖析文学现象，参与文学现场，解读作品内涵，为陕西文学的发展注入了源源不断的活力。在新时代文化浪潮中，文学评论作为党领导文学事业的重要途径和方式，作为文学繁荣发展的重要推动力和引导力，正凸显着越来越重要的作用。

为了贯彻落实习近平总书记关于文艺工作和文艺批评的重要论述，以及中宣部等五部门联合印发的《关于加强新时代文艺评论工作的指导意见》，进一步加强和改进陕西文学批评工作，打磨好批评这把利剑，把好文艺的方向盘，同时也为深入总结和发扬陕派文学批评的历史经验，全面呈现陕西当代评论家队伍及其丰硕成果，推动陕西文学批评再创佳绩，助力陕西乃至全国文学发展，陕西省作家协会精心策划并编辑出版了"当代陕西文学评论文丛"。

在选编过程中，丛书编委会始终遵循着精编细选的原则，力求每篇文章都能代表作者个人的最高水平，同时也能反映出陕西文学评论的独特风格和时代特征。所选文章以研究和评论承续延安文艺传统的陕西作家、作品为主，也不乏对中国文坛或域外文学研究的独到见解。丛书汇聚了三代文学批评家中三十位代表批评家的学术成果。他们或生于陕西，或长期在陕工作。他们以笔为剑，以墨为锋，用睿智深刻的见解，共同书写了陕西文学批评的辉煌华章。他们的评论文章，或激情洋溢，或理性严谨，或高屋建瓴，或细腻入微，共同构筑了这部丛书的独特魅力与丰富内涵。

丛书将陕西老中青三代评论家分为"笔耕拓土""接续中坚""后起新锐"三个系列。三代评论家有学术师承，亦有历史代际。每个系列都蕴含着不同的时代气息和文学精神："笔耕拓土"系列收录了陕西文学评论界先驱和奠基者的成果，他们如同手握犁铧的开垦者，为陕西文学评论的沃土播下了希望的种子；"接续中坚"系列展现了新一代批评家中坚力量的风采，他们的评论既有深厚的理论功底，又有敏锐的时代洞察力，为陕西文学评论的繁荣发展注入了新的活力；"后起新锐"系列则汇集了新一代批评家的文章，他们敢于创新，勇于探索，为陕西文学评论的未来开辟了广阔的空间。

"当代陕西文学评论文丛"的出版，不仅是对陕西文学批评历史的一次全面总结和回顾，更是对未来陕西文学发展的有力推动和期待。相信这部丛书的问世，将激发更多文学评论家的创作热情，使陕西文学创作与批评携手并进，比翼齐飞，为推动陕西文学批评事业的繁荣发展，为陕西乃至全国文学的发展贡献新的智慧和力量。

2024年11月8日

目　　录

001　当代散文创作个性精神的式微与复归
013　回归真实与自由之岸
　　　——90年代"随笔热"现象考察
021　90年代散文创作中人文精神因素的考察
033　挚恋土地的美文
　　　——浅论刘成章陕北风情散文
043　高原生命的火烈颂歌，民族魂魄的诗性礼赞
　　　——刘成章散文《安塞腰鼓》赏析
048　高建群陕北题材小说浅论
058　散文：当下状态解读与未来走向展望
065　泛文学化时代散文研究的几个问题
072　"大散文"：意象阔远的散文天地
086　凸现西部强烈生命意识的散文
　　　——史小溪散文创作论
098　传奇故事的诗性写作
　　　——高建群"边关"题材小说浅论
107　散文化时代的小说走向
112　应以怎样的姿态研究"当代散文"

123　刚健卓异的西北风景
　　——新时期"西北散文"创作论

140　批评家不妨搞点创作

143　叶广芩长篇小说《采桑子》的叙事策略

152　在不断突破中前行
　　——由《沉重的房子》《农民父亲》看高鸿长篇小说创作

160　文学高地的执着追求与坚守
　　——银笙散文创作浅论

172　在历史现场看《平凡的世界》创作

185　陕北文化血脉与文学呈现

197　文接地气　心向天空
　　——探析陕西延川"山花文艺"现象

201　经典是怎样"炼"成的
　　——以《人生》创作中编辑与作者的书信互动为视角

217　捕捉"社会大转型"时期的历史诗意
　　——路遥《平凡的世界》创作动因考

232　通往史诗性创作的道路上
　　——基于中国现代文学馆珍藏的路遥致秦兆阳两封书信的解读

254　新时期阎纲文学评论探析

267　后记

当代散文创作个性精神的式微与复归

新时期以来，文学界对散文创作的非难最多。皮相上看，散文创作长期滞后于时代，远远没有小说、诗歌与戏剧的风光。

究竟是什么因素制约散文的发展与繁荣呢？许多评论家的眼光似乎更多地投注在散文创作的一般规律上，而忽视了（也许是有意回避）一个至关重要的问题：当代散文创作长期以来在一元政治机制的影响下，丧失了五四新文学运动时期建立起来的以"个性主义"为核心的价值体系和审美体系，把散文中最活跃的因素"真实"与"个性"抽离出去，使散文这种本来最富于灵性的文学样式，变成了内容单调、形式干瘪的机械文章。

"个性主义"是现代散文的核心

现代散文是伴随着五四新文化运动而降生在中国大地的。五四新文化运动是一场以人的个性解放为核心的轰轰烈烈的文化运动，它的参照系是西方的民主与科学，即"德先生"与"赛先生"，是人文主义精神，是以人道主义的观念来对封建的传统观念进行坚决割舍的。陈独秀在《青年杂志》上撰文，列举六种对比，明确地表示新文化运动的价值取向："（一）自主的而非奴隶的；（二）进步的而非保守的；（三）进取的而非退隐的；（四）世界的而非锁国的；（五）实利的而非虚文的；（六）

科学的而非想象的。"①这一基本价值取向的确立,也就意味着新文化运动中"文学革命"方向的形成,即"曰,推倒雕琢的阿谀的贵族文学,建设平易的抒情的国民文学;曰,推倒陈腐的铺陈的古典文学,建设新鲜的立诚的写实文学;曰,推倒迂晦的艰涩的山林文学,建设明了的通俗的社会文学"②。加之,胡适先生提出了"文学改良刍议",周作人先生提出了"人的文学"和"平民文学"。这些理论框架的搭建,全部基于新的参照系。以自主、进步、进取、世界、实利、科学的价值观代替奴隶、保守、退隐、锁国、虚幻、主观的价值观,这本身就意味着人生观念的变革与脱胎换骨。

五四时期先进知识分子们对封建政治制度和封建道德的批判与否定,是把人作为人本身,把人作为"个性解放自由的我"③并将此当作启蒙主义的基本原则和出发点的。"五四运动的最大的成功,第一要算'个人'的发现"④。个人的发现与人性的觉醒,既是五四思想革命的内驱力,也构成了五四文学革命的内在机制,正如鲁迅先生指出的"文学革命者的要求是人性的解放"⑤。"思想革命"要求足以负荷其灵魂的文学观念的转变。"人"的文学冲击着"道"的文学,以"个人主义"为核心的全新的价值观念,冲击着封建主义的"道统"与"文统",也促进了以"个人主义的人间本位主义"⑥为核心的散文观念的确立。

于是,五四的先进知识分子们在寻找适合于他们表达思想、抒发情感的文学样式时,在文化心理上必然会产生对国外随笔"表现自我"精神传统的共鸣与认同。"以这一种觉醒的思想为中心,更以打破了械梏之后

---

① 陈独秀:《敬告青年》,载《青年杂志》1915年第1卷第1号。
② 陈独秀:《文学革命论》,载《新青年》1917年第2卷第6号。
③ 李大钊:《我与世界》,见《李大钊全集》第2卷,人民出版社,2013年,第488页。
④ 郁达夫:《导言》,见《中国新文学大系·散文二集》,上海良友图书印刷公司,1935年,第5页。
⑤ 鲁迅:《〈草鞋脚〉小引》,见《鲁迅全集》第6卷,人民文学出版社,1981年,第21页。
⑥ 周作人:《人的文学》,载《新青年》1918年第5卷第6号。

的文字为体用,现代的散文,就滋长起来了。"①现代散文是思想觉醒、个性发现与文字解放的产物。外国随笔那种貌似松散可个性十足的精神在中国五四时期的特殊土壤里找到生存、发展的机缘,它们与中国文化的结合,直接孕育出了中国式的现代散文。周作人先生曾经分析过现代散文产生的原因,认为"我相信新散文的发达成功有两重的因缘,一是外援,一是内应。外援即是西洋的科学哲学与文学上的新思想之影响,内应即是历史的言志派文艺运动之复兴。假如没有历史的基础,这成功不会这样容易,但假如没有外来思想的加入,即使成功了也没有新生命,不会站得住"②。我认为这是一个比较中肯的分析。可以这样说,现代散文的灵魂是个性主义,没有个性主义,也就谈不上现代散文的真正动力。

在"现代的散文是因个性的解放而滋长了"③之后,五四时期的作家们找到了自由自在地表现个人思想与情感的文章体式。在五四那样一个政治氛围宽松、思维多元的特殊历史时期,散文这种作家个性最直接、最自然流露与显现的文体得到了长足的发展。一大批作家形成了一个极度亢奋且有凝聚力的群体意识,即以个人主义思想和全部的创作热情,把"小品文"作为创作的"热点"。鲁迅、周作人、郁达夫、徐志摩、梁遇春、冰心、朱自清、俞平伯、郭沫若、陈西滢、刘半农、刘大白、吴稚晖、林语堂、许地山、叶绍钧、茅盾、孙福熙、钟敬文等,写出了大量的散文作品,这一成果反映在周作人、郁达夫所编的《中国新文学大系》之《散文一集》《散文二集》里。丰硕的散文创作实绩,形成了新文学第一个十年里散文创作空前繁荣的局面。鲁迅先生对这一时期的散文创作是这样评价的:"散文小品的成功,几乎在小说戏曲和诗歌之上……因为常常取法于

---

① 郁达夫:《导言》,见《中国新文学大系·散文二集》,上海良友图书印刷公司,1935年,第5页。
② 周作人:《导言》,见《中国新文学大系·散文一集》,上海良友图书印刷公司,1935年,第10页。
③ 郁达夫:《导言》,见《中国新文学大系·散文二集》,上海良友图书印刷公司,1935年,第6页。

英国的随笔（Essay），所以也带一点幽默和雍容。"①

胡适先生在《五十年来中国之文学》一文中，也注意到五四时期散文创作繁荣的现象，说："这几年来，散文方面最可注意的发展乃是周作人等提倡的小品散文。这一类的小品，用平淡的谈话，包藏着深刻的意味，有时很像笨拙，其实却是滑稽。这一类作品的成功，就可彻底打败那美文不能用白话的迷信了。"②其实，现代散文的成功不仅仅是"美文不能用白话"的形式的突破，更为重要的核心因素是"个性主义"的张扬问题。有了思想与情感的保障，其次才是技术与措辞等方面的突破，这样，散文成了一个形式松散的文体样式，既可以"漫步"，也可以"随物赋形"。

通览1935年上海良友图书印刷公司出版的《中国新文学大系》之《散文一集》与《散文二集》，不难发现选文的特点：随感、抒情色彩浓烈的小品、通信、宣言、檄文、辩驳文等，都收入散文选集里，它们的唯一共性就是强调个性精神。正如郁达夫先生所说的："现代的散文之最大特征，是每一个作家的每一篇散文里所表现的个性，比以前的任何散文都来得强……我们只消把现代作家的散文集一翻，则这些作家的世系、性格、嗜好、思想、信仰，以及生活习惯等等，无不活泼泼地显现在我们的眼前。这一种自叙传的色彩是什么呢？就是文学里所最可宝贵的个性的表现。"③

当代散文创作个性精神的式微

一般的文学史专家把当代文学与现代文学的分界规定在1949年中华人民共和国的建立。当代文学应该是现代文学的一个有机组成部分，它们的

---

① 鲁迅：《南腔北调集》，人民文学出版社，1980年，第166页。
② 周作人：《导言》，见《中国新文学大系·散文一集》，上海良友图书印刷公司，1935年，第6页。
③ 郁达夫：《导言》，见《中国新文学大系·散文二集》，上海良友图书印刷公司，1935年，第5页。

机制是统一的，当代文学是在现代文学基础上的继承与发展，而不是机械的割裂与分解。

新中国成立以后，广大民众迎来了人民当家作主的新时代。新的时代、新的建设确立下的政治模式和思维模式是一元化的，是对"个性主义"的逐渐弱化和消解。当然，这是一个漫长的历史过程，而这个问题恰恰是文学批评家们有意回避的敏感问题。

早在延安时期，中国共产党针对党内存在的主观主义、宗派主义和党八股等问题，开展了整风运动，进行了彻底清理。为服从战争的需要，高度地统一思想，这无疑是十分正确而且十分必要的。与此同时，文艺界开展了对王实味《野百合花》、丁玲《在医院中》《三八节有感》等作品的批判，达到对思想的统一。尤其是《在延安文艺座谈会上的讲话》（下简称《讲话》）公开发表后，它成为中国共产党的文艺政策。明确文艺要有"团结人民、教育人民、打击敌人"和"帮助人民同心同德地和敌人作斗争"①的武装作用。"文艺为工农兵服务"这一命题的提出，重点强调文艺的社会性与功利性，着重论述了"为群众"和"如何为群众"以及一系列相关的问题，从而揭开了中国现代文学史上崭新的一页。正如胡乔木同志指出的那样："这个讲话的根本精神，不但在历史上起了重大的作用，指导了抗日战争后期的解放区文学创作和新中国成立以后的文学创作的发展，而且是我们在今后任何时候都必须坚持的。"当然，他也直言不讳地指出《讲话》的某些负面效应："长期的实践证明，《讲话》中关于文艺从属于政治的提法，关于把文艺作品的思想内容简单地归结为作品的政治观点、政治倾向性，并把政治标准作为衡量文艺作品的第一标准的提法，关于把具有社会性的人性完全归结为人的阶级性的提法（这同他给雷经天同志的信中的提法直接矛盾），关于把反对国民党统治而来到延安，但还带有许多小资产阶级习气的作家同国民党相比较、同大地主大资产阶级相

---

① 毛泽东：《在延安文艺座谈会上的讲话》，见《毛泽东选集》第3卷，人民出版社，1991年，第848页。

提并论的提法，这些互相关联的提法，虽然有它们产生的一定历史原因，但究竟是不确切的，并且对建国以来的文艺发展产生了不利的影响。"①应该说，这是经过几十年的文艺实践之后总结出的深刻教训。

由于解放战争时期解放区的迅速扩大，"为工农兵服务"的文学思潮日益扩大影响，到中华人民共和国成立后占了绝对的主导地位，并迅速形成一元化发展的局面。50年代，先是批判《武训传》，继而是《红楼梦》的大讨论，次之是所谓由胡风主观现实主义思潮诱发的"胡风反党集团"的处理，再之是1957年的反右运动。短短的几年之中，经过几次大的运动，便把人们的思想统一在一元化政治的旗帜之下。这是未能及时调整政策，用战时高度集中的集体主义管理方式来操作的结果。其后果是让知识分子彻底丧失自己的个性、自己的思想，完全彻底地听从一种思维方式，在一种机制下呼吸，紧紧关闭心灵之窗。黄子平、陈平原、钱理群三人曾经指出："如果说诗歌是一时代情感的标志，那么，散文则是一时代智慧水平（洞见、机智、幽默、情趣）的标志，散文的发展显示出一时代个性发展程度和文化素养程度。"②可以设想一下，在所有的文学样式中，唯有散文是"个性"精神最强的一种文体，它传达的是个人的体验、个人的情感意志。到这个时候，当代散文会以一种什么面目出场呢？

开始，热情洋溢的新生活、新建设催促作家们去"写中心""赶任务""歌颂新的生活和新的人物"，当然这是作家们发自内心的真诚。大量带着报道、通讯和特写风格的散文应运而生，而被读者认可的轻松自如且富有个性的散文愈来愈少，甚至凤毛麟角。到了后来，必然地出现了杨朔模式、刘白羽模式和秦牧模式，可以说这是一元社会思维下的必然选择，它与当时的社会土壤和时代主潮相对应，是有意无意的追求。杨朔模式呈"苏州园林"结构，刘白羽模式是"图片连缀式"结构，秦牧模式是

---

① 胡乔木：《当前思想战线的若干问题》，见《三中全会以来重要文献选编》（下），人民出版社，1982年，第944页。
② 黄子平、陈平原、钱理群：《二十世纪中国文学三人谈》，人民文学出版社，1988年，第23页。

"串珠式"结构。它们基本沿袭传统的"借景抒情""托物喻人"的写作套路,呈现出"景—人(事)—理"的固定的思维运动方式。到后来走上了专以创造意境为核心的"诗化"形态。模型的出现,意味着一事物生命高潮的形成,也意味着它的必然衰落。杨朔模式、刘白羽模式、秦牧模式恰恰是一元化思维定式下散文体式发展的极致。

当代散文这种创作方式的追求,推衍出了"形散而神不散"的散文理论。评论家肖云儒先生《形散而神不散》的论文一出现,立刻引起了评论家们的重视,经过宣传、推广,终于构筑成当代散文的理论框架。这一散文理论,是对当时文艺主潮的一种外向阐释:作品的主题必须明确与集中。它具体地发挥了这种"神不散"的观点,即"中心明确,紧凑集中""字字珠玑,环扣主题",完全符合当时盛行的反个性主义的大一统文艺思想(这让人联想起法国古典主义时期"三一律"的艺术趣味)。

在思想、精神高度统一的社会肌体里,容不得一点个性主义萌芽。"形散而神不散"这种追求单一化与模式化的散文创作理论的确立与推广,在指导实践的过程中严重地窒碍着散文创作思维的拓展。留给散文创作追求审美性与艺术性的方式,只有唯一的选择,即"诗化"方向。因为唯有"诗化"方向,才既能弥补散文创作艺术上的粗陋、直露的缺憾,又能达到使散文服从于政治的功利目的,符合广大读者的审美要求。可以说,这是当时众多散文作家们倾心选择的一条狭窄的艺术之路。杨朔有这样深刻的体会,说他写每一篇散文时,"总是拿着当诗一样写"[①];作家菡子也说:"我极盼自己的小说和散文中,在有充实的政治内容的同时,有比较浓郁的抒情的调子,并带有一点革命的哲理,追求诗意的境界。"[②]

酿造诗意、创造诗意,是散文的主要构思、表现格局与最高的艺术

[①] 杨朔:《小跋》,见《东风第一枝》,作家出版社,1961年,第151页。
[②] 菡子:《作家自述》,转引自余树森:《中国现当代散文研究》,北京大学出版社,1993年,第52页。

追求。散文作家们的声音是一种制式，他们的情感也只有一种倾向性，即面向工农兵。五四新文学运动时期，作家的个性张扬甚至到了飞扬跋扈的程度，而此时的当代散文作家们全然没有五四作家们的自信与从容，只是苦心孤诣地琢磨着如何设计一个"诗眼"的纯技巧性工作了。"诗化"运动的唯一倾向是把"意境"抬到了登峰造极的高度。在追求"为文造情""为文造境"的过程中，谁能保证情感上没有虚假和矫揉造作的成分呢？事实上，杨朔模式里便有许多娇媚的地方。以审美的原则看，真善美的形态应该是高度统一的，离开了"真"，自然谈不上"美"，"真"是进入美学层面的第一级台阶。

巴金老人说："艺术的最高境界是无技巧。"其实，无技巧的背后格局是心灵的自由，是在非功利的空气里呼吸。政治对个体精神的严重戕害，只能导致作家创作个性的萎缩，没有自己的独立思考，匍匐在政治的目光之下。

艰难的个性复归

新时期以来，文学批评家对散文的诘难最多，似乎有"恨铁不成钢"的味道。先是批评"杨朔模式"、批评"形散而神不散"的理论框架，继而喊出"散文危机"，甚至有人公开主张"散文消亡论"[①]。到了90年代，又发出散文要表现民族思辨能力的迫切呼唤。那么，新时期以来的当代散文究竟是一种什么样的状态呢？

早在粉碎"四人帮"之初，散文创作已经开始以"忆悼"为突破口，以"真情实感"为灵魂，开始了个性精神的艰难复位。由于众所周知的政治变故，广大民众在一元政治里长期紧绷的心弦开始有了放松，同时那种在高压之下积郁的心绪也终于有了喷发口。那时，各色人等用各式各样的方式批判林彪、"四人帮"，祭悼英魂。忆念故人的文章连篇累牍，感

---

① 黄浩：《当代中国散文：从中兴走向末路》，载《文艺评论》1988年第1期。

人肺腑，表达了一个不幸的民族巨大的愤怒与悲怆。这是一次声势浩大、撼人心魄的全民族真情的大爆发、大宣泄。这些文章样式大都是散文，因为唯有散文才能淋漓尽致地表达这种真情实感。尤其是众多老作家写出了许多感人至深的散文，如巴金《怀念萧珊》、孙犁《远的怀念》、杨绛《干校六记》、丁玲《"牛棚"小品》、陈白尘《云梦断忆》、杜宣《狱中生态》、徐迟《祭于海》、刘海粟《傅雷二三事》等等。然而，有更多的"忆悼"散文仅仅停留在"政治"层面，未能进入审美层次。但是，我们看到一个非常可贵的现象，即以写真相、说真话、诉真情为标志的"忆悼"散文，横扫了长期以来文章中虚伪娇媚的陈腐积习和"假大空"的恶劣文风，有力地召唤着现实主义精神的复归。这里值得一提的是，巴金老人在八秩高龄时，"掏出心里话"，写下了散文巨著《随想录》，从人道主义的高度来发现良心，忏悔人生，启迪未来，表现出哲人般深邃的理性思考。可以说，这部作品是真正站立在民族文化高度来审视民族灵魂的一部大书，它表现出的铮铮个性是不言而喻的。

这时，许多老作家反复强调散文的"真实"性问题，冰心老人说"文学家！你要创造'真'的文学吗？请努力发挥个性，表现自己"[1]；孙犁指出"散文要眼见为实……不然不能取信于后代"[2]；就连年轻的散文家们也注意到这点，赵丽宏说："是情感，是真情实感。言不由衷不会有感染力，也不会有生命力。"[3]

毋庸讳言，一个民族在长久的压抑之后，心灵和精神受到的严重创伤，尤其是代表民族良知的知识分子的退缩心理不可能一下子调整过来。在"忆悼"散文的浪潮涌过之后，众多的散文创作思维又无形地迈入长期以来形成的慢性机制之中。不要说其他，就是在选材上便有"三多三少"的流弊：即写名胜古迹多，写人物心灵少；缅怀往事多，反映现实生活

---

[1] 冰心：《文艺丛谈》，见《冰心全集》第1卷，海峡文艺出版社，1994年，第193页。
[2] 孙犁：《和青年谈游记写作》，见《尺泽集》，百花文艺出版社，2012年，第119页。
[3] 赵丽宏：《关于散文的随想——代自序》，见《赵丽宏散文选》，上海三联书店，1990年，第4页。

少；写身边琐事多，表现重大题材少。石英先生曾经还在《怎样写好散文》一文中做过统计，一个时期给《散文》月刊投寄的稿件："忆及自己身边琐事者占百分之三十左右，借花花草草抒发一般道理占百分之二十五左右，写个人行踪所至者占百分之二十左右。"热衷于山水、风月、花草的散文愈来愈多，无关痛痒的、满足于琐屑平庸的创作在腐蚀着散文的肌体。诸多散文内容平庸、肤浅、苍白，表现手法单调、模式化和公式化，似乎散文这种更直接表现个人情感意志的文体在整体系统上出了问题。当然这绝不仅仅是某个散文作者和舆论导向上的责任。我们应该认真而严肃地检讨一下我们的民族精神，一个民族的集体心理没有彻底地放松，何谈个人的心灵自由？

有人以为振兴散文的关键在于写现实，写真实的人生，写心中的真实感情。我以为，"真情实感"仍是文学进入审美需求的最基本层次，它是一种外在现象，它的内核应是"个性"，是精神的真正解放。解放心灵，以什么作为参照系呢？这是一个相当复杂的问题。应该说有足够的条件保障，心灵自然就能解放。这就再次提出一个散文抒情的价值体系问题。林非先生在《散文创作的昨日与明日》一文中曾明确提出，散文的现代化，实际上是心灵的解放问题，有了现代意识，有了新的文化精神，就能够冲破落后、保守、僵化的观念，建造出全新的当代散文的大厦。他解释的"现代观念"核心是："马克思主义的平等观，主张所有全民都在社会主义民主原则基础上产生的法制程序的保障底下，具有充分表现自己智慧与才能以及担任各种社会公职的同样机会"[1]。我以为我们现在的社会形态唯有走向高度"法治化"的轨道，打破一元思维束缚，人的精神便有了真正的自由。这样，当代散文才能恢复五四时期建立起来的以"个性主义"为价值体系的现代散文的传统。

还有一个问题，是长期以来，对散文这种宽松的文体形态的一步步剥蚀，到后来干脆调教成短小精悍的、只会吟唱甜脆小夜曲的所谓"抒情

---

[1] 林非：《散文创作的昨日和明日》，载《文学评论》1987年第3期。

散文"或"艺术散文"了。"抒情散文"概念的提出,更是局限了散文的天地。

散文建立以"个性主义"为核心的价值体系,那么,在内容和形式上,就可以不拘一格、随心所欲了。郁达夫强调的"一篇散文的最重要的内容,第一要寻这'散文的心'"[①]。散文获得了灵魂之后,其形式既可以是小巧的"诗化"的抒情形式,也可以是纯粹的随笔式,还可以借鉴小说、诗歌、戏剧的形式。因为人们在获得审美愉悦的同时,更重要的是获得思想与智慧。可以这样说,散文就是用你自己独有的一套笔调来谈论你的个性或思想,你需要用智慧与信息和整个世界沟通,而无需在风花雪月之中无病呻吟了。

在新时期文学之初,就有许多人在努力地嚼咬着厚厚的散文外壳,寻求着自己的"个性",张洁、王英琦、张承志、曹明华等人率先张扬创作"个性",呼唤鲜明的主体意识"魂兮归来",这是一个十分可贵的信息。我们的当代散文终于没有"灭亡",而在市场经济的强烈刺激下,渐渐地开始恢复生机。市场经济的运作标志着社会氛围的宽松与宽厚,也标志着思维多元化时代的"潜滋暗长"。就在这社会急剧转型的历史条件下,我们的市面上既有余秋雨《文化苦旅》、周涛《游牧长城》、张承志《心灵史》、史铁生《我与地坛》等属于崇高智慧的散文,也出了众多用以抚慰愁绪的甜点心式的抒情小品,还有高标着新潮大旗的"四不像"作品……

因为"处在传统和现代化撞击之下的生活本身,已经越来越具有要求人生意义和寻求精神出路的思考"[②],所以正如林非先生所指出的那样,"我们应该养成一种自觉地超越传统的意识","在继承中获得高度的独

---

① 郁达夫:《导言》,见《中国新文学大系·散文二集》,上海良友图书印刷公司,1935年,第4页。
② 韩小蕙:《太阳对着散文微笑——新散文十七年追踪》,北京文化艺术出版社,2008年,第8页。(本注为收入文集时作者添加)

创"，"出现强劲的思想活力"[1]，这种思考自然不仅仅包括文学。

我们有必要相信，随着市场经济的深入运行，思维多元化时代的真正到来，散文这种以"个性主义"为价值体系的文学样式，将具有更为广阔更为自由的心灵天地。这是当代散文步入辉煌时代的真正持久的动力。

原载《延安大学学报》（社会科学版）1996年第3期，人大复印报刊资料《中国现代、当代文学研究》1997年摘录

---

[1] 林非：《散文创作的昨日和明日》，载《文学评论》1987年第3期。

回归真实与自由之岸

——90年代"随笔热"现象考察

90年代以来,随笔这种篇幅短小、表现形式灵活自由的散文形式在中国大地火了起来,这种高温到现在仍不断攀升。

"随笔热"的现象主要表现在:一是随笔创作队伍不断扩大。这支作者队伍可以说是个声势浩大、阵容整齐的强大军团。既有原来擅写随笔的高手,如张中行、何满子、王春喻、舒芜、舒湮等,也有一批随笔新锐,如伍立扬、王开林、祝勇等;既有从小说家、诗人队伍中转型过来的"两栖"型作家,如王蒙、刘心武、李国文、流沙河、叶延滨、邵燕祥等,也有从文学评论家、哲学家岗位上跻身过来"串岗"的作者,如雷达、吴亮、周国平等;既有季羡林、王元化、金克木、吴汝昌、吴中杰等学界名流,也有一般的普通读书人……总之,只要是"粗通文墨"而有一番感悟与写作热情的人,都可以通过随笔这种工具表达自己对社会、对人生的感受与理解。二是刊登随笔的载体多。80年代,我国专门发表随笔的期刊寥寥无几,似乎只有北京的《读书》、广州的《随笔》、天津的《文学自由谈》等。到了90年代,我国绝大多数报纸以更为切近平民化的方式进行策划与包装,大量刊登"千字文",对"随笔热"文化浪潮的形成起了推波助澜的作用。目前,原先只刊登纯文学作品的文学期刊,纷纷主动走出象牙之塔,以更加通俗化的姿态参与社会的观察与讨论,如北京的《北京文学》、海南的《天涯》、上海的《上海文学》，在这方面工作扎实。另外，一些社会性期刊，也纷纷转向刊登随笔，如《三联读书周刊》《街道》等。三是随笔写作的成果丰富。我们的生活空间里充满随笔的词语，拿起报纸，副刊上满是随笔；到书店一转，书架上摆放着散发着油墨清香的中外古今的随笔类书籍。我们还注意到这样一个显著特点：这些年随笔著作的出版往往是以联队作战的方式出现，什么"学者随笔""历史随笔""科学随笔""文艺随笔""都市女性随笔""新生代随笔"等等，虽说分类标准不一，方法有待进一步商榷，但它们在市场上的销售十分火爆。可以这样说，"随笔热"所形成的冲击波，我们随时随地都可以感觉到。

哲学大师黑格尔有言："存在的就是合理的。"唯物辩证法认为，任何事物的存在与发展都不是偶然现象，都受内在机制与外部环境的制约。某一事物，只有在自身条件与合适的阳光、土壤有机统一时，才能生根、发芽、成长。那么，透过"随笔热"的表象，我们不难发现90年代"随笔热"生成的奥秘。

第一，从现代随笔生成的历史看，它是表现"个性"的文体。

"随笔"一词在中国出现是南宋期间的事，当时洪迈有部《容斋随笔》的著作，笔端中无意识地写出"随笔"两个字。其实，这本著作里更多的是杂记见闻，与五四新文化运动以后我国的现代随笔有质的不同。众所周知，五四新文化运动是一场以人的个性解放为核心的轰轰烈烈的文化运动，它的参照系是西方的民主与科学，是人文主义精神，是以人道主义的观念来对封建的传统观念进行坚决割舍的。正如郁达夫先生指出的那样："五四运动的最大的成功，第一要算'个人'的发见。"[①]现代散文是伴随五四新文化运动而降生在中国大地的，"以这一种觉醒的思想为中心，更以打破了械梏之后的文字为体用，现代的散文，就滋长起来了"，

---

① 郁达夫：《导言》，见《中国新文学大系·散文二集》，上海良友图书印刷公司，1935年，第5页。

于是，"现代的散文之最大特征，是每一个作家的每一篇散文里所表现的个性，比以前的任何散文都来得强"。

  作为现代散文重要分支的随笔，从西方随笔中汲取了丰富的营养。这不仅是形式上认同，更主要的是对国外随笔"表现自我"精神传统的强烈认同与共鸣。对西方随笔，厨川白村曾有这样一番解释："如果是冬天，便坐在暖炉旁边的安乐椅子上，倘在夏天，则披浴衣，啜苦茗，随随便便，和好友任心闲话，将这些话照样地移在纸上的东西，就是Essay……兴之所至，也说些以不至于头痛为度的道理罢。也有冷嘲，也有警句罢。既有Humor（滑稽），也有Pathos（感愤）。所谈的题目，天下国家的大事不待言，还有市井的琐事，书籍的批评，相识者的消息，以及自己的过去的追怀，想到什么就纵谈什么，而托于即兴之笔者，是这一类的文章。"①同时，进一步指出："在Essay，比什么都紧要的要件，就是作者将自己的个人底人格的色彩，浓厚地表现出来。"应该说，道出了西方随笔的精髓。西方随笔那种貌似松散可个性十足的精神在中国五四时期的特殊土壤里找到生存、发展的机缘，它们与中国文化的结合，直接孕育出了中国式的现代散文，自然包括现代随笔。正如刘锡庆教授所分析的那样：五四新文化运动时期，"由于'王纲解纽'，封建正统思想颓败，故而思想、个性得到较自由的、活泼的发展；由于思想、个性较能自由、活泼的表现，因而'放言无惮'、敢于创新，在文学上自能'任意而谈，无所顾忌'。"②于是，取材宽泛、崇尚幽默、讲究趣味、重视人生感悟的现代随笔在五四新文化时期大放光彩。随意阅览一下当年的报纸书刊与文学期刊，都能发现许多有意味的"杂感"及"随感录"。

  对五四新文化运动时期的文学创作，鲁迅先生是这样评价的，"散文小品的成功，几乎在小说戏曲和诗歌之上……因为常常取法于英国的随

---

① 鲁迅：《鲁迅译文集》第3卷，人民文学出版社，1958年，第113页。
② 刘锡庆、蔡渝嘉：《当代艺术散文精选》，北京十月文艺出版社，1989年，序第7页。

笔（Essay），所以也带一点幽默和雍容"①。胡适先生也指出："这几年来，散文方面最可注意的发展乃是周作人等提倡的小品散文。这一类的小品，用平淡的谈话，包藏着深刻的意味，有时很像笨拙，其实却是滑稽。这一类作品的成功，就可彻底打败那美文不能用白话的迷信了。"② 其实，具有"絮语"笔调、"幽默"风格、浓郁"文化"氛围、深刻人生"感悟"的现代随笔，如果没有强烈的"个性"色彩作保障，何谈它的幽默与雍容呢？

第二，宽松的社会环境是随笔自由生存的沃壤。

对于散文来说，"真实"是它的生命所在，难怪有人把散文称为"文学的测谎器"。我以为随笔这种个性色彩极强的散文样式，与社会环境直接相关，从某种意义上讲，它是社会环境的"晴雨表"。如果没有良好的社会环境作保障，一个作者总是处于顾虑重重、如履薄冰的状态，他就不会写出真正的随笔。相反，有良好与宽松的社会氛围，作者的思想顾虑消除，思想解放，敢说真话，敢说自己想说的话，才会产生真正意义上的随笔。我国清代文论家叶燮的"无胆，则笔墨畏缩"说的正是这个道理。而诸如小说、诗歌、戏剧等文学样式，可以采取象征、寓言、隐语、故事等方式曲折地表达思想。

笔者曾在《当代散文创作个性精神的式微与复归》一文中指出："到了建国以后，广大民众迎来了人民当家做主的新时代。新的时代、新的建设确立下的政治模式和思维模式是一元化的，是对'个性主义'的逐渐弱化和消解。"我们知道，新中国成立以后的"十七年"期间，由于政治因素等诸多原因，在知识界有所谓的"胡风反革命集团"案、俞平伯《红楼梦》研究批判、反右运动、《海瑞罢官》批判、"三家村"反革命集团案等，用政治斗争取代学术批评，知识分子灵魂遭到彻底放逐，根本谈不到思想解放、艺术民主、个性活跃。当然，这一时期也曾出现过一段较宽

---

① 鲁迅：《南腔北调集》，人民文学出版社，1980年，第166页。
② 周作人：《中国新文学大系·散文一集》，上海良友图书印刷公司，1935年，第6页。

松的社会环境，那就是"百花齐放，百家争鸣"文艺方针提出后，知识分子们纷纷掏出自己的真心，讲真事，诉真情，表现为庞大的群体行为。时至今日，阅读当年的右派言论，仍觉不失为一篇篇思想敏锐、个性活跃的随笔。这昙花一现式的行为，在众所周知的社会氛围中被无情地扼杀了。知识分子心灵受到更深层次的戕害，其精神彻底萎缩，在"文革"十年期间，早已没有了生存的空间。

随笔这种重在表现作家个性精神风貌的散文样式，在长期销声匿迹之后，终于又在新时期文学舞台上重新登场。它的出现，从一定意义上显示着"文革"结束后新时期以来的思想解放及社会环境宽松、自由的程度。正如巴金老人所言："50年代我不会写《随想录》，60年代我写不出它们，只有在经历了接连不断的大大小小的政治运动之后，只有在被剥夺了人权，在'牛棚'里住了10年之后，我才想起自己是一个'人'，我才明白我也应当像人一样用自己的脑子思考。真正用自己的脑子去想任何大小事情，一切事情、一切人在我眼前都改换了面貌，我有一种大梦初醒的感觉。只要静下来，我就想起来许多往事，而且用今天眼光回顾过去，我也很想把自己的思想清理一番。"[1]巴金老人的《随想录》既是20世纪中国知识分子的心灵史，也是新时期思想解放运动的产物。《随想录》的总序写作于1978年12月，而就在这一年12月，中共十一届三中全会召开，重新确立了实事求是的政治路线、组织路线和思想路线。新时期文学里"讲真话"随笔的出现，意味着知识分子灵魂由放逐到回归的复苏。于是，在新时期文学里，以写真相、说真话、诉真情为主的随笔散文，开始横扫长期以来文章中虚伪媚俗的陈腐积习和"假大空"的恶劣文风。

随着改革开放的深入，市场经济的活跃，进入90年代以来，社会环境更为宽松，人们较少顾虑，敢于坦诚直言，把心里话掏出来，于是，形成了工农商学兵等社会各阶层人士一齐上阵写随笔的景象。

第三，"形势法则"是推动"随笔热"形成的强大动力。

---

[1] 巴金：《随想录》，生活·读书·新知三联书店，1987年，第3页。

"形势法则"是美国早期商业历史中的一个著名的商业法则，意思是在周围决定商业的环境改变之后，一个单独的行业必须顺应形势，研究自己经营产品的目的，研究商品与人的需要的关系，从而使自己能长久地立于不败之地。其实，一种文学样式的生成、发展与调整，又何尝不具有类似的效应呢？

90年代以来，我们的当代社会进入变革、转型的时代，市场经济的因子渗透到我们社会生活的各个角落，社会生活丰富多彩，如同万花筒、多棱镜一样，表现出它的多样性来。这里面既有计划经济的痕迹，又有市场经济的天地；既有高度工业化、城市化的文明现象，又有农业文化的普遍存在；既有工业文明带来的快节奏，又有休闲与调整的风景；等等。因此，表现在人们心态上，也是多重的、复杂的。既有商业经济带来的兴奋与刺激，也有它的负面效应——唯利是图、真情真心的退位与消失；既有高度发达工业文明背后人性的异化，又有渴望理性与人文精神的复归；既有世纪末人们的家园意识，又有对大自然戕害后焦虑的环保意识；既有小农经济培养出来的乡土意识，也有都市生存中的市井心态……总之，在这样一个社会秩序不断调整与变化的社会里，社会的普遍心理是复杂的。故而，对于写作者来说，如何依据生活的需要来写作，这是一个非常严肃的课题。

就小说、诗歌、戏剧来说，它们的表现形式被牢牢地局限在文学的范畴里，与人们的实际期待尚有一定的距离。而随笔在人们需要真实的感受、真实的人性现象和真实思想的特殊时期自然而然地走到了前台，承担起表现这个复杂多变的社会历史时期的使命。因为随笔散文的形式与内容决定了它最容易走出文学范畴，使其内容更加生活化、时代化、科学化和思想化。

在这里，我们有必要讨论几种随笔的样式。

一种是目前市场上走俏的"学者随笔"。何谓"学者随笔"？来新夏教授有个很好的解释："随笔之体，大多为学者出其学术绪余所作，或读书偶得，或阅世触感，或怀旧念故，而读者往往于不经意处有所收益。——虽为识小而未遗其大"；周汝昌先生也曾提出一个"写随笔散文，可不可以掉书袋"的命题。他说："不管怎么论辩，我看书袋这东西并不可怕"，"那种没有书袋的野蛮民族部落，他倒想'掉'上一番又何从掉起"。[①]从某种意义讲，"学者随笔"的长处在于它的知识含量，它更善于表达思想、凸显见解。因此，在我们这个社会的快速转型时期，在人们普遍需要获得思想的时期，"学者随笔"的出现与走红不是偶然的，深藏其中的丰富的知识、宝贵的人生经验和暗喻的思想，也正好成为读者们有益的营养品。因此，我们也明白了季羡林、王元化、王春喻、张中行等诸多学界名流的随笔在读者心目中拥有崇高位置的原因。

二是所谓的"都市女性随笔散文"，也有人称"小女人的随笔散文"。何谓"小女人随笔散文"？我以为这种提法本身不够科学，带着明显的性别歧视意识，无非是女人们写的随笔散文。有人把此类文章加以分析，归纳为这么几类："约会打牌、养狗斗鸡、杯中风波、枕边絮语、打情骂俏、揽镜化妆、坐车看戏、婆婆妈妈、客厅厨房、裁衣做裙、劝婚休夫等。"言她们文章"题材谈不上严肃壮丽，也有的题材本来较大，可是开拓的境界太小，挖掘不深"[②]。那么，如此说来她们的市场与读书者是谁呢？打工一族，还有众多市民。为什么这类随笔文章拥有众多的读者群体呢？正如一篇文章所指出的："这些文章是当代的，是都市的，也是消闲的，谈身边琐事，谈小情小物，漫不经心，俯拾皆美，拿起就像聊天，不矫饰，率真而敏感⋯⋯在繁忙而零乱的都市生活里，这些娓娓絮语的小文短章就是一杯休闲时的咖啡，让你歇一歇，在彼此的陌生与冷漠中交换一丝熟悉与亲切，怀揣一份温暖继续上路。而那一份美是不瞻前顾后，不寻根究底的美，飘忽而零碎，却细腻而真实。"[③]如果说"学者随笔"，

---

① 王建辉：《思想的背影》，载《人民日报》1997年6月9日。
② 杨文丰：《宽容"小女人散文"》，载《散文选刊》1998年第2期。
③ 徐春萍：《"小女人"其人其文》，载《散文选刊》1998年第2期。

是在人们普遍渴求思想营养的背景下横空出世的话，那"都市女性随笔"则是以其更加平民化的亲切色彩征服市井百姓的。"学者随笔"是一种大美，是抗生素药品，而"都市女性随笔"宛若一盘甜点，透心地甜蜜。

三是"新生代随笔散文"。有人解释，"新生代散文作家大多是60年代前后出生，90年代活跃在文坛上的作家，这类作家没有经历过风云变幻的五六十年代，对六七十年代的'文革'运动也感知甚浅，被评论界称为后知青一代"[1]。因此，在他们的散文观念里，"从某种意义上讲，小说家和诗人是'幕后'作家，而散文家则是'台前'作家，直接裸露或表现自我和具有使命感。富于理想精神的作家，都会选择散文"[2]。他们的随笔率真自然，生机勃发，更多地凸显个性的审美气质及他们的文化素养，给人们产生"一种朝阳直射的力量，一种春风振衣的快感"[3]。因此，这种富有青春与朝气、理性与新锐的随笔，依靠自己的力量，拥有了自己的读者。

正如前面所言，目前关于随笔的分类方法不准确，有待于进一步讨论、完善。但有一点，不管"学者随笔""都市女性随笔"也好，还是"文化随笔""历史随笔""科学随笔"也好，它们的存在、分野与繁荣，本身就很好地证明了我们这个"快餐时代"随笔生存的价值。

时至今日，随笔已经在"形势法则"的作用下，冲出了文学的樊篱，走向生活化、时代化、科学化、思想化，成为百姓日常生活中喜闻乐见的好文章样式之一。是的，在我国走向市场经济、法律逐步完善的今天，在社会氛围宽松、宽容、宽厚的今天，随笔这种善于表现个性的散文文体，将有更为广阔的市场与更加灿烂的前程。

原载《延安大学学报》（社会科学版）1999年第3期，人大复印报刊资料《中国现代、当代文学研究》2000年摘录

[1] 王剑冰：《散文界的一支生力军》，载《散文选刊》1998年第2期。
[2] 苇岸：《大地上的事情》，载《散文天地》1997年第6期。
[3] 王剑冰：《散文界的一支生力军》，载《散文选刊》1998年第2期。

90年代散文创作中人文精神因素的考察

回顾90年代的散文创作，我以为可这样表述：一是90年代"散文热"现象的出现；二是"散文热"现象中创作状态的分野，浸注着人文精神、人文理想的思想与意义的散文的逐步兴盛。本文就此展开自己的论述。

一、大众文化的年代与"散文热"的年代

马克思曾指出："物质生活的生产方式制约着整个社会生活、政治生活和精神生活的过程。不是人们的意识决定人们的存在，相反，是人们的社会存在决定人们的意识。"[1]文学、艺术作为上层建筑的一种，自然受到经济基础的制约，因此，90年代散文状态与中国当代社会的历史性转型息息相关。

90年代，中国经济和社会发展都进入了一个历史性的转型阶段。应该说，从计划经济到市场经济的转型，对中国经济的发展，对中国加速走向现代化，产生了积极而深远的影响。在市场经济竞争机制和追逐最高利润的驱动下，带有强烈商业色彩的大众文化迅速崛起。社会氛围愈来愈宽松，人们的自主性写作更为突出，表现个人情感与个人思想的文章滥觞。可以说，大众文化年代，正是散文有所作为的年代，也是能够产生"散文热"的年代。因为，经济生活与政治生活急遽变革，人们的生存状态日趋

---

[1] 中共中央马克思恩格斯列宁斯大林著作编译局编译：《马克思恩格斯选集》第2卷，人民出版社，1972年，第82页。

复杂。生活的多样性和多变性也必然带来人们对美好情趣与思想的渴求。这样，散文这种善于直接表现人们真实情感的文学样式，它完全没有小说、诗歌、戏剧中故事、隐语、象征等外套，可以直接切入生活，近距离地观察与透视，从容表现情感与思想。

在这种状态下，散文的创作会出现两方面的倾向：一方面，日常生活更从容不迫地走进散文天地。众多散文作者从自我出发，取日常生活、身边琐事，真切抒写普通人的生存景观、生活情趣，在凡人小事中寻求一份温馨与慰藉。这里需要说明的是，进入90年代以来，由于市场行为的作用，我国绝大多数报纸以更为切近平民化的方式进行策划与包装，对鼓励平民写作起到了很大的推动作用。只要是粗通文墨且有一定写作热情的人，都可以加入散文创作的行列中。原本属于读者阶层的广大普通职业者的参与，使散文创作的生活化气息更浓。90年代中期曾一度拥有相当市场的所谓"小女人散文""生活散文"，就是明显的例证。

另一方面，探究心灵，表现人文思想与人文理想的散文创作日趋活跃。我们知道，在90年代，市场经济引发的人的生存环境和人文精神的失落等问题日益突出。社会上出现了形形色色的现象，如社会大众原有价值判断尺度游移，拜金主义盛行，社会责任感淡薄，公共道德沦丧，人际关系冷淡，注重眼前小利，抛弃远大理想，等等。表现在文学上，新时期以来一直主导着文学潮流的小说，在主题上有意躲避崇高，拒绝价值判断，竭力消解意义、玩世不恭、调侃人生等反人文精神的倾向抬头。就连文艺批评的主调，也从提倡所谓零度感情的"新写实"小说到肯定90年代专写个人瞬间感受、体验，乃至隐私的所谓"新状态文学"论，自觉消解作家的崇高感、人文使命和社会责任。何为人文精神？有人这样表述："主要指一种追求人生意义或价值的理性态度，即关怀个体的自我实现和自由、人与人的平等、社会和谐和进步、人与自然的同一等。"[①]人文精神的一

---

① 王一川：《从启蒙到沟通——90年代审美文化与人文精神转化论纲》，见王晓明编《人文精神寻思录》，文汇出版社，1996年，第207页。

个重要美学特征是精英文化。精英文化代表着一个时代、一个民族文化的最高水平与主导倾向。90年代初,在我国整个文化领域曾展开过一场规模空前的"人文精神"的大讨论。这场讨论,正是在人文精神失落的背景下展开的。尽管它本身未得出什么有效的结论,但给作为大文化范畴的散文滋育了丰富的营养。在这种现世精神的空白与失位状态下,人们还渴求表现日常生活与亲情之外的另一种散文,寻找高层次的慰藉,呼唤人的价值和尊严,完善人的道德思想。这就给寄寓人文精神与人文理想的散文的出场提供了机会与舞台。特殊时期、特殊机遇的散文创作才有可能摆脱一向"还停留在唐文宋韵的小桥流水止步不前"[1]的尴尬境地,真正走到历史的前台,承担起探求灵魂与精神家园,建构散文精神的崇高使命。可以这样说,负载人文精神与人文理想的散文,会让读者从中获得生命的感悟,学养的滋润,灵魂的慰藉,思想的启迪和审美的愉悦,从而得到高层次的精神享受。

  对于散文创作来说,它因是"知识分子精神和情感最为自由与朴素的存在方式"[2],它过于敏感,往往易受形势所累、环境所囿。80年代,负载人文精神与人文理想的散文凤毛麟角,而到90年代,在人们普遍渴求真诚与思想的年代,有人文理想、有社会良知的知识分子,会纷纷选择散文这种形式,披甲上阵。我们可以注意到这样一个现象,90年代散文创作的主体日趋复杂,很难让人分清楚谁是纯粹的职业散文家了。小说家、诗人、文学批评家、学者的串岗,一大批普通职业者的参与,散文创作职业化格局的打破,使散文园地真正热闹起来。这样,散文才有可能走出封闭,突破传统,来到真正的文学前台。正如贾平凹先生所言:"我们的杂志挤进来,企图在于一种鼓与呼的声音:鼓呼大散文的概念,鼓呼扫除浮艳之风,鼓呼弃除陈言旧套,鼓呼散文的现实感,史诗感,真情感,鼓呼更多

---

[1] 韩小蕙:《太阳对着散文微笑——当前散文走俏的台前幕后》,载《文学报》1991年12月28日。
[2] 王尧:《乡关何处——20世纪中国散文的文化精神》,东方出版社,1996年,扉页。

的散文大家,鼓呼真正属于我们身处的这个时代的散文!"①

表现人文精神与人文理想的散文,自觉承担起对历史反思,对人生审度,对人类命运的关切,对人与自然的思考,从而建构时代精神。它们或思辨,或感悟,或议论,是以渊博的知识,理性的批判精神为依托。对思想性的追求,使散文突破了借景抒情、托物言志等创制方式,在表现上更为自由,呈现出大气魄、大制作和大景观,如李存葆、余秋雨、史铁生、梁衡、张承志、周涛、李辉、王充闾等人的散文,洋洋洒洒,充分展示了作者的胆识、胸襟、气度和使命感。

二、90年代散文创作中人文精神因素的呈现方式

90年代,散文创作中渗透人文精神与人文理想因素的方式很多,概括起来,大体上有这么几类。

1. 通过对现当代历史事件和历史人物的剖析,表现出散文作者对历史与人生的严肃审度

在这方面,许多散文作者把目光投注在现当代著名的历史文化事件和文化人物上,通过对这些具有典型性的个案的剖析,审度历史,把握人生,表现出对社会生活的严肃思考。某种意义上,这类散文是社会氛围宽松的产物。它的出场,有几个新颖之处:一是题材的独特性,在中国现当代文化史上的特殊人物与事件,如周恩来、瞿秋白、蔡元培、胡风、吴晗、周扬、老舍、梁思成等人,他们丰富而奇特的人生际遇本身就是中国现当代史的有力注解,是时代的折射物。解读他们,本身就是解读历史。这种解读历史的方式,只有在一定的社会空间里才能完成,90年代具备这种条件。二是作者融史料、知识和思辨为一体,通过有思想的头颅表现对人生际遇和历史文化的理解。而这种思考,正是基于当代人文环境发出的。在这方面,李辉、梁衡、卞毓方等人的探索颇具代表性。学者型的散

---

① 贾平凹:《美文发刊辞》,载《美文》1992年第1期。

文作家李辉走进读者视野，是以整理中国现当代文学史出场的。他在学术研究和人物传记的缝隙中找到自己的生存空间，关注现代文化人的性格、创作、命运。法国一位历史学家曾说："我赋予历史的一项基本功能是：使往昔的文化价值历久弥新，从而丰富我的内心世界。"其实，李辉也是如此。支撑其心灵的，是人道主义的情怀，是对人文精神的深深衷恋。正如作者在散文集《风雨中的雕像》题记中言："为了一个不应忘却的年代，为了永远从历史的噩梦中醒来——谨以此书献给在那个年代中受难的人们。"他的随笔散文集历史眼光、政治态度、艺术情怀与学术探究为一体，形成一种杂糅性文体，成为90年代散文创作中的一道奇诡风景。尤其是许多鲜为人知的史实和别具只眼的议论，读来动人心魄，发人深思。梁衡把焦点更多地投注到政治人物身上，他认为"凡历史变革时期，不但有大政大业，也必有大文章好文章"。"既然山水闲情都可入文，生活小事都可入文，政治大事、万民关注的事为什么不可以入文呢？"[①]90年代以来，他的许多散文立足现实，有感而发，把重点放在人物心灵的挖掘、历史沉浮的探究、文化变迁的思考上，在寻找一种也许早被金钱与权力冲淡了的价值。其散文产生一种雄阔、壮美的景象。此外，还有卞毓方的《煌煌上庠》，夏中义的《谒吴晗书》，邓琮琮、张建伟的《第十二座雕像》等散文呈现出一种"散文精神"，它就是关于国人乃至人类生命群体的一种精神品格与文化品格。其实，支撑这些感怀的背景，不只是人物的特殊性，更重要的是宽松的政治氛围中相对独立的文化精神。正视历史，既需要独立的人格，也需要现代思想，这是此类散文吸引广大读者的重要法宝。

2. 借山川景物感悟人生真谛

在对山川景物、历史遗迹的观览中重新认识与感受遥远的历史，是许多散文的一贯主题。然而，80年代众多散文对胜迹文化的领略，只是停留

---

① 梁衡：《提倡写大事、大情、大理——兼谈文学与政治》，载《人民日报》1998年7月16日。

在浅显的模山范水上，未开掘出深邃的理性思考。进入90年代，在对人文精神寻思的背景下，一批高层次的学者、专家，迅速形成了一个庞大的散文创作文化群体。作者们大都有渊博的历史、哲学、宗教等方面的知识积淀，在对山川景物、历史遗迹等的具象描述中，做出历史的感悟与阐发，在丰富的历史文化常识中，表现出机智的理想思维与当代审美批判意识的融合，从而使读者感悟到深刻的文化意蕴，产生强烈的阅读兴趣。以学者身份出现在当代散文阵营中的余秋雨，遍游四方，面对中国历史文化的长河，进行执着求索，为重建民族"健全而响亮"的人格而写作。因此，他的散文创作，托出一位博学、敏思而又多情的学者在中国文化山林中苦苦探寻人生意义的心路历程。他说："我的基本路子是，让自然山水直挺挺地站着，然后自己贴附上去，于是，我身上的文化感受逗引出它们身上的文化蕴涵。我觉得中国漫长的历史使它的山水都成了修炼久远的精灵，在它们的怀抱中，文化反思变成了一种感性体验。"[1]阅读余秋雨《文化苦旅》《文明的碎片》《山居笔记》等散文集，我们分明会感受到一个有良知的知识分子对民族精神重建的虔诚与焦灼。马丽华的西藏游历散文，不是简单的记游散文。作者把自己定位于历史与文明的演变中，以当代人的视角反省现代文明和人类生存的困境。其作品中既有对西藏神奇自然景观的描绘，有对藏传佛教的追根溯源，有对藏民风俗的细致考察，有对乡村文化深处、藏人精神世界的探秘，有对传统渐变产生的复杂与矛盾的心态，更有通过历史、宗教、民俗等对人类的生存做出的道德与哲学的思考。我国首届鲁迅文学奖获得者夏坚勇的散文，多以残存的漫漶不清的断壁残垣为出发点，对中国历史和文化进行深入考察和体悟。它追溯历史现象，描绘文人行状，解析文明兴衰，感叹文化命运，以感性的笔触探讨文化与政治、文化与社会变革、文化与时代之间的关系。作者以敏锐的文化感悟写下《湮没的辉煌》系列散文，既揭示了中国文化的巨大内涵，使行将湮灭的碎片重现辉煌，同时有助于民族文化和民族精神的重建。还有王

---

[1] 余秋雨：《文明的碎片》，春风文艺出版社，1994年，第274页。

充间、素素等人的散文也表现出此类特征。我们可以看出,这种具有人文精神的思考,是对当下文化的空白点做出深刻理解而显现的。借山川景物、历史遗迹,来审视历史,感悟人生,再铸民族精神,正是这类散文走红、走俏的重要原因。

3. 对人类命运的终极思考与关怀

90年代,在市场经济大潮波涛汹涌、滚滚商潮物化着人们的思维的时候,对理想世界、精神家园进行执着的追求,对人类终极关怀进行悲壮的努力,是时代赋予有良知、有思想的散文作家的神圣使命。在这方面,周涛、张承志、史铁生等人的散文创作,具有一定的代表性。以诗歌立身后转入散文创作的军旅作家周涛,他的散文创作一方面在大西北广袤的土地上游牧,另一方面则进行人生意义形而上的探索,使作品赋予了思想的深度。他始终认为"散文首先是表达思想的工具,而不是描摹生活的画笔"①,他曾写过《时间漫笔》一类的思想随笔,也写出《谁在轻视肉体?》这样的妙品。作者的其他散文篇什,如《天似穹庐》"人活着究竟是怎么回事?"《蠕动的屋脊》"肯定是一个比构成现实社会生活的全部内容更有力的东西,凌驾在空中,它驾驭着我们"。作者的这些情绪来源于对高科技化或者工业化的人类文化发展前景的忧患。这种危机感与忧患心理,正充分体现了作家的良知。由于身体原因,史铁生先生很少涉足户外的阳光,而在轮椅上表露出一种更为直接的对精神性生命存在的沉思。他明白,"我希望既有一个健美的躯体又有一个了悟人生意义的灵魂,我希望二者兼得。但是,前者可以祈望上帝的恩赐,后者则必须在千难万苦中靠自己去获取"。因为对生活无常和苦难的深邃洞察,史铁生感到了人生最为本质的东西:"有一天我认识了神,他有一个更为具体的名字——精神。在科学的迷茫之处,在命运的混沌之点,人惟有乞灵于自己的精神。不管我们信仰什么,都是我们自己的精神的描述和引导。"②在其散文

---

① 周涛:《游牧长城》,作家出版社,1992年,第191页。
② 史铁生:《答自己问》,天津人民出版社,1996年,第50页。

名篇《我与地坛》中，他把地坛的一切与人生联系起来，对自然万物，对生命的精神性存在进行沉重的思考，从而表现出自己的精神寄寓。张承志先生浑身始终充溢着人文激情，心中涌动着圣洁的热血。他甚至以一种相当极端的方式，"以笔为旗"，表明自己的立场和姿态，捍守着人的道德与尊严。从《绿风土》到《心灵史》，无不跳荡着激情的灵魂。张承志那独立的思想，深沉的情感，独特的审美视角，使其散文成为一面旗帜，拥有自己的高度与品位。此外，还有周国平、鲁枢元、雷达、韩少功、张炜、南帆、南翔等学者与小说家的散文，同样也表现出对人生哲理的深沉思考。

4. 把握人类与大自然的关系

90年代以来，人与自然的异化问题更为突出：环境的污染，气候的改变，人口的超速增长，自然界生态平衡的破坏，职业病的扩大。面对日益恶化的生态环境，许多有良知的作家，不得不认真思索人与大自然的关系，探求人与自然的和谐共处与发展，表现出深刻的危机感与忧患意识，在这方面有影响的散文作家有李存葆、徐刚、严春友等人。军旅作家李存葆，这些年由小说家串岗到散文界，发表了《我为捕虎者说》《大河遗梦》《鲸殇》《祖槐》等黄钟大吕、大气磅礴的散文。他的文章中分明有现实的呼唤与呐喊，有振聋发聩、警醒世人的作用。从表象上看，作家关注的是人类的大事，如鲸鱼的存亡直接关涉人类的命运等。李存葆的散文站在人文精神的高度上，以"人类"的生存为第一要义，注重人类伟大精神的重铸。正因为在人文激情与理想的观照下，《鲸殇》所传达出的悲怆与愤怒，是从鲸鱼的生存状态来反照人类自身处境与未来走向的思考。学者严春友，有深厚的哲学功力。在其散文《大自然的智慧》中，他对宇宙间各事物最根本关系的一种追寻，是一种全新的哲学理念的发掘。大自然的伟大在于它的和谐性，任何不珍视大自然的行为，都会遭到自然的报应。作者对宇宙的探究，就是对哲学的阐释，对大自然的礼赞，还有徐刚90年代以来一直致力于环保散文的写作，从长江写到黄河，从大兴安岭写到海南岛，字里行间倾注着一腔忧患。

5. 当代的反思意识

90年代中后期以来，精英文化对散文创作的进一步渗透，表现在对世俗、功利文化反思意识的加强。从事这类随笔散文创作的作家，一是年纪较小，大多数是60年代前后出生，90年代活跃在文坛上的作家。他们未经过风云变幻的五六十年代，对六七十年代的"文革"运动也知之甚少，被评论界称为"后知青一代"。这类散文作家身上的包袱自然很少，思想更为新锐，二是这批异军突起的新锐作家普遍受过良好的教育，较易接受五四新文化运动时期形成的人文观念和20世纪西方现代、后现代哲学以及文学理论的影响，自觉寻求生命意义和精神价值。在他们的观念中，认为"从某种意义上讲，小说家和诗人是'幕后'作家，而散文家则是'台前'作家。直接袒露或表现自我和具有使命感。富于理想精神的作家，都会选择散文"①。"我的散文观从属于我的文学观，我的文学观从属于我的人生观……那就是反思、审视自己的生存状态，我将此种反思和审视称为咀嚼耻辱，无论写小说写论文还是写散文写随笔，都是我咀嚼耻辱的方式。"②由于所处文化氛围的宽松与审美环境的改变，新锐散文作家能大胆放言，对民族命运乃至整个人类文化有更深层的认识与思考。因此，其散文呈现出精神的异彩。在这方面突出者有摩罗、林贤治、余杰、谢泳等人。摩罗是文学硕士，新锐作家，理性赋予了他敏锐的思想和批判精神。其《巨人何以成为巨人》《良知的弹性》《鲁迅比我们多出什么》《为什么写作》《个性主义与人性尊严》等文章，具有深刻的思想性，敏锐的穿透力。可以说，摩罗在读书界引起广泛认同的，是他那尖锐而深刻的思想。林贤治在《论散文精神》一文中写道："精神生命的质量，决定了散文创作的品格。"他以一个独立思想者的身份，秉持着一颗正直的知识分子的良心，对社会、历史、人类命运的思索，探讨人的自由、尊严、崇高的存在，充溢着对人的关爱、对人文精神的呼唤。总之，对于这些新锐作家来说，散文已经成为负载思想的工具，而不是

---

① 苇岸：《大地上的事情》，载《散文天地》1997年第6期。
② 摩罗：《摩罗看散文》，载《散文选刊》1998年第3期。

纯粹的抒情方式。他们说史论理的目的，在于强调对现实的批判，在于强调对人文精神与理想的追寻。

三、存在的意义

90年代散文创作中人文精神与人文理想因素的大力渗透，是对五四新文化运动以来形成的新人文精神传统的继承，也是对新中国成立以来长期形成的政治功利主义状态下纤弱萎靡的散文创作现象的反正。这种散文从骨子里追求一种严肃的思考，一种理性的精神，一种形而上学的深邃，而非一种简单的"理趣"。它的支撑点是"以笔为旗"，是对社会、对人生的郑重思考，对崇高、理想、阳刚乃至家园意识的呼唤。因此，在感悟、议论、思辨中，展示出探索心灵空间的深度与广度。

我们知道，中国散文有两大传统：一是以先秦论辩文和唐宋八大家散文为代表的一脉；一是以明清以来小品文作家为代表的一脉。散文流派的形成与发展，与时代风气分不开，前者强调"载道""代圣人立言"，具有明晰的理性意识和思辨精神，在先秦诸子百家文章中就能找到其纵横捭阖、徜徉恣肆的思想锋芒。而后者更注重"言志"，即表达个人的志向与情怀，个人性灵，闲适况味。到了封建社会末期的明清时代，闲适散文日盛。闲适散文似乎已成为中国古代知识分子逃避现实、适闲愉性、显示风雅的一种生存方式。

现代散文在形成时期，由于在五四新文化运动特殊历史时期，同小说一样，几乎也承担着启蒙、宣传民主与科学的功能。它因自由、灵活的体制和善于负载情感与思想的特点，成为宣传思想的工具，这点可以在周作人编辑的《中国新文学大系·散文一集》和郁达夫编辑的《中国文学大系·散文二集》中得到验证。五四新文化运动时期，评论家与作家们对散文概念的界定是相当宽泛的，许多议论性文章也算作散文。如鲁迅的《灯下漫笔》《对于批评家的希望》《再论雷峰塔的倒掉》，周作人的《文艺批评杂话》《萨满教的礼教思想》，林语堂的《谈理想教育》《新的文评序言》，刘半农的《国语问题中的一个大争点》《奉答王敬轩先生》，刘大白的《桐城派鬼话文和八股文的关系》《检书换易法的鬼话文作法秘诀》，郁达夫的《给一位文学青年的公开状》，顾颉刚的《古史辨自序》，陈西滢的《中国的文明》《文化的交流》《新文学运动以来的十部著作》，等等，它们因为有深刻的思想性，赢得五四时期众多读者的青睐。"散文小品的成功，几乎在小说戏曲和诗歌之上"①的说法，充分肯定了五四时期散文的成就。后来，到了20世纪30年代，散文的思想性减弱了，没有了"是匕首、是投枪"的功能，到了梁实秋、林语堂等人的散文中，"在特别提倡那和旧文章结合之点，雍容，漂亮，缜密，就是要它成为'小摆设'……"②那种个人的笔调，纤弱的性灵，使得散文又快成士大夫的清玩。我以为，散文写作风格的转向问题，实质上是作家文化内涵中哲学思想的价值取向问题。偏爱超脱、清幽、沉静的另一面，是对现实的逃遁。这种哲学思想的形成，一方面是中国传统文化中"穷则独善其身"心理的作祟，另一方面是时代风气的必然现实。新中国成立以后，由于特殊的政治原因，散文在很长一段时间里只有颂扬的功能，丧失了思索与表现个人情感的权利，更多地在"形散神不散"的理论束缚下游戏。就是新时期，虽说一度出现了表现民族情感的"追悼"散文，还有巴金先生黄钟大吕般的《随想录》。但散文创作又很快形成对"情趣"的认同，许多散文作者热衷于花鸟鱼虫、风花雪月、闲情逸致，纤细之笔泛滥，导致庸俗的模仿，乏味的附庸，无病的呻吟。

周作人先生曾言："我卤莽地说一句，小品文是文学发达的标致，他的兴盛必须在王纲解纽的时代……"③对八九十年代的文学，谢冕先生也曾表达过这样的意思："这是中国文学在20世纪最后一个时段的重要景观。要是用一种不准确的比喻，说这是一个'皇纲解纽'的年代，却也未

---

① 鲁迅：《南腔北调集》，人民文学出版社，1980年，第166页。
② 同上。
③ 周作人：《中国新文学大系·散文一集》，上海良友图书印刷公司，1935年，第6页。

必含有贬义。尽管我们仍然感到不满足，但较之以往，文学的确获得了前所未有的自由度。"①我们可以这样认为，90年代负载人文精神的散文的出现与繁荣，它本身证明着这么几方面现象：一是市场经济的运行，带来的是宽松、宽容与宽厚的社会环境；二是在人文精神与人文关怀失落与空缺的同时，在可以直接寄寓人们情感的散文创作中有了对人文精神的不懈追寻。因此，不管是对历史事件及人物的开掘，对山川景物的感悟，对人类自身的终极关怀与思考，对人类与自然关系的把握，还是进行直截了当的人文批判，它们分别从各个不同角度执着地呼唤人文理想，展示人的精神世界。

思想着的散文不是板着面孔，以一个传教士的身份步入读者视野。而是像柯灵先生所说的那样："寸楮片纸，却足以熔冶感性的浓度，知性的密度，思想的深度，哲学的亮度。一卷在手，随兴浏览，如清风扑面，明月当头，良朋在座，灯火亲人。"②真正具有人文精神魅力的散文，是融学养、智慧、才能、文采为一体的集合体。因此，它可是洋洋数万言，也可是精雕细刻的短章。

可以肯定地说，目前散文创作中负载人文精神与人文理想的思想性散文，之所以引起读书界乃至普通百姓的强烈兴趣，是因为它是社会文化的补钙剂。在今后很长的一段历史时期，此类散文将会愈来愈繁荣，因为它是社会的良知。

原载《延安大学学报》（社会科学版）2000年第3期，人大复印报刊资料《中国现代、当代文学研究》2001年第2期全文转载

---

① 谢冕：《文学的纪念》，载《文学评论》1999年第4期。
② 胡颖峰：《走向现代的中国女性散文》，载人大复印报刊资料《中国现代、当代文学研究》1999年第3期。

挚恋土地的美文

——浅论刘成章陕北风情散文

刘成章是陕北籍作家，也是新时期以来一位创作活跃、实力雄厚的散文作家。从1981年以来，他跳出长期经营的诗歌、歌词、剧本等样式的创作藩篱，"中年变法"，以专攻陕北题材的风情散文创作为发端，硕果累累，构成散文的一方风景。1998年，其散文集《羊想云彩》获首届鲁迅文学奖散文奖。

刘成章的陕北风情散文，在自己的生活历程和游踪中取材，具有浓郁的乡土气息和强烈的时代感；同时在表现上借鉴陕北民歌"信天游"的神韵，通过诗化的形式，进行简约而巧妙的构思，语言幽默，富有情趣。他的散文几乎篇篇都是精心酿造的美文佳作。著名散文作家郭风言："刘成章同志的成就，给予陕西的散文创作以引人注目的地位。"[1]贾平凹先生亦言："刘成章的散文在当代中国散文界是独立的，而且是独立的鹤，不是鸡，立得很高。"[2]然而，正如文学评论家阎纲先生所指出的那样，"他（刘成章）的散文，五彩缤纷，很善于着色，西北风骨，黄土气韵，有醉倒人的力量。可惜宣传没有跟上……"[3]

---

[1] 郭风：《关于〈老虎鞋〉》，载《光明日报》1987年5月31日。
[2] 贾平凹：《关于刘成章散文》，载《文汇读书周报》1995年1月28日。
[3] 阎纲：《给王愚的一封信》，见《出版信息摘编》，陕西人民教育出版社，1994年11月30日。

本文以刘成章的陕北风情散文为例,对其散文的情感世界和艺术特征进行解析。

唱给黄土地的赞歌

从1981年创作第一篇散文《转九曲》到90年代末,刘成章创作的焦点大都集中在陕北题材的散文上。1994年陕西人民教育出版社出版的《刘成章散文集》,全书收录了98篇散文,其中60篇左右是写黄土高原的;1996年工人出版社出版的散文集《羊想云彩》,关于陕北风情的散文也占了一半之多。刘成章的散文,将黄土高原的山水沟壑,风物人情,尽收其中。他的获奖作品大都是有关陕北的风情散文,如获首届《散文》月刊作品一等奖的《转九曲》,1987年获《散文选刊》一等奖的《高跟鞋,响过绥德街头》,1989年获《人民日报》"燕舞杯散文征文"二等奖的《山峁》,1995年获"首届韩愈杯散文大赛"二等奖的《穷山饿石间的生命》,等等。

为什么刘成章把散文创作的视点较多地集中在陕北题材上?因为,陕北是刘成章的生身热土,生于斯,长于斯,恋于斯,作家对故土陕北爱得深沉恳挚。早在80年代,他在《我的三秦》散文中这样吟唱道:"我爱我们的这一片土地。在这儿,一棵小草的萌动,一粒石子的滚落,都会触发我的诗情。""我希冀我的心,从三秦的每座峰峦、每条河流、每棵树梢上亲昵地擦过,哪怕擦出血来,我都不喊一声,因为这对于我,是最愉悦、最幸福不过的事情了。"到了90年代末,他仍不改初衷,在《羊的絮语》中说:"我出生在陕北,我眷恋着那片土地,我是羊。"

刘成章的陕北风情散文,既有自然景观的描摹,如《老黄风记》《黄土写意》《山峁》《壶口瀑布》《清凉山》《市场沟》《扛橡树》《稀世星空》等,也有陕北风俗人情的展示,如《转九曲》《高跟鞋,响过绥德街头》《安塞腰鼓》《米脂赋》《陕北剪纸》《河畔的枣儿》《榆林

《定边》《陕北民歌》《水》等；既反映出陕北这块黄土高原上的人格秉性，如《去看好婆姨》《奇崛的一群》《穷山饿石间的生命》《这边风景》《野物启示》等，也细腻地表现出自己对土地、对童年岁月的怀念，如《海》《老虎鞋》《压轿》《我们像珠珠蛋蛋的时候》《草色呐喊连绵的鲜碧》等等。刘成章的笔端，弥漫着无尽的黄土气息，激荡着黄土、黄河与它们儿孙们顽强生命的立体混响。腰鼓、黄土、乳汁、剪纸、高跟鞋、老虎鞋、枣儿、老黄风、唢呐等等，成为表现风俗人情的意象符号。这一个个充满活力的情感意象，汇聚在一起，构成了作者对黄土地的深深挚爱。这种挚爱，是用生命去紧贴着这块黄土地，是作家心音与地音碰撞产生的火花。

对"陕北"这一概念，作家有自己的理解。"陕北"这个特殊的历史地理文化名词的内容，至少应该包含这两方面的含义：一是陕北古代是中原农耕文化与草原游牧文化的结合部，民族战争与民族融合贯穿古代陕北的始终；二是陕北在中国现代史上有过辉煌的历史，陕甘宁边区曾经是中共中央的所在地。陕北这块土地虽然是穷山恶水，拥有众多的苦难，但在地理地貌、风土人情等方面呈现出"这一个"的风采。如陕北的黄土高坡、陕北的民歌、陕北的腰鼓、陕北的男女恋情等，具有广泛的文化传播性。这里尤其要指出的是，在陕北这块土地上生存的"陕北人"，已不是一个地域性、社会性的生命群落，而是一个文化性的生命群落。因此，刘成章的陕北风情散文，由80年代初自发地表现陕北的风情民俗，在逐渐的探索过程中，到90年代上升为一种自觉营构"陕北"的文化意象，表现"陕北人"的生存与文化状态了。正如肖云儒先生所言："他大量而详实地写到陕北的艺术文化、民居文化、时岁文化、婚丧文化、宗教文化、衣饰文化和饮食文化，但这些都不是他走笔行文的焦点，他的焦点在于描述陕北人的精神内涵和文化特征。"[1]因此，刘成章通过笔下那连绵不断的黄土群山，《这边风景》中的大黄风、野菜野果，转九曲的灯火，压轿的甜

[1] 肖云儒：《刘成章散文的"信天游"》，载《陕西日报》1994年12月8日。

蜜，唢呐的旋律，民歌的韵致，腰鼓的节奏，高原上粗犷的汉子、漂亮灵秀的女子以及他们纯情率真的儿女恋情，进一步展示陕北独特的文化特征。

在这里，我们必须注意到"羊"这个在刘成章陕北风情散文中较多出现的意象。如"我出生在陕北，我眷恋着那片土地，我是羊……"（《羊的絮语》）、"羊儿老矣，羊儿备尝世事的艰辛，黑毛落上了白霜，白霜冰冷着抑郁的思绪……"（《草色呐喊连绵的鲜碧》）"羊"是陕北高原常见的一种食草动物，性格平和、温顺。以此作比，一方面道出刘成章对陕北的依恋，另一方面道出他平和的性格。刘成章既为陕北高原之子，又客居省会城市，远离陕北，生活角色的转换，使其拥有独特的审美视角。他热爱陕北高原，几乎到了狂热的地步，既炽烈又深沉。他的思维空间里，陕北是美好情思与愿望的负载体，不允许蒙染一丝一毫的杂尘。因此，在其散文创作中，他既"卖的是生活"[①]，又对生活进行过滤，滤其杂质，取其精华。也正如他自己总结的"捕捉记忆深处的亮点"，陕北的山水沟壑、人情风物，均被赋予美好的意义。可以这样说，刘成章散文世界中的"陕北"太完美了，完美得连"老黄风"这样丑恶的物象，也成为审美的对象。王愚先生曾经说过："（刘成章）对一片黄土地的热恋，对陕北的一草一木，包括落后、包括先进的都有新感受，对乡土的那种恋情令人难以理解，但这也是他的成功之处。"[②]黄土之色、黄土之恋成全了刘成章，使他终于有了属于自己的发现、自己的发掘、自己的描写，他的作品承载着美的事物，流溢着美的情思，因而具有较高的审美价值。

"信天游"的歌咏方式

既为美文，内容与形式必须高度统一。对于刘成章来说，"陕北生来

---

① 刘成章：《我与散文》，载《散文选刊》1986年第8期。
② 王愚：《刘成章散文谈》，见《出版信息摘编》，陕西人民教育出版社，1994年11月30日。

陕北长，因为你魂牵这地方。"陕北是刘成章的生身热土，他对陕北有常人无法想象的情结。因此，他在试图通过散文来传达对故土之爱时，必须选择一种他最熟悉、最得心应手的表现方式，即汲取"信天游"的营养、把握其神韵的方式。

早在80年代初，刘成章就说过："散文是洋的居多。我就想了：我们能不能开辟点新天地？""我出生在陕北的山沟里，小时候经常演秧歌，本身就是土的，发展散文又有这个需要，于是我就追求土了。我追求有诗意的土，有灵光的土，开着花长着草的土。我想让我的散文向信天游靠拢……我想，什么时候我把信天游的艺术较多地糅合到我的散文里，我的散文就写成功了。"[1]直到90年代末，刘成章仍不改初衷，"歌有个性才有价值。十多年前我这样说过：我追求土，追求开着花长着草的土，有诗意的土，有灵光的土。现在我依然坚持如故。我一直想让我的歌具有信天游的旋律"[2]。

信天游是陕北民歌的主要形式，它在创作方法上，几乎全部采用比兴手法，托物言志，以物比人，或直抒衷肠。生于陕北、长于陕北的刘成章，耳濡目染着信天游的节奏、旋律，对这种民间的诗歌样式有深刻的体认。1966年，他由陕师大中文系调入延安歌舞团，长期从事诗歌、歌词、剧本的创作，有着丰富的生活积累和艺术体验。这种艺术体验，即使在新时期之始他再次调回省城时也刻骨铭心。因此，刘成章在不断寻求自我、调整自我、定格自我的过程中，在散文的表现形式上，更注重对民族化与地方特色的认同。可以这样说，刘成章对"信天游"的借鉴，不是简单的模仿，而是对其情调与神韵的把握。他在陕北风情散文中，注重对陕北的山水物貌写意，对陕北风情的展示与渲染。他的散文让人一看就是刘成章的，而且只能属于刘成章。正如阎纲先生所言："要是说散文以诗魂为上的话，刘成章散文的诗魂就是信天游，大胆浪漫的、纯朴实诚的、情意绵

---

[1] 刘成章：《我与散文》，载《散文选刊》1986年第8期。
[2] 刘成章：《羊想云彩》，载《散文选刊》1998年第4期。

绵的、悲凉苍劲的、妙语连珠的、七色斑斓的、朗朗上口的、高亢悠长的、此起彼应的、白到家又短到家的、如天籁自鸣的、声声拨动心弦的信天游。"①

第一,在对"信天游"情调与神韵的追求上,刘成章陕北风情散文的艺术形式闪烁着诗意的美。通览其陕北风情散文,不难发现几乎篇篇都是构思精巧的"诗的锦彩"。刘成章具有相当丰富的生活积累和敏锐的艺术感觉,他身上有股激情的火焰,以诗人的心灵感受生活,捕捉生活的美和心灵的亮点。因此,无论是记忆深处的人和物,新生活中的人和事,甚至很少引人注意的土的东西,在他的眼里都是闪闪发亮的,是有诗意有灵光的,能唤起他的乡情,激起他的创作欲望。他的散文从自己的生活历程和游踪中取材,更多的是自己亲身的体验,血肉的感情,火热的心肠,捧起生活中激情的浪花,抓住心灵中一次不寻常的颤动,揭示人生的底蕴。刘成章散文写其成长的土地,乡土气息浓郁,表现出对陕北这块生身厚土的无限眷恋之情。其散文的发轫之作《转九曲》,是一篇记叙延安附近赵家沟村民"转九曲"迎新春的散文,这篇佳作流溢着诗的情韵,表现出激荡心灵的诗意美。《高跟鞋,响过绥德街头》,从陕北高原的绥德县城姑娘们穿着高跟鞋"笃笃笃"的响声中,捕捉到生活中的诗意美;《老黄风记》通过对陕北地区特有景观"老黄风"的精彩描绘与渲染,写出在这种恶劣环境中生存的陕北父老的精神风貌;《安塞腰鼓》是一曲陕北人生命与活力的火热颂歌,是一首黄土高原沉实、厚重内蕴的诗性礼赞;《山崩》《这边风景》《黄土写意》《奇崛的一群》等篇什,也都是用诗的旋律吟成的陕北颂歌。浓烈的诗意美,使刘成章陕北风情散文具有较高的艺术品位。

第二,丰富而大胆的想象与联想,构成了刘成章陕北风情散文的绚丽色彩。想象与联想,是形象思维的主要方式。在某种意义上,想象与联想的能力,是衡量一位作家创新能力的重要标准。对于刘成章来说,长期

① 阎纲:《刘成章的散文——无韵之信天游》,载《西部文学报》1996年8月15日。

的文学创作实践，和对色彩斑斓的陕北民间文化、民间艺术营养的很好汲取，使其在陕北风情散文中，表现出大胆、奇谲、浪漫的想象与联想，让人为之感叹。丰富的想象与联想，是建立在比喻句的大胆使用上。如他的代表作《安塞腰鼓》中的腰鼓，像"百十块被强震不断击起的石头，狂舞在你的面前"。"百十个腰鼓发出的沉重响声，碰撞在四野长着酸枣树的山崖上，山崖蓦然变成牛皮鼓面了……""骤雨一样，是急促的鼓点；旋风一样，是飞扬的流苏；乱蛙一样，是蹦跳的脚步；火花一样，是闪射的瞳仁；斗虎一样，是强健的风姿……"在这奇伟的想象中，刘成章攫出了陕北人的元气和精魂。散文《水》中有这样的句子："南方是踏碎了的镜子，镜子的碎片是湖，是塘，是河，是水田；碎片和碎片之间的一些缝隙，才是泥土。""（在陕北）望天，云彩是晒干了的手帕；望地，山峁是烤煳了的面包。"《清凉山》中有"石崖是仙家的宽银幕，神仙把它绷起来了；神仙在宽银幕上，放映的是云，是霞"。在奇思妙想之中，在丰富而生动的比喻中，刘成章呈现于读者的，不是一般的风景写生画，而是饱含着作家情思的、色彩斑斓的一幅幅陕北风情画，令人为之陶醉、沉迷。

　　第三，幽默与诙谐的情趣，表现出刘成章陕北风情散文的情趣美。从科学角度考察，幽默是一种心理机智，也是人生达观精神的体现。陕北是中国黄土最深厚的地区之一，这里贫瘠的土地，锻铸了陕北人奇崛的心理状态、行为方式以及价值观念。陕北人对待苦难，善用幽默的方式化解。陕北人解"心焦"的方式便是吼信天游，便是自我嘲解。在刘成章的眼中，陕北人憨厚中透出幽默。透过幽默，"看见了性格的自在，精神的舒展，心灵的洒脱。他们虽然贫穷点，但是他们积极乐观……他们真有点超尘脱俗的仙味……这恐怕要归功于严酷的自然环境和多种文化的交汇。前者磨炼了他们，后者优化了他们。"（《奇崛的一群》）基于对陕北文化的特殊理解，刘成章的陕北风情散文中呈现出幽默、诙谐的情趣美。而这种幽默，是通过夸张、拟人、比喻等娴熟的修辞手法来具体表现的。如其散文名篇《去看好婆姨》，描写了七个揽工修桥的青年农民，到离工地三十多里地的小镇看漂亮媳妇"小飞船"的事。他们来到小镇时，"这帮如狼似虎的后生，却忽然变成了兔子。狼的勇气没有了，虎的勇气没有了，有的只是兔子的畏畏缩缩。他们互相看看，笑笑，没人敢于继续迈开腿去，一个个往后缩。路上的那股争先恐后的劲头消失殆尽，而是争后恐先。矮后生被别人推得撞到大门上，他便逃命似的猛跑回来，笑着，脸胀得红似残阳……"当看了镇子里那位出类拔萃的"小飞船"后，归返路上，他们想起在家乡的婆姨，后悔地说："真是划不来，白撂了我的二十几块钱了。"刘成章的行文真是妙趣横生，陕北人的男女之爱，毫无一丝轻狎猥亵，确为天然、真纯与幽默。

第四，具有浓郁乡土气息的声情并茂的语言，构成刘成章陕北风情散文的语言美。文学是语言的艺术。刘成章的陕北风情散文，大胆、奇谲的想象与联想，比喻、拟人、夸张、通感等修辞手法的妙用，意象的叠加，都是通过语言来凸现于纸面的。因此，刘成章的陕北风情散文语言中，既带有对特定土地的泥土气息的艺术感受力、联想力，也有对特定地域语汇的活用而形成的表现力。这样，他的散文有一种鲜明的文学个性。如《老虎鞋》的开头："那是1937年春天，像故乡延安的天空掉下一滴普通的雨星，像那山山洼洼冒出一棵寻常的草芽，鸡不叫，狗不咬，我，降生了……我躺在铺着破沙毡的炕上，像一颗刚从泥土里刨出来的洋芋蛋蛋。"这段文字清新、自然，带有泥土的芳香。《山川灵气》中，刘成章又是这样描写家乡唢呐吹奏的欢乐场面的："一转过山峁，就听见唢呐声了。好像唢呐在吹，声音咿哩哇啦，高高低低、长长短短、粗粗细细，有如黄鹂、雄鸡、羊羔、秋虫一起欢唱，好红火热闹哟！"那种真切的感情，欢跃的节奏，惟妙惟肖的比喻，短句和叠字的运用，都增强了语言的感人力量。还有"羊蹄蹄敲打的韵里，陕北，甘谷驿油田，遍地采油机像磕头一样，一动一动。采油机，像庄户人心目中的孝子，淳朴而虔诚，不住地磕头。哦，该是一个超级家族在举行古老的盛典吧，场面宏大，孝子众多……"(《甘谷驿小记》)"榆林的小巷纵横交错,笔直而幽深,有的很窄,只容一人通过,幸好走遍榆林城,没见过一个大胖子。苗条女子们却乐了,这小巷也好像专为她们而设的。她们迎面往来,轻,灵,滑,捷,云缝的燕子似的,绝无碰撞,还不时扬起咯咯咯的圆润笑声。你在这小巷中行走,常常会看见小巷一壁的街门中,倏忽闪出一只红袖,倏忽闪出一只泼水的脸盆,倏忽闪出一只崭新的自行车的轮子,你就会想到那些院落中,还深藏着多少娇丽的女子。"(《榆林》)这种清新、亮丽的语言,在刘成章陕北风情散文中随处可见,它不仅使语言增添了乡土气息,更主要的是使语言有了活力,有了可触可摸的美感。

总之,"哪章得'我'哪章新!"[1]而使散文家刘成章成为"写陕北的能手"[2]的陕北风情散文,在自己的生活历程和游踪中捕捉生活的闪光点,以信天游的神韵为主旋律,高唱着挚恋陕北的颂歌,乡土气息浓郁,成为中国当代散文的独特表达。正如肖云儒先生所说的那样:"他的散文可以归入乡土散文一类,既以乡土乡风乡亲乡情为情结,对陕北生活、陕北文化作了深层开掘,又以民俗和民艺为熔接剂,使自己的文章熔铸进陕北民间艺术中去,他的散文已经由文学转成艺术,成为陕北艺术现象之一种。"[3]

当然,刘成章的陕北风情散文也存在着一些不足。他的绝大部分作品是一种生活的体验,较侧重于陕北人情风貌的表现。这就使其作品感情虽显真挚,但深邃不够。其实,刘成章也意识到这点,他在《草色呐喊连绵的鲜碧》一文中这样说道:"我虽然气力不行了,但也应该振作精神,跟上踏青的队伍,并以自己发痒的嗓子,唱一曲跟上时代节拍的'西北风'。"这些年,刘成章在陕北风情题材散文的创作上,噬咬着自己的茧壳,努力突破自我。如其《二十世纪陕北之大景观》等篇什,明显地融注

---

[1] 刘成章:《我与散文》,载《散文选刊》1986年第8期。
[2] 阎纲:《刘成章的散文——无韵之信天游》,载《西部文学报》1996年8月15日。
[3] 肖云儒:《刘成章散文的"信天游"》,载《陕西日报》1994年12月8日。

进历史意识。与此同时，他又适应时代和个人生活的变化，逐步扩大题材范围，显示出自己多方面的感悟和思考。我们深信，随着刘成章生命体验与感悟的不断加强，今后他将会创作出审美价值更高的陕北风情散文。

原载《当代文坛》2001年第2期，人大复印报刊资料《现当代文学文摘》2001年第3期转载

高原生命的火烈颂歌，民族魂魄的诗性礼赞

——刘成章散文《安塞腰鼓》赏析

《安塞腰鼓》是刘成章先生的散文名篇，最早发表于1986年10月3日的《人民日报·大地副刊》上，后被选入多家散文选本；1996年收入由工人出版社出版的散文集《羊想云彩》（此散文集荣获首届鲁迅文学奖散文奖）。目前，又被选入中学语文课本。

"安塞腰鼓"是陕北高原特有的地域文化现象，也是陕北人精神风貌的象征和符号，而这一切均与陕北古老的历史有关。陕北高原是连接中原农业民族和草原游牧民族的重要通道，自古以来就是边关要地：秦始皇时期大将军蒙恬率三十万大军镇守陕北，筑长城，修直道，防止匈奴内侵；北宋时期韩琦、范仲淹、沈括等一代武将、文臣来到陕北，领导过抵御西夏人入侵的战争；明朝时期九镇之一的"延绥镇"长城，几乎承担了明朝中、后期北方边境一半以上的防务。可以这样说，"安塞腰鼓"既是古代激励边关将士冲锋杀敌、浴血奋战的号角，也是将士们征战凯旋的欢迎曲。它气势磅礴，它置于死地而后生，它充满激情与力量，它是生命的舞蹈与狂欢……古代战争擂鼓鸣金的场面，永远地消失了。然而，这种充满激情和力量的仪式，却深深地根植于陕北这块古老的土地。陕北的乡间，腰鼓成为一种娱乐形式，于浪漫中宣泄生命的激情，于诗意中追求永恒的精神力量。20世纪以来，随着中国共产党中央进驻延安十三年，以及

中国革命取得胜利，"延安精神"走向全国，"安塞腰鼓"这种原来纯民间的广场文化形式，也渐渐走进庙堂，进入全中国乃至整个世界的视野。远不要说五六十年代，"安塞腰鼓"曾经如何在亚非拉走红；也不要说80年代初，"第五代导演"陈凯歌一炮打响的《黄土地》中"安塞腰鼓"是如何征服西欧观众的心灵；就是80年代以来，我们国家许多次大型的国家庆典，均有"安塞腰鼓"出场。某种意义上，"安塞腰鼓"所释放出的能量，不仅仅是陕北这块古老的黄土地的地域文化信息，更重要的是它已经成为中华民族坚毅不屈、意气风发、蓬勃向上、积极进取的精神象征。换句话说，"安塞腰鼓"是用宏大的场面、奔放的动作、铿锵的节奏、激昂的鼓点来表现诗的内容。对于散文家刘成章来说，他生于黄土地，长于黄土地，熟悉这里的一山一水，一草一木。更主要的是，他对高原生命有深刻的体认，他的骨子里有种高原地域特有的诗意的浪漫情怀，而成为陕北高原上的一位"歌手"，一位著名的浪漫诗人。20世纪80年代初，人到中年的刘成章先生，"中年变法"，放弃了原先所熟悉的诗歌、歌词等创作形式，找寻到散文这种新的艺术创作方式。其实，他的散文的生命内核还是激扬的浪漫，还是"信天游"的旋律。当他远离家乡来到省城后，脑际里回闪着"安塞腰鼓"那踏破岁月、气吞山河的壮丽景象，耳畔里仍回旋的是高原上那在沉默中爆发的鼓点。面对80年代我们祖国在改革开放中日新月异的景象，他怎能不为之怦然心动，怎能不为之而欢欣鼓舞呢？此情此景，转化成刘成章日日感悟又在"那一瞬间呈现理智和情感的复合物的东西"（美国意象派诗人庞德语），即"安塞腰鼓"。他必须用"安塞腰鼓"这种特定的意象来传达他对生活、对时代的审美感受，传达他对生命的诗意的理解！

因此，《安塞腰鼓》呈现出这样几方面的特征：

第一，浓墨大笔，抒写饱满的生命激情。刘勰在《文心雕龙·情采》中言："五情发而为辞章。"刘成章的《安塞腰鼓》就是"为情而造文"的标本。《安塞腰鼓》通篇贯注一个"情"字，作家通过一系列对"安塞腰鼓"赞美的语词,来直抒胸臆。这种挚爱既表现为对陕北高原土地和土地上生命的赞美,又表现为对我们这个从沉睡中觉醒、迈着雄健的步伐、不断走向繁荣的伟大祖国的礼赞!语词激昂,酣畅淋漓,如大河滔滔,一泻千里。如,"黄土高原上,爆出一场多么壮阔、多么豪放、多么火烈的舞蹈哇——安塞腰鼓!""容不得束缚,容不得羁绊,容不得闭塞。是挣脱了、冲破了、撞开了的那么一股劲!""黄土高原啊,你生养了这些元气淋漓的后生;也只有你,才能承受如此惊心动魄的搏击!""每一个舞姿都充满了力量。每一个舞姿都呼呼作响。每一个舞姿都是光与影的匆匆变幻。每一个舞姿都使人战栗在浓烈的艺术享受中,使人叹为观止"等等。作家把黄土高原的元气和魂魄,一下子攫得淋漓尽致!

第二,以诗载情,使整个散文呈现出雄奇的诗意美。《文心雕龙·情采》中又言:"情者文之经,辞者理之纬;经正而后纬成,理定而后辞畅。"为了确保情感的畅通无阻,刘成章《安塞腰鼓》通篇用诗的方式加以强化。这篇散文的诗意美来自两方面:一方面是内在的意蕴美;另一方面是语词、句式乃至整体节奏上,均经过一番苦心孤诣的设计,使整个散文充满一种神奇的形式美。当然,这种设计宛若天成,恰到好处地传达出作家的丰富而生动的情感世界。

一是文笔峭厉。为了表现激扬而飞动的"安塞腰鼓",作家在语句上大胆地刀削斧砍,仅保留枝干,使其产生奇谲美的效果。你看,《安塞腰鼓》开头"一群茂腾腾的后生"一句自成一段,兀立于天地之间,实令人为之感喟。像这样的语句,在这篇仅有千字的散文中比比皆是。

二是语句铿锵。作家在散文中为了传达勃发的生命激情,直接使用了一连串短语。这样,使文章的节奏相当紧凑,像波涛一样一浪接一浪,倾泻而出,欲止不能。如,"一捶起来就发狠了,忘情了,没命了!""后生们的胳膊、腿、全身,有力地搏击着,急速地搏击着,大起大落地搏击着。它震撼着你,烧灼着你,威逼着你。""愈捶愈烈!痛苦和欢乐,生活和梦幻,摆脱和追求,都在这舞姿和鼓点中,交织!旋转!凝聚!奔突！辐射！翻飞！升华！人，成了茫茫一片；声，成了茫茫一片……"几字一顿，频频出击，使语势自然激越、昂奋。

三是善用排比、叠句等修辞手法，加强散文的气势和力量。如："骤雨一样，是急促的鼓点；旋风一样，是飞扬的流苏；……火花一样，是闪射的瞳仁；斗虎一样，是强健的风姿。""隆隆隆隆的豪壮的抒情，隆隆隆隆的严峻的思索，隆隆隆隆的犁尖翻起的杂着草根的土浪，隆隆隆隆的阵痛的发生和排解……""愈捶愈烈！形体成了沉重而又纷飞的思绪！愈捶愈烈！思绪中不存任何隐秘！愈捶愈烈！痛苦和欢乐，生活和梦幻，摆脱和追求，都在这舞姿和鼓点中，交织！……"排比句的大量使用，使语句汪洋恣肆，表现出"安塞腰鼓"气吞河山的场面和震撼人心的力量。

四是作家通过具有音乐性的复叠咏叹，进一步加强散文中的情感传达。在《安塞腰鼓》中，作家有意识地在每个层次之末，单独设计"好一个安塞腰鼓""好一个黄土高原！好一个安塞腰鼓""好一个痛快了山河、蓬勃了想象力的安塞腰鼓"的咏叹句式，而且在反复咏叹之中常有变化，每段都有新意，层层递进，直把情感步步推向高峰，更加强了散文的诗意美，使通篇散文具有形式的回环美和音乐的节奏美。

第三，想象奇伟，意境雄浑。德国19世纪著名的美学家狄尔泰曾指出："最高意义上的诗是在想象中创造一个新的世界。"刘勰也曾说过："神用象通，情变所孕。"（《文心雕龙·神思》）刘成章"那唤起一系列想象的构想过程的力量，来自心灵深处，来自那被生活的欢乐、痛苦、情绪、激情、奋求振荡着的心灵的底层"。（刘小枫《诗化哲学》）"安塞腰鼓"这个特定的意象，在刘成章的脑际孕育、旋转，仿佛地底突腾运行的火山岩浆，最后有最彻底、最尽兴的喷发。于是，灿烂的意象在瞬息之间纷翻飞舞，源源不绝的大河波涛汹涌，生命的畅想在历史和现实间遨游……

你看，刘成章在这样的场景上展开其想象：无风之季，黄土高原上的一片高粱地里，兀立着一群茂腾腾的后生。这是一个"于无声处听惊雷"

的背景！然而，当后生们的鼓槌擂起来的时候，在作家的眼里，"百十个斜背响鼓的后生，如百十块被强震不断击起的石头，狂舞在你的面前"。作家的脑际迅速集合真实生活体验的记忆，展开思维的翅膀，在想象的天空中自由翱翔。于是便有了鼓点是"骤雨"、流苏是"旋风"、瞳仁是"火花"、风姿是"斗虎"的丰富联想。你再看，这"安塞腰鼓"，既"使冰冷的空气立即变得燥热了，使恬静的阳光立即变得飞溅了，使困倦的世界立即变得亢奋了"，也使作家想起"落日照大旗，马鸣风萧萧""千里的雷声万里的闪""晦暗了又明晰、明晰了又晦暗、尔后最终永远明晰了的大彻大悟"；你再听，在作家的耳畔，"山崖蓦然变成牛皮鼓面了"，发出"隆隆"的声音，而这"隆隆"的声音，既仿佛"豪壮的抒情""严峻的思索"，又仿佛"隆隆隆隆的犁尖翻起的杂着草根的土浪""隆隆隆隆的阵痛的发生和排解"……作家在创造力的世界中"神与物游"，读者也跟随着心宇驰骋，思绪万千。

《安塞腰鼓》既是高原生命的热烈颂歌，也是民族魂魄的诗性礼赞。它以诗一般凝练而又富有动感的语言，谱写了一曲慷慨昂奋、气壮山河的时代之歌。

原载《名作欣赏》2001年第5期

高建群陕北题材小说浅论

高建群是新时期以来陕西涌现出来的一位重要作家。他虽然不是陕北籍人，但因青壮年期间长期生活、工作在延安，并且创作出一系列以陕北题材为审美对象的小说，被人们习惯地称为陕北作家[①]。

按照小说创作的时间划分，高建群的小说创作可以分为中篇小说创作时期和长篇小说创作时期。中篇小说创作时期，主要是指20世纪80年代中后期，在这段时间里，高建群的精力集中在中篇小说创作上，主要作品有《遥远的白房子》《伊犁马》《骑驴婆姨赶驴汉》《老兵的母亲》《雕像》等中篇小说。其中，《雕像》获《中国作家》"优秀作品奖"和"庄重文学奖"。长篇小说创作时期主要是指20世纪90年代以后，高建群逐渐转向长篇小说创作。继1993年出版长篇处女作《最后一个匈奴》后，又出版《六六镇》《古道天机》《愁容骑士》等三部长篇小说。

按照小说创作的题材划分，高建群小说创作有两个重要母题：一是"白房子"题材；一是陕北题材。取材于"白房子"时期的小说有中篇成名作《遥远的白房子》，中篇小说《伊犁马》《马镫革》《要塞》《大杀戮》，以及长篇小说《愁容骑士》等；取材于陕北生活的有中篇小说《骑驴婆姨赶驴汉》《老兵的母亲》《雕像》，长篇小说《最后一个匈奴》等。

客观地评价，高建群陕北题材的中长篇小说成就较大。本文试图通过对高建群几部重要小说的解读，把握其陕北题材小说的基本特征。

---
① 李继凯：《秦地小说与"三秦文化"》，湖南教育出版社，1997年，第102页。

以历史文化的角度观照陕北，审视高原

何为文化？仁者见仁，智者见智。从符号学的角度看，文化是人类的符号思维和符号活动所创造的产品及其意义的总和。符号学派的创始人卡西尔认为与其说人是政治的动物或理性的动物，不如说人是文化的动物。"人的突出特征，人的与众不同的标志，既不是他的形而上学本性，也不是他的物理本性，而是人的劳作（work）。正是这种劳作，正是这种人类活动的体系，规定和划定了'人性'的圆周。语言、神话、宗教、艺术、科学、历史，都是这个圆的组成部分和各个扇面。因此，一种'人的哲学'一定是这样一种哲学：它能使我们洞见这些人类活动各自的基本结构，同时又能使我们把这些活动理解为一个有机的整体。"[1]我国当代著名文化学家庞朴先生认为："文化，从最广泛的意义上说，可以包括人的一切生活方式和为满足这些方式所形成的心理和行为。它包含着物的部分、心物结合的部分和心的部分。如果把文化的整体视为立体的系统，那时它的外层便是物质的部分——不是未经人力作用的自然物，而是'第二自然'，或对象化了的劳动。文化的中层，则包含隐藏在外层物质里人的思想、感情和意志，如机器的原理、雕塑的意蕴之类；和不曾或不曾体现为外层物质的人的精神产品，如科学猜想、数学构造、社会理论、宗教神话之类；以及，人类精神产品之物质形式的对象化，如教育制度、政治组织之类。文化的里层或深层，主要是文化心理状态，包括价值观念、思维方式、审美趣味、道德情操、宗教情绪、民族性格等等。"[2]

高建群陕北题材中篇小说出场的基本背景是80年代中后期。我们知道，80年代中后期，西方许多文学理论被译介，文学界"文化寻根热"一浪高过一浪。作家韩少功在《文学的"根"》中，第一次明确阐述了"寻

---

[1] 恩斯特·卡西尔：《人论》，甘阳译，上海译文出版社，1985年，第87页。
[2] 转引自童庆炳：《文化诗学是可能的》，载《江海学刊》1999年第5期。

049

根文学"的立场,认为文学的根应该深植于民族文化的土壤里。正如文学评论家陈思和所言:"这种文化寻根是审美意识中潜在的历史因素的觉醒,也是释放现代观念的能量来重铸和镀亮民族自我形象的努力。"[1]处地偏僻的高建群不一定真正了解处于前沿位置的学术动态,但国内文学界的"文化寻根热",一定已经进入他的视野,他明白文化在小说中的含量。高建群解读陕北的钥匙就是文化,他基于历史文化的视点来认知陕北。在高建群的眼里,陕北不仅是漠漠黄土堆累起来的高天厚土,不仅仅是农耕民族和草原游牧民族交融地带与对峙的前沿,而且有其悠久的历史与神奇的文化。这种文化,一方面是在久远的时空中沉积下来的风俗、神话、传说、歌谣,以及历史遗迹、物件、手工艺作品等等;另外一方面是浸注在陕北心灵深处的精神品格。这一切的集合,构成了陕北文化丰富而灿烂的意象。

"历史学家像物理学家一样生活在物质世界之中,然而在他的研究的一开始他所发现的就不是一个一个物理对象的世界,而是一个符号宇宙——一个由各种符号组成的世界。他首先就必须学会阅读这些符号。一切历史的事实,不管它看上去显得多么简单,都只有藉着对各种符号的这种事先分析才能被规定和理解。"[2]高建群的陕北题材中长篇小说,一是善于讲述过去的故事,沉湎于历史的追忆;二是通过对众多隐语符号的设置,把人物置于丰富而灿烂的陕北文化意象中加以表现。从小说创作一开始,高建群就有此明确的目的。

在他的陕北题材中篇处女作《骑驴婆姨赶驴汉》中,高建群一方面赋予了主人公李纪元(李自成的后裔,返乡青年,腰鼓手)、麦凤凰(美丽多情、高傲自尊的城市姑娘)的历史基因和特殊时空的文化内涵;另外一方面,在文本中还反复交代秦直道图、信天游、陕北剪纸、唢呐等陕北文化的元素,竭力扩张小说的容量。我们知道,对于陕北来说,"李自

---

[1] 陈思和:《中国当代文学史教程》,复旦大学出版社,1999年,第279页。
[2] 恩斯特·卡西尔:《人论》,甘阳译,上海译文出版社,1985年,第222页。

成""赫连勃勃""秦直道""信天游""陕北剪纸""唢呐""腰鼓"等,都具有明显的文化内涵和象征意义。如"李自成""赫连勃勃"既代表着一种英雄的时代,又是生命力的象征;"陕北剪纸"曾被许多文化人类学家称为记录中华民族远古生息、繁衍的"活化石";"信天游""腰鼓""唢呐"之于陕北的意义也不言而喻。"在某种意义上说,历史学家与其说是一个科学家不如说是一个语言学家。不过他不仅仅研究人类的口语和书写语,而且力图探究各种一切各不相同的符号惯用语的意义。"①高建群就是一位相当出色的历史学家,通过对表现陕北人生存状态的符号的考察,完成自己的小说创作目的,阐释陕北的特质。这部小说发表后,尽管没有引起评论家们的足够重视,但它在某种意义上,指明了高建群陕北题材小说的文化走向。

同样,在《老兵的母亲》中,高建群一方面精心设计了赫连勃勃的后裔、吹鼓手老刘父子,作为主人公叙述对象存在的姐姐等;另一方面,运用民间故事、历史传说和优美的民歌民谣来充实、衔接自己的故事情节。这样,把故事放置在宏大的文化场景中,既表现出陕北高原母亲为中国革命胜利的无私奉献,又表现出作为"老兵""母亲"在特定历史场合的默默牺牲,从而使人们能够更好地理解陕北这块黄土地的深厚内蕴。即使在《雕像》中,高建群也通过对大年馑的"易子而食"、颇具民俗特点的祈雨等场景的刻画,陕北民歌的大量穿插,以及叙述者的独立言说等方式,旨在证明革命风暴的必然性,旨在证明陕北之所以成为革命中心的合理性。

到了其长篇小说代表作《最后一个匈奴》,仍然走的是文化观照的路子,把人物置于纵深的历史空间中加以凸显。只不过这种观照更为理性化、更为积极。正如其后记所言:"本书旨在描述中国一块特殊地域的世纪史。因为具有史诗性质,所以它力图尊重历史史实并使笔下脉络清晰,因为它同时具有传奇的性质,所以作者在择材中对传说给予相应的重视,其重视程度甚至超过了对碑载文化的重视。""作者试图为历史的行动轨

---

① 恩斯特·卡西尔:《人论》,甘阳译,上海译文出版社,1985年,第225页。

迹寻找到一点蛛丝马迹。作者对高原斑斓的历史和大文化现象，表现出极大的热情……我们这个民族的发生之谜、生存之谜、存在之谜，就隐藏在作者所刻意描绘的那些自然景观和人文景观中。"[①]尤其是小说的标题命名为"最后一个匈奴"，本身具有丰富而深刻的象征意义。它是摒弃外在因素后，对陕北人最具历史和文化的概括。

因此，在《最后一个匈奴》中有两点作家特别关注：一是作者始终把陕北高原作为一块特殊的地域和文化景观加以观照。开头写了吴儿堡，一点匈奴可资骄傲的征服传说，两个风流罪人如何在一条山沟里生下了第一个婴儿，这就是所谓"最后一个匈奴"的来历。书中不断穿插关于陕北的地貌、人种、地域性格以及剪纸、唢呐、腰鼓、信天游等民俗的议论，强化了文化色调。二是研诘历史何以将"民族再造"的重任放到这块轩辕本土上的原因，也就是说，探寻陕北何以在20世纪三四十年代成了中国革命的摇篮和圣地，其秘密何在。

可以这样说，高建群笔下的文化现象，是通过那些有意味的特殊符号来表现的。这一切，使其小说完全有别于路遥等人的陕北题材小说模式。也正因为高建群解读陕北的切入点在文化层面，为其小说赋予了新的内涵。也正因为此，高建群的陕北题材小说具有浓厚的地域文化特色。

采用"合文学目的性"创作小说

现当代传统意义上陕北题材的小说作品，在表现形式上不外乎两种：一是把人物放置在残酷的战争环境中加以表现，如杜鹏程的《保卫延安》，柳青的《种谷记》《铜墙铁壁》等；二是把人物放置在具体的现实生活空间中加以表现，如路遥的《人生》《平凡的世界》。

高建群最大的不同点在于，避开前人已经运用圆熟的纯现实主义的创作手法，力图剖开具象化的生活，从"一个较为简便的角度，洞观着人类

---

① 高建群：《最后一个匈奴》，作家出版社，1993年，第580页。

正在经历着的一切"①，采用"合文学目的性"的手法来表现他所理解的陕北高原，这也使其陕北题材小说具有明显的个性特征。

关于"合文学目的性"，评论家周政保在评论高建群《遥远的白房子》时有所论述："（小说）不是历史学意义上的真实记录，不是报告文学或文学报告，更不是'风俗画'的拼凑与堆砌……它是小说，是一种艺术虚构；它的全部描写仅仅是为了实现某种合文学目的性的表现，而这种文学目的性与小说细节的底蕴及场面设置的内在意义是呈互相适应状态的。"②用一种较为直白的话来表述，"合文学目的性"就恰似中国画中"以心写境"一样，"境"为心用。可以这样解释，"合文学目的性"，在高建群陕北题材小说中，呈现这样几种表现形态：

一是"写心"为主，摆脱了具体的时空、人事的纠缠。

高建群的几部陕北题材的中篇小说，故事情节都非常简单。如《骑驴婆姨赶驴汉》，以双头并进的叙述方式，交代了省城的一个考察队来到黄土高原考察秦直道，回乡青年农民李纪元成为考察队脚夫，与考察队城市小姐麦凤凰猝然相恋而忽视了自身的价值。后来，老父亲李干大用祖传的秦直道图换回了考察队的2000元钱，想为儿子找一个媳妇，可是儿子李纪元却在春节前一天死了……《老兵的母亲》讲述一个"快要被淹没了的、发生在红军时期"的故事。曲曲折折、压压抑抑十三支悲歌，通篇是追怀屈死的母亲的挽歌。皮袄队的勇士攻城失败，史家畔的精壮汉子伤亡殆尽，大悲剧中史铁栓逃回家乡，被他带走的战士的家属们愤怒了，要他偿还自己的亲人——老兵史铁栓有口难辩。于是母亲挺身而出，为儿子也为所剩无几的红军残部，承担了奸细的罪名而被处死。《雕像》讲述艺术家"我"答应为一位红军女烈士塑造题名《牺牲》的雕像。为了自己塑造的兰贞子形象，画家需要更多地了解女英雄的事迹，老革命者单猛承担了这一义务，在一张旧照片上，凝聚了他半个世纪的感怀！当他道破一切时，

---

① 高建群：《为了第一个猴子开始的事业》，载《解放军文艺》1988年第8期。
② 周政保：《〈遥远的白房子〉：并不遥远……》，载《小说评论》1988年第4期。

画家完成了自己的艺术品，单猛老人也走完自己的生命历程。

高建群长篇小说处女作《最后一个匈奴》，是1993年"陕军东征"时期的一部重要长篇小说，也是当年引起注意的一部革命历史题材的长篇。分为上下两卷，上卷主要人物是共产党人杨作新和山大王黑大头，由他们贯穿，写了20年代到40年代的三十年间，大革命的风潮，土匪武装的三反四复，杨作新的深入虎穴，谢子长、刘志丹的创建根据地，毛泽东率领红军抵达陕北，掀开中国革命史的新篇章。杨作新的曲折经历，献身革命，终至屈死狱中，写得动人心魄。下卷主要人物是杨作新之子杨岸乡和黑大头之子黑寿山，时代背景一下子跳到1979年的党的十一届三中全会后。市委书记黑寿山治理沙漠有方，进行着物质领域的革命；作家杨岸乡创作有成，进行着精神领域的创造：他们都没有忘记先烈和父辈。杨作新的平反昭雪，与其妻荞麦的灵柩合葬于吴儿堡，成为下卷的情感高潮。这部长篇小说，难以用完整的故事讲述。简而言之，他写了四个家族三代人的命运，但不是缜密的写实，而是力图勾勒出一个世纪的陕北历史轮廓，昔日的革命战争岁月和今天的和平建设时期。

在这几部小说中，高建群是以"写心"为主，因而摆脱了具体的时空、人事的纠缠，以引导读者迅速越过形象进入哲学感悟的天地为己任。主体意识的渗入，转移了作者和读者对人物形象的注意力，不追求形象的个性化和立体感。也就是说，人物形象是作为作家主体意识的载体而存在的，成为一种抽象物、一种符号。如《骑驴婆姨赶驴汉》这篇小说，如果按照现实主义的标准来评判的话，它的纰漏太多，其中的许多情节显然经不起仔细推敲。但这不要紧，关键是作者要通过他笔下的人物、故事情节等等，表现他独特而敏锐的哲学思考。因此，他笔下的那苦难的经常哼着信天游的女人，城市小姐麦凤凰，李自成的后裔李干大及儿子李纪元，都成为一种生命的符号。

二是这种方式不恪守生活的理性秩序，不恪守现实主义的传统，而是更多地采用诗意的浪漫方式建构小说。

高建群的陕北题材小说具有诗性气质，这与他步入文坛初期，长期从事诗歌创作有关。他把小说当作诗来构思和营造。这样，作品虽有失真和荒诞不经之嫌，但激情澎湃，极大地扩展了小说的容量，丰富了小说的艺术创作魅力。《骑驴婆姨赶驴汉》对比强烈，寡妇与麦凤凰、麦凤凰与李纪元之间不同质地的接触，尤其是乡下青年李纪元同城市小姐麦凤凰初次结识的瞬间印象，都有一种抒情诗的韵律；《老兵的母亲》，属于史诗性质；《雕像》近似于抒情与咏史之间。对《老兵的母亲》，《中国作家》在"编者的话"中，是这样介绍的："正义的冲动，伦理的拷问，复杂的忏悔，通过诗化的语言紧紧交融在一起，也许作者保持了一种必要的距离感和命运感，才使这一传统题材获得了某种新意和凝重的风格。"高建群善于运用穿插、闪回、倒叙等画面，旁白与独白等方式，有时一个章节就是一首长歌。《骑驴婆姨赶驴汉》的引子是一首精炼的长诗，可以说它是作者的创作主旨："秋风荡起高原两千年的悲哀，以欢乐曲祭奠那往昔的年代。男人的英雄情结和美人的长发，证明这块土地尚有灵性存在。"

《最后一个匈奴》上半部力图从人类文化学和地域文化学的角度解释第一代的陕北革命斗争生活；下半部又力图将第二代在极左思潮和路线斗争中遭受迫害表述为人性的压抑、挫伤及其在人民滋养下的康复过程。作品展现了遗落在黄土地上"最后一代匈奴"——陕北人命运的坎坷和精神的复杂及其所造成的悲壮和悲切。

在小说的诗性气质之下，弥漫着深刻的悲剧氛围。某种意义上讲，这种悲剧氛围的酿造，是为了寻找高原的灵性，一种活力、一种激情、一种诗意笼罩下的昔日辉煌。因此，"证明灵性，寻找灵性，直到用自己的作品发掘和再现黄土地的灵性，几乎成为高建群锲而不舍的一种追求"[①]。

三是小说的叙述方式灵活，呈现一种天马行空的状态。这点，发扬了《遥远的白房子》的叙述优点。在《遥远的白房子》中，作品中的第一人称

---

① 高洪波：《解析高建群》，见《新延安文艺丛书·文艺理论卷》，中国青年出版社，2000年，第341页。

以曾经在那里服过役的边防战士的身份出现，是为了对那个已经消失在黑暗岁月里的故事进行艺术真实性和生活真实性的实证和旁证。作者在作品中刻意构筑了三度时空：遥远的过去、第一人称在边防站服役的过去、写作这部作品的现在。这三度时空的作品在叙事上呈现出一种随意性。这种多少带有浪漫主义诗人天马行空的风格，正应了现代小说叙述要求。

现代小说的叙述技巧，小说修辞学研究专家布斯在其著作《小说修辞学》中做过认真研究。他在"距离的变化"一节中，提出小说的叙述类型可以这样划分：（1）叙述者可以或多或少地离开隐含的作者；（2）叙述者也可以或多或少离开他所讲述的故事中的人物；（3）叙述者可以或多或少地远离读者自己的准则；（4）隐含的作者可以或多或少地远离读者；（5）隐含的作者（他自己携带读者）可以或多或少地远离其他人物。[①]一句话，他讲的就是叙述者—作者—人物—读者的关系，或者说，是对一种灵活的叙述方式的掌握。

高建群陕北题材的中长篇小说，具备了灵活掌握叙述方式的特点。《老兵的母亲》的创作时间，据作者的交代，是"1982—1989 黄陵、吴起镇、瓦窑堡、延安"[②]，它应该是高建群中篇小说创作时间最长最早的作品。其中有两个"我"存在。第一个"我"是老兵故事的叙述者，倾诉对象是读者；当故事展开后，第二个"我"则变成了"老兵"，他的倾诉对象则变成了老兵的姐姐。这个中篇小说的叙述呈现第一人称的叙述者、全知视角的叙述者几种状态。在《雕像》中，他忽而是第一人称，忽而是客观描述，隐含的作者以另一种面貌出现，叙述者时而介入时而又退出，老革命单猛对照片的解释含含糊糊，但读者却早已明白；兰贞子双重意义上的牺牲，叙述者是一种崇敬，隐含的作者却多了几分惋惜，读者会随着单菊的视角忽而崇敬，忽而惋惜，忽而又可能不以为然。在《骑驴婆姨赶驴

[①] W·C·布斯：《小说修辞学》，华明、胡晓苏、周宪译，北京大学出版社，1987年，第175—177页。
[②] 高建群：《老兵的母亲》，载《中国作家》1989年第4期。

汉》中，作者的叙述视角灵活，使得小说具有魅力。李纪元的死亡过程是在欣赏寡妇的四幅剪纸后完成的。这四幅剪纸，全是充满象征的画面，包括人之初、饮食男女、云与洪水、落日辉煌中的东方裸女。于是，李纪元从中悟出这不过是"整个人类从发生到终结的全过程的一个缩影"，于是平静地走向死亡。生生死死的过程，在高建群的叙述中进行了最大程度的省略，合理地跳跃、理性地感知，直到平静地走完生命之旅，李纪元成为作者隐含的一个感伤的代言人。

总之，高建群陕北题材的中长篇小说，一方面从文化的视角观照陕北，审视高原，在审美视角上获得了新的突破；另一方面采取"合文学目的性"的手法进行创作，小说具有明确的个性特点。正如评论家雷达分析《最后一个匈奴》所言："这部长篇小说由于作家所持的独特的文化视角和沉郁气质，具有叙事诗的特色，理性分析小说的特色，评论性的雄辩和诗歌的跳跃组合的特色。在格调上比较雄浑，富于诗化特色。"①应该说，这种特点不仅仅适合《最后一个匈奴》，同样也适合高建群其他陕北题材的小说。

毋庸讳言，高建群陕北题材的中长篇小说，同样也存在一些问题。一是思想与形象的有机融合与统一的问题。如有的评论家所指出的那样："(《最后一个匈奴》)上卷比较扎实，下卷行文匆促，形象的东西较稀薄，议论太多，上下卷的衔接也有不够理想之处。总的看来，此书不失为比较成功的长篇。"②二是高建群叙述的灵活，不是凭借积极的叙述理论的支持来完成的，在某种意义上，它是高建群诗人气质在作品中的具体体现。如果仔细阅读，我们还可发现这种天马行空的叙述方式，似乎有一些缺陷，即有其随意性的一面。若控制不当，就会造成叙述的一些混乱。由于篇幅有限，这里就不一一展开论述了。

原载《榆林高等专科学校学报》2001年第3期

---

① 雷达：《93年长篇小说信息》，载《新华文摘》1994年第1期。
② 同上。

散文：当下状态解读与未来走向展望

对当下散文状态的解读

  谈论这个话题，就涉及对散文内涵的把握问题。"当代散文"的根基，在五四新文化运动时期形成的"现代散文"那里。评估当下散文，必须以"现代散文"为参照系。我们知道，中国古代散文是指那些"非韵非骈"散以成行的文章。五四新文化运动以后，出现了"现代散文"的概念。"现代散文"是人的解放的产物，其核心特征是对"个性主义"的张扬，最基本的元素是"真实性""自由性"与"现代性"。其"真实性"，使其便于写真相、表真情、诉真心，反映生活，抒发情感，针砭时弊，表达思想；其"自由性"，使其形式上灵活多样，不拘一格；其"现代性"是指价值指向上具有独立思考与批判意识，具有人道主义的情怀。某种意义上现代散文与现代人的情感与思维有天然的亲近关系，更接近亚文学状态。还有一点，"现代散文"是在排他法下形成的一种非常宽泛的概念，既是文学作品中唯一具有"非虚构性"特征的文体，同时也将非文学的"实用"文体排除在外。它的外延相对宽泛，包容性很强，呈现开放的势态，包括游记、小品文、速写、随笔、通讯、报告文学、回忆录、传记、书信、日记、序跋等体式不一、写法各异的文体。这点在周作人、郁达夫主编的《中国新文学大系·散文一集》和《中国新文学大系·散文二集》中可以得到证明。随感、抒情色彩浓丽的小品、通信、宣言、檄文、辩驳文、序言等，都收入当时的散文选集中。由此可见，"现代散文"除了强调作者的个性特点外，对其外包装形态要求不甚严格。

"当代散文"应该是对强调"立人"与张扬个性精神的"现代散文"传统的继承。但是，这种情怀却被人为地割裂了，以致"当代散文"在很长一个历史阶段里形成了以"抒情散文"为正宗的模式。说到底，这种割裂起于"延安时期"的散文形态。"延安时期"的散文形态经历了自由言说到自觉言说的过程，在形式上"通讯化"倾向更加突出；在内容上表现为对工农兵的书写和对新生活的歌颂。散文成为既定秩序的维护者，表现为"作为文学的一支轻骑兵，却能及时参加战斗，迅速反映人民的愿望和要求，表现出人民的心声，同样起到了团结人民、教育人民、打击敌人的作用"[1]。新中国成立后，延安文学所代表的方向，被指定为当代文学的方向，其"歌功颂德"的情怀进一步加强，并在"十七年"文学中形成了以杨朔、刘白羽、秦牧三大家为代表的三种散文模式和"形散神不散"的散文理论，其时的散文已经完全走上借景抒情、托物言志的路子，在模山范水、吟风弄月的狭小题材领域中抽绎出诸多伪道德的理想境界。

新时期文学以后，由于社会环境逐步宽松，五四新文学传统开始复苏，给"当代散文"的发展注入了活力。"当代散文"观念开始悄然变化。这种变化来源于四个方面：一是"现代散文"的批判传统在新时期散文中得到体现，如巴金的《随想录》、韦君宜的《思痛录》均是以"说真话"而著称于世的；二是散文在形态上打破了原来长期以"抒情散文"为正宗的样式，"随笔"这种在当代文坛上一度消失的文体又回到散文的怀抱；三是各种艺术理论的引进与借鉴，使散文在艺术上走向多元；四是评论界对"十七年"散文现象深入反思，批判单一言语状态下产生的散文理论。

早在1990年有人就大胆预言，"90年代将是散文大发展的年代，散文

---

[1] 《延安文艺丛书》编委会：《延安文艺丛书·散文卷》，湖南人民出版社，1984年，前言第4页。

将在开放和多元中崛起"①。90年代，随着市场经济深入人心，社会思潮由高谈政治到近商务实，从大公到有私。市场经济是鼓励自由竞争的社会机制，也是培养个性主义的沃土。这种宽松、宽厚、宽容的社会环境，给人们提供的抒发个人情感、表达思想的空间越来越大，"散文热"才成为历史的必然。表现一是作者队伍的扩大、声势浩大，似乎只要是"粗通文墨"而有一番感悟与写作热情的人，都能写一点散文。表现二是发表散文的刊物增多。90年代，就刊载散文的载体而言，就有"专业性散文报刊的散文""专业性文学杂志和报纸上的专业文学副刊上的散文""各种商业化报刊上名目繁多的副刊散文""严肃的思想文化类杂志散文""网络散文"等形态。②比如说这"商业化报刊""思想文化类杂志""网络"就绝对是新鲜事物。三是散文样式的增多。评论界对散文的分类标准不尽统一，如"文化散文""生活散文"是以散文所呈现的文化性和生活性内涵而言，"大散文""小散文"基本上是以散文题材的大小、境界的高低而言，"老生代散文""新生代散文"是以散文作者的年龄特征而言，"学者散文""女性散文"是以散文作者的身份特征而言。这类分类名称的内涵往往重叠，有诸多矛盾之处。

就90年代以来散文现象评价，评论界似乎有这样几种声音：有人认为"如果放在当代文学史上考察，90年代散文又是继60年代初、70年代末、80年代初之后的第三次高潮"③。这种仅仅把90年代以来的散文现象放置在"当代文学"的体系中进行评估的办法，显然有其视野的局限性。西方诗学认为，散文几乎是现实关系的同义词，它是真实而毫无浪漫性可言的。当代文艺批评家王岳川也谈过类似的观点，认为当精神品质成为超出当代人需要的奢侈品甚至无用品时，诗意诗思诗情消失，世界沦为散文的

---

① 李连泰：《散文将在开放和多元中崛起》，载《文学报》1990年5月31日。
② 单正平：《关于散文》，载《散文选刊》2001年第11期。
③ 徐治平：《九十年代中国散文扫描》，载《广西师范大学学报》2000年第1期。

世界。①因此，他认为"散文虽然成为热潮，但却无法掩饰其无可奈何的媚俗弊端，表现出一种公共媒体中的炒作和包装"，"散文仍然仅是这个世纪末文化风景中的一片秋叶"。②这种采用西方诗学观念的评估标准有其合理性，但是这种批评方式是在浪漫与现实之间转换。从不同的批评标准和参照系出发，自然会得出不同的结论。我认为，重新建构以"现代散文"为参照系的"当代散文"评估标准，是非常必要的。

按照"现代散文"的批评标准来认读，会发现当下的散文状态虽然与五四新文化时期的"现代散文"有相当的差距，但仍可称得上是"当代散文"中最好的时期。"二八月，乱穿衣"，各写各的，各有各的追求。但是存在的问题也不少，主要表现在：一是闲适和通俗成为当下散文的主调。说白了闲适和通俗是市场经济消费时代的产物，它更多地认同世俗价值，而忽视了对思想（或者思考）的表现力度。二是散文的"现代性"远远不够。"现代性"是对独立意识、批判意识、民主意识、开放意识的价值认同。尽管现在文坛上还时不时地冒出一些冠以"思想散文"标识的散文，但是散文缺少黄钟大吕，缺少像《鲸殇》（李存葆）、《王实味：前"文革"时代的祭品》（余杰）这样真正具有深刻思想的随笔散文作品。

散文未来走向的展望

在新的世纪里，市场化状态和全球化语境中，散文何去何从，是许多人所普遍关心的问题。诗人周涛曾指出："下世纪散文若繁荣，该是更广泛的作者，更自由的活泼文体，更贴近日常生活状态。比如《南方周末》'新生活'版的文字，可能更接近今后的形态。来自生活各层面的好文章也许更多，专门的散文家却可能难以成熟。"③《散文百家》主编贾兴安

---

① 王岳川：《中国九十年代前卫艺术的文化阐释》，载《山花》1997年第5期。
② 王岳川：《诗人飘逝后的散文化策略》，见《中国镜像：90年代文化研究》，中央编译出版社，2001年，第246—247页。
③ 周涛：《下个世纪，散文指望谁？》，载《散文选刊》2000年第3期。

曾设想散文写作会走时尚化的道路,他认为时尚化是"当前流行于社会或市井及公众普遍关心的现象或话题"①。甚至还有人开出药方:认为中国散文"第一条出路,就是对文风和文字的彻底革命""第二条出路,是唤醒散文家人文精神和作为一个知识分子的使命感"②。

我以为,作为倡导自由文学精神的散文,今后的走向必然会与未来的社会状态相匹配。今后的散文可能跳出纯粹的文学状态,更加切近生活,更加走向亚文学。也就是说,散文的未来方向,一是在形态上将很可能放下文学的架子,成为"从政府工作报告到求爱信这个广泛的'大散文'"③。这个"大"是题材之广、形态之开放,而非内涵之深的意思。它在形态上兼收并蓄,具有更大的包容性。二是在内涵上向"形而上"的思想性和"形而下"的世俗性两个维度进一步拓展空间。这里有这样几个条件:一是文学生产面临商品经济的冲击,走向边缘化,人们普遍需要具有快速补充能量和消遣功能的"快餐文化";二是互联网的普及,给人们迅捷传递信息、表达情感提供了载体。

第一,思想文化类随笔散文将会走红。

在商业化的社会里,社会分工越来越细,人们的生活节奏加快,不可能成天在故纸堆里钻研历史,也不可能经常性地思考社会问题。这就需要有人提供具有这方面能量的产品,这个角色就由知识分子来承担。这类散文应该是知识分子的思想随笔和文化随笔。它在具有丰富知识含量的同时,更重要的是必须具有独立的思考、强烈的批判功能,揭示社会的真相,保持对社会的关注和良心。正如1998年林贤治和邵燕祥联袂主编的《散文与人》丛书第一卷《宿命的召唤》编后所言:"散文——重要的文学形式之一——不仅仅是思想的载体,就其本体意义而言,无疑是最富于

---

① 杨羽仪等:《回顾与展望:对"散文热"的再思考》,载《光明日报》2000年12月14日。
② 贺雄飞:《中国散文的两条出路》,载《散文选刊》2001年第2期。
③ 叶延滨:《散文创作的几个问题(上)——在一个散文学习班的讲课》,载《写作》2002年第1期。

自由的人文气质的。但是，索诸创作界，实际情形如何呢？唯见论客大噪，标榜所谓'大散文'。其实散文并无大小，倘要说'大'，亦非关题材，非关结构，非关滔滔乎滥情之言；在此，首要须得有大精神。何谓大精神？恐怕除了如宗教家的终极关怀者外，仍须具有如战斗者的现实关怀。"①这种具有思想性和文化性的随笔散文，既是强效"补钙制剂"，又成为人们消费的精神快餐，以快捷、便利、营养的方式提供给读者。

第二，表现生活方式和情趣的闲适散文仍然有很大的发展空间。

散文走向大众，更加切近普通人的世俗生活，成为"大众散文""生活散文""小女人散文""饮食散文""爱情散文""童趣散文""怀旧散文""宠物散文""音乐散文""民俗散文""行动散文"等。这些散文有这样几方面的特点：一是作者多为普通人，读者也多为普通人；二是取材为"形而下"的原生态生活内容，反映生活的本真状态；三是文本多具有休闲和娱乐功能，而非对社会的独立思考，它将极大地满足普通人的世俗情怀。

第三，以互联网为载体的"网络散文"的进一步繁荣。

"网络散文"的发达，先决条件就是电脑网络普及与发达。未来的社会文化形态是个怎样的状态，有学者认为人类文化在经历过"口头文化""印刷文化"两个阶段后，已经达到"电子传媒文化"阶段。而"电子媒介文化形式占据主导地位的时代，'影像'是其核心密码。电影、电视、电脑网络等可以说是未来世纪唱主角的文化传媒形式"②。就目前情况来看，我国的电脑网络发展速度很快、影响很大。据报道："截至2001年年底，我国的网民已达到3370万人。女性网民已占总数的40%。"③网络化时代的到来，消解文字的神圣性，人人都可以上网写作，发表作品。写作成为人们的一种日常生存方式，而不再是什么"经国之大业，不朽之

---

① 邵燕祥、林贤治主编：《宿命的召唤》，生活·读书·新知三联书店，1998年，第301页。
② 许兵：《文化媒介转型与文学批评的历史视野》，载《兰州大学学报》2000年第3期。
③ 《我国网民达3370万人》，载《光明日报》2002年1月16日。

盛事"。法国文学教授安托万·孔巴尼翁先生曾论及"网络时代"的作家,认为"从此他们就属于一种消遣文学。他们不再承担社会职责。他们的成就、他们的价值,使他们变成了游艺场的歌手,不会再介入某些问题"[①]。我国也有学者指出:"网络是个什么东西,今天大家已对它有了相当的了解,可以简单说,它是在我们固有传媒以外的另一种传媒。虽然现在还不能把它的作用夸大到不适当的程度,但对于它的生长和前景却不能不有一种考虑,至少我们可以说,在这样的现代媒介出现以后,我们的散文写作肯定也将发生变化。"[②]如果我们浏览一下当今的"网络文学",会发现一般篇幅较短,鲜有长篇;体裁上多以散文为主,少有小说、诗歌;内容上主要是生活随感、爱情故事和各种时尚话题;语言随意活泼,夹杂许多网络语言和特殊群体的典故等。可以预见,随着网络化的发展和普及,"网络散文"对人们生活的影响会越来越大。

刘勰曾经说过:"文变染乎世情,废兴系乎时序"。作为一种最自由的文体,散文在社会获得真正的思想自由后,将有一个大的发展。至于今后流行的散文样式,它"或许脱胎于网络文学,渊源于笔记文体,在叙事之中夹杂着潜议论,在白描之中又融进'后现代'的笔调,与流行的晚报文体相异,也不同于西方式的随笔,可能是新闻与文学的杂交,也可能是网络与文学的混血……"[③]当然,这仅仅是美丽的假设,需要时间检验。

原载《当代文坛》2002年第6期

---

① 吴岳添编译:《作家:游艺场的歌手》,载《环球时报》2000年4月7日。
② 谢泳:《网络时代的散文写作》,载《散文选刊》2000年第8期。
③ 王干:《挑战文体极限》,载《解放日报》2000年5月27日。

泛文学化时代散文研究的几个问题

当今散文批评存在的一些问题

这些年,文学界似乎对散文写作批评的声音越来越大。继韩小蕙女士提出"中国散文的八个问题"[1]和发出"散文怎么离文学越来越远了"[2]后,散文评论家古耜先生也有了"当今散文问题多"[3]的诘难,甚至有人还提出"见怪不怪的散文八怪"[4]。诸如此类,不胜枚举。能够始终保持清醒的头脑,关注散文写作现象,这的确是好事、喜事。但是,毋庸讳言,目前的散文批评还存在许多问题,具体而言表现在以下几方面:

一是批评话语标准混乱。就20世纪90年代以来散文现象,评论界似乎有这样几种声音:有人认为90年代是"散文繁花盛开、争奇斗艳的年代,是散文题材广博、多元发展的年代,是散文更强调主体意识、更注重美学价值的年代","如果放在当代文学史上考察,90年代散文又是继60年代初、70年代末80年代初之后的第三次高潮"。[5]这种仅仅把90年代以来的散文现象放置在"当代文学"的体系中进行评估的办法,显然有其视野的局限性。西方诗学认为,散文几乎是现实关系的同义词,它是真实而毫无浪

---

[1] 韩小蕙:《中国散文的八个问题》,载《文艺报》2000年1月8日。
[2] 韩小蕙:《散文怎么离文学越来越远了?》,载《文艺报》2000年5月30日。
[3] 古耜:《当今散文问题多》,载《文艺报》2001年8月18日。
[4] 红孩:《见怪不怪的散文八怪》,载《文论报》2001年11月1日。
[5] 徐治平:《九十年代中国散文扫描》,载《广西师范大学学报》2000年第1期。

漫性可言的。当精神品质成为超出当代人需要的奢侈品甚至无用品时，诗意诗思诗情消失，世界沦为散文的世界。学者王岳川的参照系显然是西方诗学理论，他认为"散文虽然成为热潮，但却无法掩饰其无可奈何的媚俗弊端，表现出一种公共媒体的炒作和包装"，"散文仍是这个世纪末文化风景中的一片秋叶"。①第三种声音既承认散文的繁华，又不满于散文的现状。如学者楼肇明先生言："综观90年代散文文坛，繁华是肯定的，而繁华遮蔽下的贫困，也是肯定的。"②不同的批评标准和参照系，自然会得出不同的结论。可以这样说，有人拿着"十七年"时期所形成的批评标准，有人则套用"后现代"的批评标准。跟小说批评、诗歌批评相比，散文批评始终未能建立起一套规范有效的批评运作机制。众语喧哗的背后，实质上是批评的无序。

二是随意给散文贴标签。在当下的散文研究界，许多学者人为地给散文张贴许多类别标签，如"学者散文""文化散文""思想散文""生活散文""新媒体散文""新潮散文""大散文""小散文""老生代散文""新生代散文""女性散文""小女人散文""乡村散文""城市散文""经济散文"等等，不一而足。如果从字面意思来理解，"文化散文""生活散文"是以散文所呈现的文化性和生活性内涵而言；"大散文""小散文"基本上是以散文题材的大小、境界的高低而言；"老生代散文""新生代散文"是以散文作者的年龄特征而言；"学者散文""女性散文"是以散文作者的身份特征而言。但是，这些名称的内涵往往重叠，有诸多矛盾之处。好像散文是任人打扮的姑娘，想怎么打扮就怎么打扮。记得学者南帆先生也谈过这样一个观点："我对于'散文'家族内部的种种亚分类心不在焉。杂文、小品、随笔，语焉不详的'美文'，还有'文学散文'，这些类别之间的细微差异似乎没有太大的意义。况且，这

---

① 王岳川：《诗人飘逝后的散文化策略》，见《中国镜像：90年代文化研究》，中央编译出版社，2001年，第246页。
② 楼肇明等：《繁华遮蔽下的贫困——90年代散文之路》，山西教育出版社，1999年，第13页。

些分类时常缺乏一个共同的理论平面和严格的逻辑体系。"①笔者以为，不适当的分类，往往造成对散文内在机制的人为割裂，在分类问题上应慎之又慎。对散文的研究，关键是真正把握散文的精髓，而不是随意地给散文张贴标签。

三是散文批评中商业化气息严重。远的不说，这些年国内的一些散文研究者，每年选编的《当代散文精品》《中国年度最佳散文》《中国最佳散文》《散文年选》之类的选集，投放市场。冠以"最佳散文"几字，就能证明你推销的产品一定是最佳产品了吗？显然不是。因为仁者见仁，智者见智，即使你是专家，你的言语也不能成为"放之四海而皆准"的真理。尤其是"最佳散文排名""20世纪末中国散文十家"这种人为的炒作，更是让人感到像时装界每年春季或秋季发布"时装流行趋势"信息一样。其实，散文好与不好的标准永远是相对的，不可能是物理性的概念。散文的好与坏只能放置在历史的长河中检验，这需要时间和耐心。

应建构以"现代散文"为参照系的"当代散文"评估体系

笔者以为，重新建构以"现代散文"为参照系的"当代散文"评估标准，是非常必要的。这些年，我们一直讲文学的"现代化"，对散文的研究也应该关注其"现代性"问题。我们知道，五四散文是随着思想解放降生到中国大地的，它的灵魂就是对"人"的强调。这构成现代散文的特质，也是与古代散文最本质的区别。既然"现代散文"在五四时期已经具有"现代"特征，那么我们在研究"当代散文"时，就不能摈弃其最主要的灵魂性的东西。

散文在本体上到底是什么，这仿佛是斯芬克斯之谜。但是有一点，我们所讨论的"散文"是现代意义上的散文，是人的解放的产物，其核心特征是对"个性主义"的张扬，最基本的元素是"真实性""自由性"与

---

① 南帆：《分类与自由》，载《文艺报》2002年6月8日。

"现代性"。其"真实性",使其便于写真相,表真情,诉真心,反映生活,抒发情感,针砭时弊,表达思想;其"自由性",使其形式上灵活多样,不拘一格;其"现代性"是指价值指向上具有独立思考与批判意识,具有人道主义的情怀。某种意义上现代散文与现代人的情感与思维有天然的亲近关系,更接近亚文学状态。

笔者也可以找到相类似的观点,学者朱寿桐先生言:"中国现代文学表现的'原道'便是'人'或者'个人',是饱含着个人主义内涵的人文主义。"[①]学者董健先生也认为:"人的现代化,主要指人的个性解放与思想解放,也就是人的自觉的现代意识的树立;社会的现代化,主要指现代公民社会即民主社会的建立,实现一系列与人的现代化要求相联系的社会制约;文学的现代化则是指脱离'文以载道'的'工具论'的束缚,实现文学的自觉,创造出以人性与人道主义为本的'人的文学'。所有这些,都是五四启蒙主义与五四新文化运动的基本精神;所有这些,也都是出自西方中世纪之后人文精神在几百年过程中形成的一整套符合人类发展要求的价值体系。"[②]由此可见,真实性、自由性和现代性是切入"现代散文"核心的关键,至于散文的题材选择、体式、表现方式、长短与否等并不重要。许多人在讨论散文时,往往有舍本求末的感觉,抓不住现代散文最核心的东西,而在题材的广泛与否、表现手法的灵活与否、篇幅的长短与否等方面加以界定。

应重视对散文刊物的研究

期刊是由作者、编辑和读者三维构成的。这三者当中,编辑的期刊理念对期刊的影响至关重要,它起着一种整合与引导散文潮流的作用。可惜,长期以来散文批评界对期刊的研究重视不足。

---

① 朱寿桐:《论中国现代文学的伟大传统》,载《中国社会科学》2002年第1期。
② 董健:《关于当代文学史的几个问题》,载《南京大学学报》2002年第3期。

作为"亚文学状态"的散文，按照当下的载体而言，我们可以把它分为"专业性散文报刊的散文""专业性文学杂志和报纸上的专业文学副刊上散文""各种商业化报刊上名目繁多的副刊散文""严肃的思想文化类杂志散文""网络散文"[①]等形态。对散文的这种分类，是宽松与自由的标准，只要是具有"真实性""自由性"和"现代性"这几大特征，均可以说成现代意义上的散文，至于它是"随笔""杂文""抒情小品""特写"中的哪一类，完全没有必要细究。

长期以来，专业性的散文报刊形成了以抒情为正统的散文模式。这种模式有这样几个共同特点：一是在形式上多为"借景抒情""托物言志"；二是在题材内容上多为"模山范水，吟风弄月，咏史怀古，忆旧伤别"；三是追求至纯至美的审美品格。这样的散文基本上属于优美型的散文，看起来、读起来都很美。这些年专业性散文报刊的散文择稿样式有些变化，但是步履不大，引起了一些研究者的批评。像这些老牌的散文杂志，在"与时俱进"的同时，关键是保持自己的品格。有了品格，就有可能建立品牌；有了品牌，就有了自己固定的作者群、读者群。中国的小品散文从魏晋南北朝或者更早之前形成至今，繁衍生息，绵延不断，培养了中国读者对游记、抒情小品的阅读模式。如果一味地强调散文要突出思想性、思辨性，那读者还不如阅读学术论文或者学术专著去好了。笔者以为这些专业性的散文报刊，目前的工作是强化刊物的品格，如果一味地用自己的短处与别人的长处相比的话，那永远比不过别人。

90年代以来，一些以小说为主业的文学期刊，如《十月》《收获》《当代》《北京文学》《上海文学》等，在散文的用稿与编排上开始突围，在内容上更加注重思想性、知识性，在形式上更加灵活。如《十月》所选用军旅作家李存葆的《鲸殇》《祖槐》《国虫》等大气厚重的散文随笔，《上海文学》选用史铁生的《我与地坛》以及后来专门开出的"思想随笔"专栏，《收获》选用余秋雨的"山居笔记系列"、李辉的"沧桑看

---

① 单正平：《关于散文》，载《散文选刊》2001年第11期。

云系列"文化散文，《当代》《北京文学》开出的随笔专栏。这些文学期刊上的散文随笔，与传统的抒情散文相比，明显增加了文化性、思辨性与知识的容量。而《大家》《山花》《天涯》等文学期刊界的"后起之秀"，尝试跨文体写作，基本是以散文为底色，以小说、诗歌乃至戏剧等文学样式的表达形式加以改造，使文章产生新异感与生动感。应该讲，散文走"跨文体写作"是一条突围的路子。从古到今，人类没有一成不变的文章样式，它也有个"与时俱进"的过程。

　　知识分子是社会的良心和道义，除了正规的学术刊物，期刊界给知识分子提供了思想散步的园地，这就是 "思想文化类杂志"。在这类期刊中，往往可见到具有"足够的知识含量，深刻的思考，充沛的情绪，鲜明的立场态度，以及文字艺术突出个性"[1]特征的散文。这种期刊的发展需要健全的社会机制，需要宽松、宽厚、宽容的良好社会氛围，一旦丧失了这种前提，这种期刊所表现的思考性就不复存在。目前，《读书》《随笔》《书屋》《南方周末》等杂志、报纸，基本上是以丰富的知识与思想内涵来吸引读者的。

　　生活类报刊的副刊，以贴近百姓生活的生活性特点，赢得了众多普通读者的青睐。至于说它商业化的功利倾向，在所难免，我们就生活在这样一个社会形态里。相比之下，以网络为传播平台的"网络散文"，相对自由一些，不需要编辑和刊物的限制，作者可以淋漓尽致地发挥。估计在不久的将来，网络会成为独立地发表自己言说、抒发个性情感的重要场所。

　　可以这样说："读者消费是期刊生产的目的，没有读者参与，期刊就无以发挥其思想、审美力量，只有被读者消费（阅读）了，才能实现它所具有的价值。文学期刊的商品属性决定了它必须面对市场，面对广大读者。"[2]对散文刊物的研究，必须认真关注读者群体。市场经济社会是强调个性的社会，在越来越强调个性化的今天，如果不研究个体的差异性，

---

[1] 单正平：《关于散文》，载《散文选刊》2001年第11期。
[2] 史佳丽：《文学期刊要以读者为重》，载《文艺报》2002年8月13日。

办刊物没有指导性，那自然谈不上刊物的准确定位问题。90年代以来，原来较为单一的读者群体发生了分流现象。按照不同的标准可以把读者群体分成若干类：以性别可分为男性读者和女性读者；以年龄差异可分为老、中、青、幼几大读者群；以受教育的程度可分为知识分子和非知识分子读者群；以社会角色可分为白领和蓝领读者群。散文这种文体样式之所以可以博得读者的认可与喜欢，首先取决于散文的内在特点。散文是一种善于直接表现人们真实情感的文体样式，它完全没有小说、诗歌、戏剧中故事、隐语、象征等外套，可以直接切入生活，近距离地观察与透视。在经济生活与政治生活急遽变革的社会，它走向前台是历史的必然。日趋复杂的生存境遇，多样性和多变性的生活状况，必然带来人们生活情趣与审美兴趣的不同。由于读者性别、年龄、社会分工、知识修养等方面的差异性，也必然会出现期刊的读者分类问题。如《读书》《书屋》《随笔》这样以思想性、知识性取胜的杂志，所争取的读者基本上是知识分子；一些软性期刊，更多争取了白领阶层的女性或做着都市梦的女性；像都市类报纸的副刊，吸引着普通百姓（包括城市打工者）的注意力；坚守纯散文阵地的专业性散文期刊，则吸引做着文学梦的文学青年。

  总而言之，在目前的情况下，读者的阅读情趣大体上向两个维度上靠拢：一是需要在阅读后获得一种思想的震撼、精神的享受、理想的寄寓。这种要求势必使散文写作向富于思辨性的"形而上"方向靠拢，使读者阅读后产生痛快淋漓的感觉。二是在那些真切书写普通人的生存景观、生活情趣、凡人小事中寻求一丝温馨与慰藉。这样势必要求一部分散文写作向善于表现生活的"形而下"方向靠拢。

原载《理论与创作》2003年第2期

"大散文"：意象阔远的散文天地

一、"大散文"出场的历史机缘

我们知道，从极其宽泛的意义上讲，散文应该是人类情感与思想表达的一种形式。然而，在当代散文写作实践中，人们对散文的理解产生过许多反复。新中国成立后的"十七年"时期，由于国家抒情机制的确立，政治压倒一切，作家的意识是既定的，更多表现为对新生活的歌颂、对国家的歌颂、对人民的歌颂。也就是说知识分子的个性心灵遭到彻底放逐，个人的小志让位于对时代、对国家歌颂的大志，散文成为"文学的轻骑队"[①]，表现为及时迅速地报道各条战线涌现出的新人新事。散文在某种程度上已等同于新闻报道，成为时代精神的传声筒。为使散文既服从于政治，又能弥补艺术上的粗糙、直露的缺憾，从而符合广大读者的审美要求，散文界出现了一种专以创造意境的"诗化"运动。这种通过"借景抒情""托物言志"形式表现主题的方式，自然导致了杨朔的"开头设悬念、卒章显其志"的结构模式、刘白羽的"图片连缀式"结构模式、秦牧的"串珠式"结构模式的出现。这些散文恰到好处地负载了整个社会规范与统一的价值体系与情感样式，因而受到整个社会的推崇。与此同时，"形散神不散"作为当代散文写作的圭臬，被人们顶礼膜拜。

到了新时期之初，一大批有影响的"悼亡散文"的出现，和一些更

[①] 百花文艺出版社编辑：《笔谈散文》，百花文艺出版社，1980年，第26页。

善于表现心灵的"内转向"散文的纷纷登台，开始冲击着长期以来窒息散文的写作模式。然而，由于受到长期追逐政治功利思想的影响，散文写作仍在传统的惯性方式上滑行。譬如，"十七年"时期形成的"形散神不散"散文理论牢牢钳制作家审美情感的拓展与突破，使众多散文在内涵上丧失了分量与深度，思想浅显、情感单一。虽然"抒情散文"逐渐被"生活散文""小女人散文"所取代，作家们拥有了抒写个性的权利，从自我出发，取日常生活、身边琐事，真切抒写普通人的生存景观、生活情趣，在凡人小事中寻求一份温馨与慰藉。但是许多人沉迷于风花雪月、小桥流水的闲适状态之中，一些吟风弄月之章和花拳绣腿之作，长期充斥文坛，作品思考的内容以及格局和气魄比较小，显然不能满足广大读者的阅读需求。相对于小说界与诗界的喧哗，散文界确实是清冷与寂寞了许多。这种景况的出现，使读者日渐丧失了对散文的衷恋。有人认为散文甚至是人们紧张劳作之余需要的松弛小曲，酒足饭饱后的一枚多汁水果。更有甚者，甚至提出"散文消亡论"[①]的言论。

进入20世纪90年代以后，我国进入快速变革与转型的时期。在我国经济生活与政治生活的剧烈变革中，人们的生存状况日趋复杂。市场经济引发的人的生存环境和人文精神的失落等问题日益突出，社会上出现了形形色色的现象，如社会大众的原有价值判断尺度游移，拜金主义盛行，社会责任感淡薄，公共道德沦丧，人际关系冷淡，注重眼前小利，抛弃远大理想，等等。从历史既定的价值体系中游离出来的人们，难以摆脱文化失范和价值观念混乱的困扰，渴望寻求一种高层次的思想、精神与情趣的慰藉，把目光投注到以真实为生命，同时体式自由、表现灵活、情感色彩浓郁的散文身上。这时的散文，无论读者还是写作者，都有种普遍焦灼的求变心态，要求散文这种最大众化的文体能承担更多的使命，走出浅表，走向真正的繁荣。因此，人们渴求表现日常生活与亲情之外的另一种散文，寻找高层次的慰藉，呼唤人的价值和尊严，完善人的道德思想。

---

① 黄浩：《当代中国散文：从中兴走向末路》，载《文艺评论》1988年第1期。

在这种特定的历史背景下，散文界开始对当代散文写作状态进行反思。贾平凹说："我们确实是不满意目前的散文状态，那种流行的，几乎渗透到许多人的显意识和潜意识中的对于散文的概念，范围是越来越狭小了，涵义是越来越苍白了……"①《美文》杂志于1992年创刊时，贾平凹作为主编旗帜鲜明地提出"大散文"概念，提出"散文是大而化之的，散文是大可随便的，散文就是一切的文章"。他又进一步加以表述："我们的杂志挤进来，企图在于一种鼓与呼的声音：鼓呼大散文的概念，鼓呼扫除浮艳之风，鼓呼弃除陈言旧套，鼓呼散文的现实感，史诗感，真情感，鼓呼真正的散文大家，鼓呼真正属于我们身处的这个时代的散文！"

通过对《〈美文〉发刊词》上下文的比照，我们可以清晰地看出"大散文"概念的提出，是针对流行于市面上的那些仅限于花花草草、借景抒情的抒情散文的。也就是说"大散文"的概念尽管笼而统之，但作家更注重一种风气，一种关注社会的境界。作为散文期刊的宣言的"发刊词"，在特定的历史时期对"大散文"的鼓与呼，无疑是当代散文创作突破原有模式、求新求变的催生剂。可以这样说，时代需要的大散文，就是一种大境界的散文、一种拥有丰富思想的散文、一种真正具有使命感与责任感的散文。这样读者能从中"获得生命的感悟，学养的滋润，灵魂的慰藉，思想的启迪和审美的愉悦，从而得到高层次的精神享受"②。

二、"大散文"的几种表现形式

到了20世纪末，学者李运抟先生在进一步研究的过程中总结了"大散文"写作的五个特征，即："创作观念上具有强著的文化意识""侧重思考严肃的文化内容并且有较大的文化包容量""思想的独立性和思考的

---

① 贾平凹：《〈美文〉发刊词》，载《美文》1992年第1期。
② 梁向阳：《90年代散文创作中人文精神因素的考察》，载《延安大学学报》2000年第3期。

深刻性""情感的真诚无欺""文体的自由活脱"。[①]笔者以为，李运抟先生概括的前三点基本上可以统一在一个范畴里，即"大散文"所表现出的美学内涵，应该是具有探求灵魂与精神家园、建构人文精神崇高使命。正如学者林贤治所言："散文——重要的文学形式之——不仅仅是思想的载体，就其本体意义而言，无疑是最富于自由的人文气质的。但是，索诸创作界，实际情形如何呢？唯见论客大噪，标榜所谓'大散文'。其实散文并无大小，倘要说'大'，亦非关题材，非关结构，非关滔滔乎滥情之言；在此，首要须得有大精神。何谓大精神？恐怕除了如宗教家的终极关怀者外，仍须具有如战斗者的现实关怀。作者当置身于时代的变革之中，担当公民的命运，感受大众的悲欢；有不平，有追索，有发现，有超越。散文创作，无论是生命的部分或全副，都是有着现代人的强烈的脉动的。"[②]

我们所确认的、评估的"大散文"，首要的就是精神之大、境界之大，而题材之大、结构之大是次要的。也就是"大散文"并不一定是指要有思想家的目光、政治家的气魄，篇篇都"胸怀祖国，放眼世界"的那种散文，而是指在人格境界上具有大气象的文章。根据对"大散文"的长期追踪研究，笔者认为它在表现形式上主要呈现这样几方面的状态：

1. 以"行旅"为载体，思索历史与文化、社会与人生的情景交融的"行旅散文"

这类散文，是指以"行旅"为载体，通过对历史文化的考察，或抒写千古兴亡，或感受历史沧桑，抚今追昔，引人遐想的具有文化品格的"行旅散文"。其作者绝大多数长期从事文学创作，特别是散文写作，深谙散文写作的规律；他们在"行旅"题材的处理上，不是一般地处理成"游记散文"，进行简单的"模山范水"式写作，而是在更为广阔的视阈中考察

[①] 李运抟：《中国当代文学的文化旅程》，花城出版社，2001年，第108—110页。
[②] 邵燕祥、林贤治主编：《宿命的召唤》，生活·读书·新知三联书店，1998年，第301页。

自然、山水、历史，表现出深刻的人文思考；在表现形式上既不是单纯的随笔式论说，也不是单纯的抒情，而是有效地调动叙事、写景、议论等方式。文章气象万千，徜徉恣肆，舒展宏阔。

这类散文沿袭了当代抒情散文的某些特征，如"缘事而发""借景抒情"，既强调"为情造文"，也注重"情理并至"，达到情和理的交融与统一；但更融学养、智慧、才情、辞采于一炉，汇感性、知性、情趣、理趣为一体，具有很高的文学品位和审美价值。90年代，首先冲破小情、小景、小思"闲适散文"文体特征并取得喜人成绩的"大散文"，也就是这类散文。

90年代前期，有些文学杂志开始策划运作"大散文"栏目，对这种以"行旅"为载体的散文的兴盛，起到了推波助澜的作用。如《美文》杂志在1992年创办之时，就公开提出进行"大散文"写作。该杂志在1994年还召开了"94散文研讨会"，专门讨论"大散文"现象。《雨花》杂志从1993年专门推出"大散文"栏目，其宣言称"散文溪水四溢，跌宕之姿、漫涌之态，令人目不暇接，然少有黄钟大吕之响与惊涛裂岸之势。散文的本体是强大和恣肆的，它力求新的观念和审美取向，既要感悟人生、富于智慧，同时也可以而且应该具有生命的批判意识，对历史和现实有合乎今人的审视品位。有感于此，我们特别推出'大散文'这个栏目，在于选发有历史穿透力、敏于思考、有助于再铸民族精神和人文批判精神的散文佳作"[①]。到90年代的后期，此类"大散文"的写作，也与出版社的策划运作与推广分不开。如上海东方出版中心成功地策划运作了包括夏坚勇、巴荒、王充闾、南翔、周涛等人的所谓"文化大散文"系列丛书；中国青年出版社与博库（北京）电子商务有限公司联合举办"走马黄河"社会文化考察活动并出版了"走马黄河"系列散文集；云南人民出版社策划的"走进西藏"系列散文集；等等。

在这类散文作者的写作中，许多人擅长在中国历史大地的行走中，表

---

① 夏坚勇：《湮没的辉煌》，上海东方出版中心，1997年，第1页。

现深邃的思考。如李存葆的《大河遗梦》（解放军文艺出版社，2002年）收录了作者从90年代以来写作的《大河遗梦》《鲸殇》《飘逝的绝唱》《我为捕虎者说》《祖槐》《国虫》等散文佳作。这些散文的共同特点也是基于"行旅"，在立意表现上，具有鲜明的人文精神特征指向。如《鲸殇》从鲸群的自杀入笔，从鲸鱼的生存状态来反照人类自身处境与未来走向，文章所传达出的悲怆与愤怒，分明有现实的呼唤与呐喊，有振聋发聩、警醒人世的作用。《大河遗梦》则是对承载华夏文明的古老黄河断流现实的思考，表现出作者强烈的忧患意识。以学者身份出现在90年代散文写作队伍中的余秋雨，他游遍四方，面对中国历史文化的长河，进行执着的求索，为重建民族"健全而响亮"的人格而写作。他在《文化苦旅》《山居笔记》《文明的碎片》等散文集中，通过山水人物、风物哲思相融合的行旅叙述，追寻历史现象，追究文化命运，剖析文明兴衰，展现出其对历史文化的沉思，对时代与社会的感喟，对人生和人类命运的深切关注，文中交汇着沉重的历史沧桑感和鲜明的时代色彩，深浸在其中的是知识分子的人文精神。王充闾的《沧桑无语》是作者踏访全国十多个省市的古城遗迹之后而写作的开掘山水之间的历史意蕴，表现对社会、人生思考的一组系列散文。如其中的《青山魂》是从大诗人李白坎坷的人生经历出发，品评士的性格与当时社会的严重错位，梳理出主人公内在的精神资源；《陈桥崖海须臾事》通过对历史名都开封的关注，形成作者对历史的独特感慨。李元洛"唐诗之旅"和"宋词之旅"，实质上就是以散文的形式描述一系列与唐诗、宋词有关的心灵"行旅"。我们知道，唐诗、宋词是中国古代诗歌的最高成就，它们不仅表现了中国古代文化鼎盛时期的文学之美，而且还表现出了中国古代文学精神。通过对历史上那些著名的唐诗、宋词产生场所的访寻，一方面加注大量与此有关联的人物、事件，进行文化的扩充，使得这些原本属于游记散文类的散文拥有了丰厚的知识内涵；另一方面在访寻中展开个人的情思，这些散文更具有审美的独特性。周涛的《游牧长城》《山河判断》等，通过对中华民族最伟大的工程长城的访游，通过对苍凉的西部风情的审视，表现出对历史的凝思，对与西部自然景观相契合的人文景观、人文精神的赞美。夏坚勇的《湮没的辉煌》系列散文，多以残存的漫漶不清的断壁残垣为出发点，对中国历史和文化进行深入考察和体悟。它追溯历史现象、描绘文人行状，解析文明兴衰，感叹文化命运，以感性的笔触探讨文化与政治、文化与社会变革、文化与时代之间的关系。

这种"行旅"也表现为对某一局部地域历史文化的探寻。如西藏作家马丽华的西藏游历散文，作者把自己定位于历史与文明的演变中，以当代人的视角反省现代文明和人类生存的困境。东北作家素素的"独语东北"系列散文，通过女性的视角的叙述，让读者在审美过程中体验和感受独特的东北历史文化。陕西作家厚夫的"走过陕北"系列散文，也主要是以"行旅"为载体，走过了陕北文明的足迹。作者凭借深厚的文化底蕴，"把那些在岁月风尘中凝固了的历史，通过自己的审美体验与理解表达出来。作者以现代人的目光，文化的品格，散文的笔法，来阅读历史，审视历史，表现历史"[①]。如入选新版全日制普通高级中学语文教材的散文作品《漫步秦直道》，作者通过对秦直道遗址的凭吊，抒发了对西部未来的憧憬之情，表现出历史的沧桑感和现实的时代感。

2.拥有知识容量和文化容量的"文化随笔"。

许多"大散文"往往或侧重其"思想性"，或表现出它的"文化性"来。突出"文化性"的"大散文"，往往是多以"学者散文"的方式出现的。那么，"学者散文"具有何种特征呢？当代文学史研究专家洪子诚先生认为，"八九十年代散文创作的一个重要现象是，出现一种被人称为'学者散文'或'文化散文'的形态。这些散文的作者大都是一些从事人文科学或社会科学研究的学者，他们在专业研究之外，创作一些融会了学者理性思考和个人的感性表达的文章。'学者散文'的出现，显示了知识分子关注现实问题和参与文化交流的新趋向""'学者散文'的作者大都

[①] 厚夫：《走过陕北》，西安地图出版社，2001年，第4页。

有较为丰富的学术修养,往往将学术知识和理性思考融入散文的表达之中。他们也并不特别注重散文的文体'规范',而将其视为专业研究之外的另一种自我表达或关注现实的形式"[1]。这类散文由于其丰富的文化内涵,故而一出场就引起了读者的广泛注意。正如有学者认为的那样,"与其说是学者散文论,不如说是学者散文写作的本身,以其显具的文化批判品格、人文思考的高度及其相对不足的散文艺术变革趋向,直接推动散文写作与理论研究的转向"[2]。说白了,专家们认定的"学者散文"在内在气质上更接近于"文化随笔"。既为"文化随笔",一是大容量的知识,以及用学术理性来建构的"真诚"品格;二是在写法上更加自由、灵活,绝无所谓的虚幻"意境"境界。

这类"文化随笔"的一种状态,是散文写作者凭借扎实的研究功力重新解读现代历史人物和历史事件,通过对那些富有典型性的个案的剖析,审度历史,把握人生。这类散文的出场,有几个新颖之处:"一是题材的独特性,在中国现当代文化史上的特殊人物与事件……他们丰富而奇特的人生际遇本身就是中国现当代史的有力注解,是时代的折射物""二是作者融史料、知识和思辨为一体,通过有思想的头颅表现出对人生际遇和历史文化的理解"[3]。卞毓方在《十月》杂志上开设的"长歌当啸"散文专栏,对中国20世纪最具有影响力的思想文化人物进行回顾与审视,如《煌煌上痒》(蔡元培)、《韶峰郁郁 湘水汤汤》(毛泽东)、《凝望那道横眉》(鲁迅)、《梦灭浮槎》(胡适)、《沧桑诗魂》(郭沫若)、《思想的第三种造型》(马寅初),作者调动自己的全部知解力和感受力追寻一代先哲的心路历程,从而在新的历史时期发出对一种独立而苍茫的健康人格的呼唤,对民族阳刚之气的呼唤。李辉著有《人生扫描》《风雨

---

[1] 洪子诚:《中国当代文学史》,北京大学出版社,1999年,第378页。
[2] 楼肇明:《繁华遮蔽下的贫困——90年代散文之路》,山西教育出版社,1999年,第176页。
[3] 梁向阳:《90年代散文创作中人文精神因素的考察》,载《延安大学学报》2000年第3期。

中的雕像》《沧桑看云》，较多地关注中国当代文学史上的著名作家、理论家，甚至也写史学界、美术界的人物，为这些在几十年的政治风雨中的人物完成伟大的艺术"雕像"。他试图通过对胡风、冯雪峰、赵树理、老舍、吴晗、邓拓、刘尊祺、沈从文、巴金、萧乾等作家、理论家的遭遇，写出现代中国知识分子的人格特征。梁衡的《觅渡，觅渡，渡何处？》《大无大有的周恩来》《一座小院和一条小路》等散文，涉及中共党史上的瞿秋白、周恩来、邓小平等著名人物，表现出对历史的理解。吴方《世纪风铃》《斜阳系缆》等散文著作，以弘一法师、王国维、蔡元培、章太炎、谭嗣同、严复等近代盛名一世的人物为切入点，对百年文化进行反思，寻找知识分子的精神立足点，表现了作者的文化理想和人文情怀。还有夏中义《谒九贤书》、林贤治《胡风集团案：20世纪中国的政治事件和精神事件》等也是对百年历史与文化进行反思的力作。可以看出一点，就是在这些众多的对现代文化人物与现代历史事件阐释的随笔中，人物传记、历史事件仅仅是支撑其文化思考的材料，作者们实际上看重的是人物传记材料蕴含的更深层意义——个人的文化理想。

另一种状态是对历史人物与历史事件的重估。如潘旭澜的《太平杂说》（百花文艺出版社，2000年）系列随笔，通过"杂说"的方式，对长期被美化了的太平天国运动做了实事求是的曝光，让读者认识到真正的历史。葛剑雄《往事与近事》（生活·读书·新知三联书店，1996年），所选取的人物和事件均为史学领域的敏感点和兴奋点：《汉魏故事：禅让的真相》选取汉魏禅让的典型例子加以解剖，略去曹魏代汉的凶险，详详细细地展览曹丕麾下知识分子一本正经地做戏，让人看到封建王权统治下知识分子自我阉割的悲剧命运；《江陵焚书一千四百四十周年祭》铺陈唐太宗因为喜爱王羲之《兰亭序》手迹，软硬兼施骗去做了自己的殉葬品，和梁元帝下令焚毁14万卷图书，给中国文化乃至人类文明造成不可挽回的损失等事件，对梁元帝的文化人格和无限皇权之间的关系进行分析，并说明了自己的观点。

此外，赵园、蔡翔、刘小枫、蓝英年、朱学勤、陈平原、南帆、吴俊、孙绍振等人的文化随笔也具有厚重的文化底蕴，刚劲的人生感悟。这些文化随笔的总体特点，是言之凿凿，有理有据，达到通过历史映照现实以引发人们思考的效果。

3.思想内涵较为深刻的"思想随笔"。

我国90年代市场经济的特殊社会氛围，丰富和成就了当代随笔散文的思想内涵。拥有了思想内涵的随笔才有可能拥有大境界，才能在特定的历史形态里成为人们精神的有效"补钙剂"。学者柯汉琳认为，"90年代以来的散文，就其精神深度，特别是文化反思力、思想穿透力而言，真正触动人们心灵，留给人们长久回味，具有大时代大散文的气势和品格的，是中后期以来那些富有人文精神、洋溢着现实关怀热情、饱蘸着历史浓墨的'思想散文'"[①]。还有学者认为："90年代兴起一种偏重议论的文体，人称'思想随笔'，大约是为了突出作为特色而存在的'思想'罢？而所谓思想，自然离不开社会批判和文明批判。所以，比起那些平和、儒雅、温吞的'学者随笔'来，思想随笔应当是很有点异样的。"[②]即使柯汉琳先生明确地认定"思想散文"是"作为文学的思想散文，而不是一切表达思想的文章"，"指的是对重大社会历史问题、人生问题表达了深刻的理性认识的，而不仅仅提供一般知识或表达一般生活感悟的散文"[③]。但公允地说，"思想散文"实质就是"思想随笔"，就是具有深刻思想内涵的随笔。当然，所谓"思想内涵深刻"也是相对概念：有人以人民性话语作为标准，有人以启蒙主义话语为标准，有人以人道主义话语为标准，有人以现代主义话语为标准，有人以后现代主义话语为标准，有人以自由主义话语为标准，有人则以绿色与环保观念作为标准；等等不一。

[①] 柯汉琳：《仰望思想的星空——关于90年代以来思想散文的思考》，载《文学评论》2002年第3期。
[②] 林贤治：《五十年：散文与自由的一种观察》，载《书屋》2000年第3期。
[③] 柯汉琳：《仰望思想的星空——关于90年代以来思想散文的思考》，载《文学评论》2002年第3期。

这类散文在90年代的确是丰收了，硕果累累。前期有史铁生对生与死、生存与命运等重大问题思考的《我与地坛》《随笔十三》，有韩少功探讨"后现代"、性的形而下与形而上、宗教与人心等问题的《性而上的迷失》《夜行者梦语》《佛魔一念间》，有张承志捍卫理想与崇高的心灵随笔《无援的思想》《以笔为旗》，有张炜吮吸民间营养的《融入野地》等。

90年代后期，一些思想上更为激进的随笔呈现在读者眼前。一是"打捞"出的记忆更逼近历史真实。如韦君宜对历史反思的大书《思痛录》，被认为是继巴金《随想录》之后的一本说真话的大书；从维熙《走向混沌》三部曲既成为作者个人劳改生活的回忆，更是一代知识分子的"痛史"；季羡林《牛棚杂忆》真实记录了他自己亲身经历的反右运动。这些记录历史真相的散文，告诉人们不要忘记那沉痛的历史。只有勇于正视历史的人，才能真正修正错误，轻装前进。二是社会批判与文明批判的声音更加洪亮。这类思想随笔，往往表现为一些"独行侠"式的思想者的写作。如王小波《我的精神家园》，对每一种思潮保持宁静致远的反讽姿态，其基本立场是所谓的"健全的理性"。如孙绍振先生的评价："（王小波）为智性散文提供了一条出路：把智性常规逻辑与幽默的歪曲逻辑结合起来，使幽默富于思想的深度。"[①]朱铁志《精神的归宿》，以深刻的思想和独特的见解，表现出进行社会批判的勇气和胆识。鲁枢元《精神守望》，主要基于对"后现代社会"人类的精神危机进行的文明批判。作者呼吁人类进行"精神生态"建设，寻找"一个多么辽阔、清朗、温馨、优美的天地"[②]。李国文《大雅村言》，纵横捭阖，沟通历史与现实，锋芒直指"左"倾错误，表现了作者胸怀坦荡的人格本色。

当然，通过策划者有效策划而进入市场的一些所谓的"思想随笔"[③]

[①] 孙绍振：《智性和幽默统一：学者散文的一条出路——从王小波散文谈起》，载《文艺报》1999年7月21日。
[②] 鲁枢元：《精神守望》，东方出版中心，1998年，自序第6页。
[③] 袁勇麟：《当代汉语散文流变史》，上海三联书店，2002年，第193页。

也不在少数。这类思想随笔本身具有高度的组织化、系统化，此类具有批判力量的随笔首先是一种特殊的商品，为社会消费服务。

三、几点思考

在前面的论述中，已经详尽地分析了"大散文"出场的历史机缘以及几种形态问题。在这里我们可以明确一个观点，即"大散文"不是空穴来风，而是在特定的历史时期，对长期以来在当代文坛上占统治地位的"抒情散文"的突破。它的出场以及兴盛，绝不像有学者指出的那样："它（大散文）的一个不良走向，便在于会将艺术全部融化在文化之中。详细地说，存在着这样一种危险：以文化的广泛适应性，抹平了散文中各种类型体式上的差别；以文化为散文创作的唯一因素，忽略了作者在艺术上的独创性追求。于是，散文沦落为仅是文化的载体。"[①]当然，任何事物都有其两面性。就目前的"大散文"写作而言，它也存在这样一些问题：

一是对"知识"与"史识"关系的把握问题。

谢有顺先生曾言："历史文化散文的困境，不在于作家们缺乏历史知识，而在于他们缺乏史识，缺乏深邃的精神识见。没有'史识'，作家就无法超越材料，获得洞见；没有'史识'，作家就不可能真正地与历史、文化发生精神对话，反而容易被史料所左右和蒙蔽。"[②]其实这种问题不仅在所谓的"历史文化散文"中存在，就是在"文化随笔"与"思想随笔"类"大散文"中也同样存在。许多人是掉书袋的高手，读者亦能领略到那浓郁的书卷气，但是文章仅仅是对历史的追述与记录，自己的独立观点与见解却很少。即所谓的"史识"问题，其思维标准也比较混乱。笔者以为，"现代意识"中的民主、科学与人道标准应该是"史识"的起码评

[①] 王锺陵：《20世纪中国散文理论之变迁》，载《学术月刊》1998年第11期。
[②] 谢有顺：《不读"文化大散文"的理由》，载《北京日报》2002年10月13日。

估标准。

二是对"史识"与"体验"关系的把握问题。

散文的写作往往缘情而生、缘情而发,通过一个瞬间的感悟来调动整个人生的储备,包括作家的生命体验、人格精神、知识底蕴、艺术感觉和营造语境的文字功力。因此,体验就相当重要。按照童庆炳先生的说法,"体验是经验中的一种特殊形态。体验是经验中见出深义、诗意与个性色彩的那一种形态……经验一般是一种前科学的认识,它指向的是真理的世界(当然这还是常识、知识,即前科学的真理);而体验则是一种价值性的认识和领悟,它要求'以身体之,以心验之',它的指向是价值世界"[1]。也就是说,体验是个性化的、诗意化的、深刻化的。散文中的"史识"与"体验"的关系分配问题,也绝不能看成简单的机械相加,或者工匠式的拼接和堆砌,而是水乳交融的结合,诗性的重塑。散文有了这种与诗性有机结合的理性,才能真正在"力"与"美"两方面皆锋芒毕露,成为一篇好作品。

三是许多"大散文"存在写作的模式化问题。

有学者在研究余秋雨的散文时发现:"人文山水的游记式描述,历史故事的通俗演绎,骈散相间的抒情化语言,这是余秋雨散文的三大法宝……在模式化的写作里,思想是被限制和被重复的,情感由于其雕琢的原因而显出了虚浮,而文体则很快就变为一种僵化的格式。"[2]余氏的问题在其他"大散文"写作者身上也不同程度地存在。许多"行旅散文"注重"经验",导致文章成为散文笔法的历史,过度走入"历史",形成千篇一律的模式;许多"文化随笔"和"思想随笔"的文本多为表达"知识"与"史识",而鲜有个人的诗意化的感悟,读其文仿佛阅读学术论文。克隆产品似乎越来越多,有个性精神的、有创造之美的散文反而越来越少。解决这些问题的关键,就是写作者要真正写出自己经过充分生命体

---

[1] 童庆炳:《经验、体验与文学》,载《北京师范大学学报》2000年第1期。
[2] 陈慧:《论90年代散文的几种类型》,载《当代文坛》2001年第6期。

验感悟到的事物，写出自己的个性精神来，写出自己独特而深刻的"史识"来。这一切的社会保障，就是社会氛围的进一步宽松、宽厚、宽容。随着我国进入世界经济的大舞台，民主与法治建设进一步完善，"大散文"的世纪将真正呈现到世人的面前。

原载《解放军艺术学院学报》2003年第3期

（获第二届冰心散文奖散文理论奖）

凸现西部强烈生命意识的散文

——史小溪散文创作论

一

史小溪是新时期陕北高原成长起来的一位优秀散文作家，他的作品见于《中国作家》《散文》《中华散文》《散文选刊》《人民日报》等二百多家报刊，入选二十多家全国性的散文选本，曾荣获冰心散文集奖等多项全国性奖项。他的地域风情散文情感真挚，缱绻浓烈，富有陕北文化特色；他的人生抒情小品含蓄蕴藉，俨然是一幅纯美的画卷；他的思想随笔，寓思辨于知识中，构成一道独特而亮丽的"知性"风景。著名散文作家碧野说："一个真正的作家应该是善良的，而且心灵世界也是美的。我认为：史小溪可以称得上是一个真正的作家。""他的散文力求突破和超越，充满对西部的崇尚和对西部艰难生存的描述，充满对生命本体的颂歌，执着地寻找人生的彼岸"；老作家叶君健也说："他的血液里流淌着古老的陕北人的血液，但他的头脑里装满了现代的世界知识……科学的，艺术的，而最重要的是，现代的视野。他的气魄是雄浑的，调子是高昂的，沐浴着一种高原特有的诗情。这是这个陕北作家的散文作品所具有的一个与众不同的最突出的特点"；西部散文代表作家李若冰说："我读他的散文觉得优美隽永，凝重洗练，洒脱自由，耐得住咀嚼，给人以美的享受。他的散文敢于把自己摆进去，而且善于把自己和所写的事物融为一体"；已故著名青年散文家苇岸说："史小溪的真挚、激情、富于理想和高原人生，形成了他的感情奔放的浪漫主义式文风。他的文字是倾诉的、铺张的、粗疏的、松弛的，写出一种不尚雕琢的随意，这与高原粗朴的面貌恰好相宜"；当代著名青年文学评论家李建军也指出："史小溪的散文往往是温情和豪气杂糅、柔婉与刚健共存、热烈与深沉并举，其风格可以概括为'温婉流利，雄达雅健'"；……

这些年，勤于笔耕的史小溪虽说引起了散文界的广泛关注，但是评论界对他的系统研究却不够，尤其是生他养他的陕北对其关注与评论更几乎是空白。作为西部一位重要的散文作家，我们不应该对他的创作保持沉默。

二

美国文学批评家乔治·布莱曾言："谁以一种独特的方式感知到自己，就同时感知到一个独特的宇宙。"[①]作为个性化创造的文学创作，作家的意识尤其是最终表现这意识的方式，在深层次上联系着他们的心理素质、感情世界和精神面貌，亦即其独特的个性气质。我们追踪研究史小溪的散文创作之路，就必须从他的心理素质、感情世界、精神面貌等方面的因素切入，准确把握其与众不同的个性气质与文体特点，把握其散文创作的特点。

散文本身就是主体人生的真实写照，情感的真实再现。阅读史小溪早期的系列抒情散文，我们可以有这样一个较为清晰的判断：史小溪1950年出生于陕北延河边的一个小山村里，陕北特殊的人文地理给予了他丰富的人生营养，并培育了他最初依恋土地的人生观念和文学理想。在以"阶级斗争为纲"的年代，他这个"破产地主的儿子"，通过改名换姓，才在

---

① 乔治·布莱：《批评意识》，郭宏安译，百花洲文艺出版社，1993年，第283页。

中学毕业后被招工到地处西南的一家冶金公司工作,在那里一待就是十三年。在巴蜀之地的这十三年里,他不仅被推荐到一所全国重点冶金大学读冶金专业,也接受着最初的文学训练。他一方面大量阅读古今中外的文学名著,另一方面有目的地拜访在武汉的当代著名散文作家碧野先生,与之通信,接受文学指点。他最初的文学创作也濡染了巴山蜀水的委婉迂曲之态与清澈透明之气,这在他早期的散文作品《南国物华》《豆角丝丝》《紫罗兰紫罗兰》等中有所反映,这些散文的共同特点是清新、自然,宛若天籁。

不管漂泊到何处,作为高原儿子的史小溪,身体里永远流淌的是陕北人的血液。为了日日思念的家乡,为了那片深沉的黄土地,他于20世纪80年代初期毅然放弃了在南国优越的物质生活以及工程师的优厚待遇,回到生他养他的故乡。"仿佛荒原上流浪得太久的缘故,延河,我日夜情牵梦绕的故乡的延河!十三年了,游子今日漂泊归来,几多往事,几多童心……""——延河,故乡的河!我执着地坚信自己的追求。我也坚信有一天我会像你一样,寻找到自己的归宿。"(《延河,远去的延河》)"好也罢,不好也罢,低贱也罢,英武也罢,粗俗也罢,你都是曾经养育过我疼过我的故土啊!"(《漂泊者的风景》)当他悟到自己所受的苦难,远远不能与这块土地所承受的苦难相比时,他又是这样反思的:"高原上的太阳永远用它的黄金阳光照耀着北方这块苍凉的土地。而母亲就像脚下沉默奉献了一切的泥土,用乳汁和心血哺育了儿子,却无须任何回报。"(《母亲,儿向你忏悔》)当然,经过多年的漂泊生活后,他也明白了这块贫瘠却厚重、苍凉却大气、落后却古道热肠的黄土地上生息的人们是一群怎样独特的生命群体,"他们有着特有的性格,他们忍受苦难,他们渴望幸福,他们倔强、坚韧和勇敢,他们厚重、淳朴和忠诚,以及他们吃苦耐劳、宽宏达观、忍辱负重的品格,都是罕见的"。(《就恋这一道道山》)是的,陕北这块黄土地既记载着史小溪的快乐与欣喜、拼搏与奋斗、屈辱与苦痛,也深深扎下了他寄托精神与灵魂的根。他没有理由不爱这块土地，没有理由不赞美这块土地上生生息息的父老乡亲。他才会饱含深情地这样吟唱："我们应该不放过一切机会并用全部心血吟叹她，高扬她，探寻她的痛苦和欢乐，追求与希望，昨天和今天……"（《就恋这一道道山》）他自然也把文学创作视为歌颂土地母亲的最好方式，放开歌喉，使出浑身解数，表现他的热爱之心。因此，在游子远游回归初期的一段时间内，"就恋这一道道山"成为史小溪前期散文创作的主要抒情方式。

古人云："情者，心之精也。情无定位，触感而兴。"陕北这个有着深厚历史、地理与人文内涵的古老土地，在史小溪眼里首先是曾经拥有轰轰烈烈革命史的陕北，他把视点集中到对革命遗迹的凭吊与礼赞，加入众多歌颂中国现代革命史的合唱之中，来表现对陕北这块土地内涵的深深理解与敬意。如《红艳艳的山丹》就是通过陕北特有的草木"山丹丹"的意象，串联了一个感人至深的革命故事，歌颂了陕北人民默默奉献的优秀品质；《那土战壕土碉堡》讲述了作者父子两人对散落在群山中的土战壕、土碉堡的访寻，旨在传达对陕北这块史诗般土地的理解。这些散文虽说脱不了杨朔散文的影子，但难能可贵的是，他的抒情并未仅仅停留在对革命的简单诠释与抒情上，已经开始融注了自己的一些独立思考。

"情以物迁，辞以情发。"将生命之根深深根植于陕北的史小溪，更喜欢陕北的山川地貌、草木鸟兽，更依恋陕北那丰富的风土人情，他也自然而然地把主体生命投身到陕北高原的山川、草木、鸟兽之中，通过对陕北山川、草木、鸟兽的歌颂，来表达一个赤子对陕北土地的赞美。因此，在史小溪的散文创作中，描绘陕北风土人情的散文占到相当重要的位置。如《野艾》《高原草木图》显性内容是对陕北高原那些寻常的但极具生命力的草木"野艾""枸子""旱柳""荆条""甘草""绵蓬""炒面花"的描摹，而其实质是对高原上同样具有顽强生命力的陕北父老的讴歌。就是《暖窑》这样一个极具地域文化特色的民间风俗仪式，也同样在史小溪笔下拥有了神奇的魅力，在表现作家对这种古老民俗传统的认同的同时，更主要的是表现了作家对陕北父老、陕北文化的热爱。还有《黄土》篇里的"黄土根""黄土魂""黄土情""黄土雄风""黄土雨""黄土路"，《北地春韵》中的"晨犁""春眠""二月戏秋千"等散文短章，作者抒发的还是对故土的热恋之情。史小溪在这方面的代表作是一气呵成的长篇风俗散文《陕北八月天》。这篇散文扑面而来的是陕北成熟与丰收时节"八月天"的特殊意象与氛围，"现在，面向八月的高原，你不妨去粗粗领略一番八月的景致吧：糜谷是黄灿灿的，高粱是红彤彤的，荞麦是粉楚楚的，棉花是白生生的，绿豆荚是黑油油的，白菜是绿茵茵的，玉蜀黍亮开自己金黄色的肤色，烤烟袒露出它青油油的胸脯……五彩斑斓的秋色错落有致地塞满沟沟壑壑，山山洼洼，川川畔畔。轻风刮过，山洼沟壑的庄稼间，散发出甜蜜的气味；川野河谷，像少女的黄裙子灼灼燃烧……"作者以导游者的口吻，在给游客"你"还原了一个色、香、味、形俱全的、生动与鲜活的陕北八月美景的同时，也让你惊叹作者对陕北农家生活的熟悉程度。另外，这篇散文的语言也颇有特色，完全是鲜活的陕北地方风情语言。如，"哦，我的红格丹丹、黄格灿灿、绿格莹莹、紫格楚楚、蓝格瓦瓦、黑格油油、白格生生的五彩斑斓的陕北八月天啊！我的甜格浸浸、香格盈盈、酸格溜溜、俊格蛋蛋、巧格灵灵、自由自在、富足、丰饶和温暖的乡村八月天啊……"这种具有浓郁地方风情的语言流汇集成夸张、恣肆的情感海洋，令读者怦然心动。

当然，对陕北高原的歌颂不是史小溪前期散文的全部，另一个维度是通过"借景抒情"的隐语方式，借助一些特定意象，来表现他的人生思考。我们知道，史小溪虽说出生在打着红色印记的土地，但是他"破产地主的儿子"的特殊身份，以及他特殊的人生漂泊经历与体验，却深深地影响着他的个性心理，一方面其心理有"人才观""人生观"的敏感点；另一方面形成了一种迂曲回环、含蓄的表达方法。可以这样说，"生命力受了压抑而生的苦闷懊恼乃是文艺的根柢，而其表现法乃是广义象征主义"①。史小溪一口气写下的"陕北的树"系列之《神树》《怪树》《老树》《独树》四篇借景抒情散文有着明显的象征意义,使树通人性,人有树心。这与其说是对陕北高原上独特生命的思考与理解,倒不如说是作者撰写的几则关于人才观的寓言。作者借着"神""怪""老""独"之树,来表达一种较为含蓄的人生哲理。再如《寒谷》中对"驮锅大叔"——一位从京城下放到陕北农村的大科学家的追忆,不是把笔墨停留在对特定年代"非人性"社会状态的批判,而是着力表现寓乐于苦、默默奉献的人生观。通过众多物象的含蓄暗示与象征,作家仿佛要告知读者自己所追求的和所依恋的人生理想与人生价值。

三

任何作家的写作都有时代的影子,史小溪自然也不例外。因此,我们研究他必须紧紧把握作家所生活的特定时代,再考察社会演进过程中作家的创作情况。我们知道,20世纪80年代是中国在政治形态上拨乱反正、进行改革开放的年代,是各种文化思潮涌入国门的年代,也是各种文学观念纷纷引进与贩卖的年代。然而,散文这种与时代、政治关系紧密的文学样式,虽说有写真相、表真情、诉真心的"悼亡散文"的一时轰动,但是它习惯于匍匐在当时社会长期以来形成的"无我化抒情"氛围中,读者找不到作者的个性因子。与小说、诗歌、戏剧创作的思维活跃、手法多元、花样翻新相比,散文创作显然落伍了。这一方面表现在散文文本里所赋予的思想没有冲击力,另一方面是散文创作习惯于"借景抒情""托物言志"的方法,形式创新不够。因此,当时社会上出现了一些非难散文创作的声音。有人认为散文是人们紧张劳动之余需要的松弛小曲、酒足饭饱后的一枚多汁水果,甚至有人提出"散文消亡论"。作为在80年代成长起来的散

---

① 厨川白村:《苦闷的象征·出了象牙之塔》,鲁迅译,人民文学出版社,1988年,第21页。

文作家，史小溪显然清楚散文创作的处境，在80年代末期，他在四十不惑的时候，就开始了突出重围的行动，向散文高地挺进，在散文中突现浓郁的地域色彩，突现主体生命，突现个性意识，从而完成了从一个普通西部散文作者到"西部散文一家"[①]的角色转变。他的散文《喙声，永不消失》通过蚕蛾咬茧出蛾时发出"噗噗"声响的意象，感慨"那给我古老而伟大精神的喙声呵！那重新造就我人生里程全新生命意识的喙声呵！"由蚕到茧、由茧到蛾的生命轮回之路，意味着生命的升腾。这篇散文仿佛一则寓言，告诉人们要在人生意义上升腾与突破。史小溪散文创作观念与风格的变化，表现在这样几个方面：

第一，在凸显西部意识的同时，凸显个性生命意识。

1994年，史小溪在给老作家叶君健通信时曾这样预言其散文，"我的散文会成为一种天马行空时的精神漫游，一种汪洋恣肆的生命扩张，一种开放自由丰富复杂的心态和人生，并力求一种深沉、凝重和浑厚的北方的大气！"[②]仿佛蚕茧作蛾一样，史小溪也似乎是一夜之间明白了一个道理：他既是西部文化的承载物，也是拥有主体生命大写的人。在这个时期里，他的抒情散文似乎更善于捕捉那些苍凉、悲壮的西部意象语汇，如"北方冰河""冬日高原""荒原""黄河""荒村""北斗"等。这些意象赋予了明确的象征意味，指向作者独特的审美情感与理想，凸显一个具有苍凉之气、悲壮情结、仍在"荒原"上孜孜以求地探索真理的大写的人来。在《北方的冰河》中，他欣赏北方冰河那撼山动地的情景，展现它那长期受到压抑之后的生命宣泄与震荡，从而由衷地发出"那是一种灵魂的悸动和呐喊；那是一种喷吐苍茫博大的浩气和猛志；那是一种不甘失败的九死而不悔的生的搏斗……"作者在这里赋予"北方冰河"人格化的特征，分明让我们把握作者那腾跃不已的主体生命状态。《冬日高原》，作者在没有诗意的"冬日高原"里发现了生命的美丽，感喟"冬日高原以顽

---

① 张直：《西部散文一家》，载《塞上文坛》1995年第4期。
② 史小溪：《高原守望者》，中国文学出版社，2003年，第332页。

强的生存能力引发人一种沉郁的礼赞"。《荒村》中的"荒村",仿佛就是充满生命野性的文化符号、文化象征物。作者寻觅"荒村"的过程,就是对已经丧失了生命野性的城市工业文明的批判过程。在《西部泊旅》中,是写作者在西部的游历中,阅读西部山川地貌、阅读西部人生百态,把握到生存的伟大西部精神,同时也获得了一种精神支持,"西部的崇山大河告诉了我这些,也陶冶了我的品格"。《陕北高原的流脉》,通过对陕北著名的河流延河源的访寻,既进行历史的沉思,又表现出对严酷现实的关注。最令人为之激动的要数《黄河万古奔流》了,作者把目光投注在中华民族母亲河——"黄河"的壶口大瀑布,以其如椽之笔、如狂之情把传说与现实,远古与现代,蛮荒与文明,情感与理性交汇融合,叩问历史的根源和民族的精神……在这些作品中,作者的主体生命与客观物象巧妙地融合,达到水乳交融的效果。读者在这些粗糙而苍厉的文化意象中,感受到的不只是西部的人文精神,还有作家站在全人类立场上对其命运的更形而上思索的精神境界。虽然作者一直没有给出一个准确的答案,但这也无妨,读者甚至还可以在其作品中把握到挑战命运的昂扬向上、积极进取人生情怀,和"天行健,君子以自强不息"的生命主旋律。可以这样说,这是史小溪在散文意象的开拓上,学习中外散文名篇的手法而为我所用的结果。在这组散文中既可以看到鲁迅《野草》的象征意象,也可以看到尼采《查拉斯图拉如是说》中狂厉、狰狞的风格。

第二,"知性"增强,思辨性增强。

我国台湾著名散文家、诗人余光中曾经有一篇非常著名的散文论文《散文的知性与感性》,认为散文中应该既有"感性",也应该有"知性",只有"感性"与"知性"完美结合的散文才为大家之散文。他说"所谓知性,应该包括知识与见解"[1]。当代香港著名散文作家董桥也这样说过:"散文须学、须识、须情,合之乃得Alfred North Whitehead所

---

[1] 王锺陵主编:《20世纪中国文学史文论精华·散文卷》,河北教育出版社,2000年,第376页。

谓'深远如哲学之天地,高华如艺术之境界'。"[1]然而,我国当代许多专以散文创作为专攻的作家,似乎较擅长于抒情散文的写作,往往寓情于某一具体物象,生发自己的感悟。这样写来虽然无可厚非,但是成为一种写作模式了,就形成散文之弊了。在陕北散文作家中,史小溪的散文能融学养、智慧、才情、辞采于一炉,汇感性、知性、情趣、理趣为一体,在具有文学品位的同时,也能展现出其较好的学识修养和思辨力。一方面,他的抒情散文不是简单感兴,而是衔着知性的果实,张开思维之翅,在人类历史的时空中上下翻飞,进行着形而上的思索。如《荒原苍茫》是通过"我"在"荒原"上的"行走"和形而上的思考,抒发了作者执着追求理想的情怀。《北斗消失苍穹》是抒写作者在清晨破晓、北斗即将消失的时分登临山巅而产生的宏大审美情感,他一咏三叹、旁征博引,叙事、描写与议论的有机结合,使文章充满了一种思辨力量。就是《黄河万古奔流》,也是把黄河放置在人类文明的长河中进行思索,使其有了丰厚的容量与大气磅礴的气概,显现出"大散文"的魅力。另一方面,史小溪也把目光投向随笔这种形式灵活、表现自如、善于表现自我思考的散文文体上,写下了《思想者》《透过沙文主义的帷幔》《海明威阅读笔笺》《飞翔的高度》《岁月高地上的太阳》《天道好个秋》等力透纸背、丰硕厚实的随笔。如在《思想者》中,他以对法国雕塑家罗丹的雕塑《思想者》的介绍,串联了人类历史上众多思想者的悲剧人生,来表达自己的思索:"思想者的心灵是裸露着的""思想者对人类命运有一种真诚的忧虑和终极性的关怀,于是他们总是踏着一条布满荆棘蒺藜的路""思想者,像骆驼一样将重物载起"。他热切呼唤着,"人类历史社会,需要一代又一代的'思想者',为使人类的夜空更加星光灿烂,为使人类社会在'哲思'中不断地拓展进取"。应该说,对"思想者"的呼唤,本身就是对无个性社会风气的批判。《透过沙文主义的帷幕》一文讲述了"狂放的蒙古人和《出征之歌》""斯拉夫大帝国的'颂歌'""'超越一切'的德国国

---

[1] 转引自袁勇麟:《当代汉语散文流变论》,上海三联书店,2002年,第92页。

歌"几个故事，认为"我们不能透过那层混沌迷茫的'沙文'帷幔，看清'是各种矛盾最复杂的混合体'的历史轮廓"，从而告诉读者应该透过现象把握事物的深层意义。《海明威阅读笔笺》一文洋洋三万余字，在全方位介绍硬汉子海明威的人生与文学创作的同时，充分肯定其积极进取的人生态度。某种意义上讲，史小溪不厌其烦地介绍他心目中崇拜的作家，就是以此为人生的参照系，寻找一种精神与动力支持。还有《岁月高地上的太阳》以人生四十不惑为议论的生发点，由远古到现实、由中到西，纵横捭阖，表现了作者较好的思辨功力。

四

与一般文学创作者不同的是，史小溪社会角色的定位一半是散文作家，另一半则是文学期刊的散文编辑。长期的散文编辑工作，不仅使其对散文创作有着高度的敏感，还使其对散文创作现象的研究有相当浓厚的兴趣。他关于散文创作的一些随笔文章，显然是深思熟虑的思想结晶。如《散文，请赋予思想》一文针对90年代散文界弥漫一种虚伪、假作的文风，发出噌吰而响亮的声音："我以为，我国散文真正的出路不仅仅是要在观点上更新、手法的变换等方面下功夫，更重要的是散文作家需要视野的开阔和艺术的良心（人的主体意志的高扬），需要一种勇气和真诚，需要一种饱满昂扬的情绪，在创作中表现出博大深厚的思想。惟其如此，才能对长期以来形成的散文积弊进行彻底的清除。"说实话，他的这种声音直到现在还仍有穿透力。还有《也谈贾平凹的〈丑石〉》对社会上一些言过其实、文过饰非的散文评论提出尖锐的批评，认为散文批评要回到真心真意上来。《飞翔的高度》是在大的时空背景下认真总结自己的散文创作经验乃至教训，认为"散文，需要的是一种不断的突破，不断选择，不断否定，不断超越的精神"。"就我，在追求散文的自由、本真、'独抒性灵'中，更探寻那种生存意识生命体验的东西，力求一种纯朴凝重和比较宽广的文化背景，才能使散文具有跨越时空的生命力。"

史小溪的书信体散文也是其思想、情感以及散文创作方法的另一扇窗口。我国古代散文中有专门的"书牍"文体，就是一些书信体文章。书信体文章因为担当的角色与被赋予的内涵的特殊性，具有无穷无尽的魅力。或问候亲人、报声平安，或交流感情、探讨问题，文字或细腻，或粗糙，或率真，或委婉，都是一腔真诚。史小溪青年时期曾向著名的散文作家碧野、袁鹰、严文井、叶君健、冯亦代等人写信，求教文学创作之法，得到他们的悉心指点。中年以后，他与许多文学朋友、文学青年经常通过书信方式探讨人生与文学。史小溪的书信体散文一方面极富"知性"，似乎是在知识的海洋中逍遥自得，给读者一种思想的启迪；另一方面仿佛丹柯一样善于剖开自己真诚的心灵，表现自己的真诚思索。正如著名作家碧野所言："史小溪不仅是个正直善良、心灵清洁美好的作家，而且还是个孜孜不倦的作家，他很努力，就连写信，都很认真，信的结构，信的表达方式极富讲究，给人一种面对面谈话般的亲切的感受。"[1]

在90年代后期，作为散文家、编辑家的史小溪，给中国西部散文作者做了一件功德无量的大事，就是亲自选编、在上海东方出版中心出版了包括西部当代90多位作家的200余篇散文的《中国西部散文》上下两册，把西部散文创作的团队整体介绍给广大读者。此事在散文界引起了极大反响，全国上百家新闻媒体做了报道，中国散文学会还把此事评为"1998年度中国散文界十件大事之一"。他的《一片明朗高远的天空——〈中国西部散文〉（上下）而作》的长篇随笔，相继被全国23家报刊转载。在这篇随笔中，史小溪以编辑的身份、开阔的视野，站立在西部散文研究制高点上，界定西部散文的概念、特征、审美方式等，使此文成为新时期以来第一篇研究"西部散文"的专论。

总而言之，史小溪的散文文本是复杂的、多面的。他的散文既有传统的抒情，又有哲理的发掘；既有显性的思想显现，又有含蓄的暗示与象

---

[1] 史小溪：《纯朴的阳光》，中国文学出版社，2003年，第344页。

征;既有千字小品,又有鸿篇巨制……我们不好用一种简单、机械的归纳方法进行归类研究。然而,我们可以看出"情"与"思"是其散文创作的关键词。史小溪在西部这块博大无比的散文天空中衔着情思飞翔,向更高层面迈进的同时,也成了名副其实的"西部散文一家"。

原载《延安文学》2004年第2期

传奇故事的诗性写作

——高建群"边关"题材小说浅论

高建群是新时期以来我国西部涌现出来的一位重要作家,他生于关中,长于陕北,还在新疆伊犁边境地区当过边防军。独特的生命经历,赋予其独特的审美视角。1987年,他以中篇小说《遥远的白房子》一举成名。小说中的"白房子"这个中国西部边防站的"符号化"名词,从此成为他小说创作的关键词。他围绕这一题材展开的创作活动长达数十年,主要作品有中篇小说《伊犁马》《马镫革》《白房子争议地区源流考》以及长篇小说《愁容骑士》等。本文拟围绕"白房子"题材系列小说,主要探讨其小说的创作特点。

独特审美视角下的传奇故事

高建群1953年生于陕西省关中地区,由于父亲在陕北延安工作,后到陕北居住。他高中毕业后,1972年入伍到新疆军区北湾边防站服役,在中苏边界一个荒凉的边防站里,开始了长达五年的"白房子"地区的军旅生活。当时中国和苏联交恶,局部战争和全面战争随时可能发生,而高建群服役的边界地区,正是中苏争端的热点地区之一。在高度紧张的时期,高建群一方面出色承担了一个士兵的角色,连续五年获得所在部队的通令嘉奖；另一方面，为了打发寂寞、孤独和浮躁，开始利用业余时间写诗，被战士们视为"小诗人"。不过，真正让他成为"诗人"的机遇，是新疆军区一位据说是叫那狄的政治部主任。他到边防前线视察，看到高建群当时还颇为幼稚的诗歌，觉得诗意清纯，满有些味道，便随意索要一组，说回去推荐发表。没过多久，高建群以《边防线上》为题的组诗，出现在赫赫有名的《解放军文艺》1976年8月号上。这组处女诗作，着实让边防站的战士们骄傲了一回，也激起了高建群更大的诗歌创作欲望。不过，高建群此时的创作还属于自发行为，既没有上升到主体的自觉，也没有形成创作题材的自觉。

高建群退役后，凭着勤奋耕耘，先后创作诗歌《0.01——血液与红泥》、小说《杜鹃花》、散文《很久以前的一堆篝火》等作品，还结集出版了《新千字散文》《东方金蔷薇》两本散文集，在陕西文坛崭露头角。这一期间，应该说是高建群文学创作的积累时期，他在困惑中寻求突破。他一方面勤于练笔，不断变换文学形式表现自己的审美理解；另一方面阅读了大量外国文学名著，弥补先天知识的不足。我们知道，一位成功的作家必须有一方自己熟悉的生活园地，并形成自己相对固定的审美视角。如陕西作家路遥擅写城市与农村的"交叉地带"，贾平凹擅写"商州风情文化"，陈忠实擅写"浸注着历史的关中土地"。而此时的高建群，还没有真正意义上的文学自觉，还在艰难地寻找自己创作的突破口。

高建群文学创作的发轫时期，真正意义上说是80年代中期。第一部取材于边防军"白房子"时期的小说《遥远的白房子》，在抽屉积压两年之久后，因一个偶然的机遇，发表于《中国作家》1987年第5期头条。故事发生在晚清末年，新疆伊犁边境地区，有个马姓的回族小伙子，跟随父亲在中俄边界从事走私生意。在一次偷情中，被情人的丈夫和草原上的牧民们捉住，在肚子上插了把一米来长的大镰刀。小伙子后来被强盗搭救，成为强盗头，掠走了他的情人，改名为"马镰刀"，称雄整个草原。清政府采取招安的办法，封他为某个边防站的站长，在荒凉的边界地带盖起"白房子",带领一群士兵守卫边防。后来,"马镰刀"在一次率队巡逻中与沙俄的边防军相遇,他借给对方"一张牛皮大小"的地皮,供对方休息和双方联欢。不料,他的借条被莫斯科来的士官生偷去,终于酿成一场外交风波。沙俄强行索取五十平方公里的土地(据说是将一张牛皮割成细条圈出的面积),马镰刀成为民族的罪人,被五花大绑押解到伊犁府问斩。当马镰刀知道要处死他的原因是一张借条时,他追悔莫及,主动请求以死来弥补自己的过失。行刑前的一天晚上,他越狱逃跑。在与群狼搏击后,他被情人萨丽哈原来的丈夫救起。马镰刀重返白房子后,带领他的士兵越过边境,要取沙俄边防站站长和士兵们的人头血祭祖国。明人不做暗事,破门而入的马镰刀说明事情原委后,沙俄边防站站长也觉得自己对不起中国军人。除了升迁的士官生之外,沙俄军人在老站长的带领下,全都拔剑自刎。马镰刀和他的士兵提着人头回到中国边防站,他们为自己的失职而哭泣,也拔刀自刎。本来,马镰刀让汉族小伙子带走萨丽哈。马镰刀死后,萨丽哈和汉族小伙子掩埋了行义的士兵。后来,汉族小伙子走了,萨丽哈留了下来,成为半人半神的人物,一直活到"我"服役的现代。而那个士官生,据说是让一只狼咬死了……

这篇小说是以"白房子"边防站战士"我"的口吻叙述的一则故事,具有极强的传奇性。它讲述的是本世纪初中俄边界的一段往事、一场纷争过后的静寂,一个狡猾的侵略者靠诡计侵略中国(将一张牛皮剪成条以后圈地)而失败的故事。小说的男主人公马镰刀由匪而官,由一张牛皮的失误(这其实是一个传说、一则寓言)而自责直至自杀的悲剧,女主人公萨丽哈的美丽多情直至最后超凡入圣的结局,使小说本身具有很强的可读性。正因为这样,小说的叙述在"靠近历史"的同时,也靠近诗。作者的笔力秀美中寓劲健,格调清新,但毫不纤细。

《遥远的白房子》发表后,很快引起了强烈反响。《小说选刊》《中篇小说选刊》以最快的速度转载。楼肇明先生认为这部小说"一个贡献就是在于它改创置换了一种原型形式,使得这种原来随着岁月的流逝而已经变得苍白无力的形式变得生机盎然,并且由于参照了别的民族的同一的原型形式,探索了人在特定的历史背景中的命运"[1];周政保认为"也许是那些神秘的国界线、那孤独的'白房子'所具备的意象性的缘故,小说的思情寓意终于穿越时空的荒原,而进入了更富有人类意味的审美世界"[2]。与此同时,北京电影制片厂买走了电影的改编权,准备拍摄成电影。这篇小说也引起了一场意外的风波,原因是涉及哈萨克民族的一些风俗,一些细节和局部的失真。后来,《中国作家》专门发表哈文伯《我读〈遥远的白房子〉》等文进行了批评,文中一一指出小说的缺点后,也较为客观地写道:"尽管《遥远的白房子》未能免除主观随意性太强之缺陷,但它能够以对历史的观照和探索,表现了爱祖国河山、爱中华民族、爱人民的宏大主旨,仍不失为一部值得注意的具有特色的作品。"[3]

在80年代后期中国文坛逐步开始"内转向","非现实主义文学"大行其道的时候,高建群富有魅力的西部传奇故事,却令人刮目相看。不管怎样说,《遥远的白房子》发表后的轰动及风波,给高建群带来很多启示,一是鼓舞了高建群创作小说的欲望。这篇小说的发表,对充分调动他的才情具有重要的意义。二是此小说的发表,更让他重新评判自己、定位自己,他明白了自己在整个中国文坛中的位置的同时,更清醒地认识到自己今后小说创作的路子应该怎样走。

正如我国著名文艺评论家何西来先生所言:"在作品的风格中,作家的地域文化心理因素、地域文化知识积累,以及对不同地域文化传统和特色的敏锐感受力,起着关键作用。"[4]独特的审美视角下的传奇故事,恰如神奇的钥匙开启了高建群创作的灵感闸门。在这种初步的成功诱惑下,着力挖掘"白房子"题材的丰富矿藏,先后发表了《伊犁马》《马镫

---

[1] 楼肇明:《荒原上的壮士歌——读〈遥远的白房子〉》,载《小说选刊》1988年第2期。
[2] 周政保:《〈遥远的白房子〉:并不遥远……》,载《小说评论》1988年第4期。
[3] 哈文伯:《我读〈遥远的白房子〉》,载《中国作家》1988年第3期。
[4] 何西来:《文学鉴赏中的地域文化因素》,载《文艺研究》1999年第3期。

革》《要塞》《白房子争议地区源流考》等中篇小说，并且在1998年出版了关于"白房子"的长篇小说《愁容骑士》。更有意味的是，作家不断改写《遥远的白房子》。"白房子"故事在长篇小说《愁容骑士》中以"野苹果"的面目出现过后，直到2001年，高建群还在《解放军文艺》第一期刊发名为《白房子争议地区源流考》改写版，第三次讲述这个故事。其时的作家虽已把作品中的女主人公"萨丽哈"改写成"耶利亚"，"属于最后的匈奴，一个业已泯灭了的民族"，但仅在内容上作简单删节，作家对"白房子"题材的钟爱程度可见一斑。当然，这种"执迷不悟"的写法也成为诟病，招致一些读者的批评。①

浪漫写作状态下的"诗性"文本

高建群"白房子"系列小说整体呈现这样几个特点：一是故事的背景在中苏关系紧张时期的新疆伊犁"白房子"边境线地区；二是以第一人称边防军战士"我"的口吻讲述历史的或现时的故事，增加了故事的可信度；三是在故事中掺杂浪漫爱情的因子，保证了作品的吸引力。我们可以想到，在西部两军对垒的边境线上，一群守着"白房子"的年轻孤独的雄性生命中间，出现一位貌若天仙的女性，这个世界将是怎样一番情形？对读者而言，基于这样背景结构的故事本身就具有新奇性；再加上作家极富有浪漫与诗性的叙述，使得传奇故事拥有更大的阅读空间。为了极大程度地调度读者的审美意象，高建群在"白房子"题材系列小说中，避开前人已经运用圆熟的纯"现实主义"创作手法，力图剖开具象化的生活，采用"合文学目的性"的手法来表现他所理解的西部边关军旅生活，这也使其"白房子"题材系列小说具有明显的文化性与诗性的审美特征。

关于高建群小说创作的"合文学目的性"，评论家周政保先生指出：

---

① 万国庆：《上哪儿去讨个说法？》，载《文学自由谈》2001年第3期。

"（小说）不是历史学意义上的真实记录，不是报告文学或文学报告，更不是'风俗画'的拼凑与堆砌……它是小说，是一种艺术虚构；它的全部描写仅仅是为了实现某种合文学目的性的表现，而这种文学目的性与小说细节的底蕴及场面设置的内在意义是呈互相适应状态的。"[①]换句较为直白的话来表述，我以为"合文学目的性"就恰似中国画中的以心写境、"境"为心用的浪漫状态。而这种浪漫心态下的创作，自然就拥有这样几方面的特征：

一是在叙事方式上呈现一种天马行空的状态。

高建群的"白房子"题材小说具有诗性气质，这与他步入文坛初期，多年从事诗歌创作有关。诗性的创作心态投射在小说的叙述方式上，自然就呈现一种天马行空的状态。如在《遥远的白房子》中，作品中的第一人称"我"是作为曾经在那里服过役的边防战士的身份出现的，是为了对那个已经消失在黑暗岁月里的故事进行艺术真实性和生活真实性的实证和旁证。作者在作品中刻意构筑了三度时空：遥远的过去、第一人称在边防站服役的过去、写作这部作品的现在。这三度时空的作品在叙事上呈现出一种随意性。就是他的其他作品如《伊犁马》《马镫革》《大杀戮》《要塞》《愁容骑士》《白房子争议地区源流考》等作品，也基本保持了这种叙事风格。《马镫革》中的"我"，是位边防线上"中国人民解放军最后一支正规骑兵部队"的退伍老兵，在繁华的都市中看见了腰间系着"一根马镫革"的战友后，便开始了对骑兵生活往事的回忆；《伊犁马》也是写边防战士"我"对马的种种情感以及对生命意义的理解；《愁容骑士》中的"我"是位具有"北方的忧郁"性格的边防退伍老兵，其灵魂游弋于"陕北高原"和"白房子"之间，不断地回闪经历过的往事，尤其是"白房子"时期的往事。这些小说的共同特征是，故事情节都是沿叙述者"我"的讲述而展开，而"我"是位精神略带忧郁、异想天开、天马行空的诗人式的退伍老兵。"我"在旁证"白房子"边防重地的故事的真实性

[①] 周政保：《〈遥远的白房子〉：并不遥远……》，载《小说评论》1988年第4期。

之外，还使小说赋予了另一重浪漫色彩。"我"既可以进入故事主体，成为故事中的一分子，也可以跳出故事，成为局外的讲述者。

  这种多少带有浪漫主义诗人天马行空的风格，正应了现代小说叙述要求。关于现代小说的叙述技巧，小说修辞学研究专家布斯在其著作《小说修辞学》中曾做过认真研究。他在"距离的变化"一节中，提出小说的叙述类型可以这样划分：（1）叙述者可以或多或少地离开隐含的作者；（2）叙述者也可以或多或少离开他所讲述的故事中的人物；（3）叙述者可以或多或少地远离读者自己的准则；（4）隐含的作者可以或多或少地远离读者；（5）隐含的作者（他自己携带读者）可以或多或少地远离其他人物。[①] 一句话，他讲的就是叙述者—作者—人物—读者的关系，或者说，是对一种灵活的叙述方式的掌握。这样，"白房子"题材系列小说在故事叙述上，不恪守生活的理性秩序，不恪守现实主义的传统，当作诗来构思和营造。作品虽有失真和荒诞不经之嫌，但激情澎湃，极大地扩展了小说的容量，丰富了小说的艺术创作魅力，因而在审美视角上获得了新的突破。

  二是西部边关文化的"符号化"方式呈现，使得小说拥有了独特的审美品格。

  高建群的这组"白房子"题材系列中长篇小说，还通过众多隐语符号的设置，把人物置于雄伟、奇崛的西部文化意象中加以表现。从符号学的角度看，文化是人类的符号思维和符号活动所创造的产品及其意义的总和。正如符号学派的创始人卡西尔所言："历史学家像物理学家一样生活在物质世界之中，然而在他研究的一开始他所发现的就不是一个物理对象的世界，而是一个符号宇宙———一个由各种符号组成的世界。他首先就必须学会阅读这些符号。一切历史的事实，不管它看上去显得多么简单，都

[①] W·C·布斯：《小说修辞学》，华明、胡苏晓、周宪译，北京大学出版社，1987年，第175—177页。

只有藉着对各种符号的这种事先分析才能被规定和理解。"①高建群这组"白房子"题材小说出场的基本背景是80年代中后期到90年代后期。我们知道，80年代后期，西方许多文学理论被译介，文学界"文化寻根热"一浪高过一浪。作家韩少功在《文学的"根"》中，第一次明确阐述了"寻根文学"的立场，认为文学的根应该深植于民族文化的土壤里。正如文学评论家陈思和所言："这种文化寻根是审美意识中潜在历史因素的觉醒，也是释放现代观念的能量来重铸和镀亮民族自我形象的努力。"②当时处地偏僻的高建群不一定真正了解处于前沿位置的学术动态，但国内文学界的"文化寻根热"一定已经进入他的视野，他明白文化在小说中的含量，其解读"白房子"题材的钥匙本身就是具有雄奇、浪漫色彩的西部边关文化。

从《遥远的白房子》开始，高建群就把边地军旅生活作为一块特殊的文化景观加以观照，而且把这种文化观照一直延续到90年代末期的长篇小说《愁容骑士》的创作中。在《遥远的白房子》中，作家有意识地设计了西部边关哨所遥远、孤独、奇崛、浪漫的意象符号"白房子"，并把现实存在的边防军战士"我"、作为历史存在的雄性力量代表"马镰刀"、俄罗斯边防站站长"道伯雷尼亚"以及从历史走进现实的柔性力量代表"萨丽哈"等人物有效地统一，表现着几维的文化思索：或者爱国主义情结，或者英雄加美人的历史传奇，或者永恒的国际和平主义理想等等。《伊犁马》中，"马"作为西部传奇的道具，既剽悍、飘逸、狂放，又温顺、平和；到《马镫革》中，"马镫革"既承载着"中国人民解放军最后一支骑兵部队"的辉煌历史，也成为退伍老兵"我"个人记忆的象征物。还有《愁容骑士》中，"边境线""士兵""野苹果""马镫革""小洋马""要塞"等符号的设置，是为了表现一个在西部边关退伍的、心灵上属于"北方忧郁"的老兵讲述的故事。在"白房子"题材系列小说中，作

---

① 恩斯特·卡西尔：《人论》，甘阳译，西苑出版社，2003年，第201页。
② 陈思和主编：《中国当代文学史教程》，复旦大学出版社，1999年，第279页。

家设置的这些意象具有明确的文化指向，具有明确"合文学目的性"。在这些小说中，扑面而来的是鲜活的、孤独的、苍凉的、雄奇的、浪漫的西部边关文化气息。

　　作家用宏阔的文化视野俯视边关军旅生活，以心写境，境为心用，不局囿于现实时间。文化意识的渗入，转移了作者和读者对人物形象和人物性格的注意力。也就是说，人物形象是作为作家文化意识的载体而存在的，成为一种抽象物，一种符号。因此，"白房子"题材系列小说，如果按照现实主义的标准来评判的话，它的纰漏太多，其中的许多情节显然经不起仔细推敲。但这不要紧，关键是作者给其笔下的人物、物象、故事情节等赋予文化意象，表现其敏锐而独特的文化思考。因此，他笔下芸芸众生，既是生命的符号，也是文化的符号，在审美品格上拥有了独特的美学特征。

　　当然，高建群在集中围绕"白房子"题材小说创作的同时，也开始了陕北题材小说创作，发表了《最后一个匈奴》《骑驴婆姨赶驴汉》《雕像》《老兵的母亲》等中长篇小说。这些小说既深入、集中地秉承了"白房子"题材小说诗性创作的风格，同时也进一步增强了文化性表现。关于高建群陕北题材小说的创作特征，笔者另有专门文章进行探讨。

原载《伊犁师范学院学报》2004年第2期

散文化时代的小说走向

早在1993年，诗人于坚放言："我们已经置身于我们一向盼望的市场经济的时代。无论是天堂还是地狱，我们无从逃避。就像任何一个时代那样，新的时代又在它的十字路口提出这样的问题：诗人何为？……要么自杀。要么不食周粟，饿死首阳。要么选择并承担责任。乌托邦正在死去，'田园将芜'。这是一个由个人，而不是由集体；由行动而不是由意识形态承担责任的时代。"[①]今天看起来，此话仍具有现实针对性。因为包括小说在内的所有文学样式都面临着这样巨大的困惑，也同样存在着"何为"的问题。

现实关系之于小说的要求

探讨小说"何为"问题，首先要谈谈当下的社会状态。有学者认为，人类文明经历了"口头文化""印刷文化"两个阶段后，现在已经进入所谓的"电子传媒文化"阶段，而"电子媒介文化形式占据主导地位的时代，'影像'是其核心密码。电影、电视、电脑网络等可以说是未来世纪唱主角的文化传媒形式"[②]；也有学者指出，当下社会是打破"精英文化

---

① 于坚：《诗人何为》，载《诗歌报》1993年第5期。
② 许兵：《文化媒介转型与文学批评的历史视野》，载《兰州大学学报》2000年第3期。

形态"后出现的"大众文化的时代"①。然而，只要很冷静地审视当下中国社会形态，我们就可发现，它是一个"复合式社会文化状态"，即强调国家意志的主流意识形态文化与追求自由、个性张扬的文化形态共存，市场经济文化与计划经济文化共存，"后现代时期"的消费文化与传统的农业文化共存，"全球文化"与"本土文化"共存，等等。因为地区经济发展的不平衡性，导致这些文化形态在不同地区的存在也有强弱不同的声音，形成不同的话语状态。中国的绝大多数人口是农民，我们的身后还有广大的农村地区和不发达的中西部地区，还有大量的失业人员和工薪阶层人员，在这样一个多重文化因素相互渗透、交融的社会状态里，既有理想与激情的声音，也有闲适与消遣的情调；既有强势文化的挤压，也有弱势文化的抗争……换言之，当下社会就是一个多种矛盾相交错、社会机制更替的形而下的社会，也是一个到处都充满着"现实关系"的社会——"散文社会"。

在当下的社会乃至今后相当长的一段时间中，我们必须注意到"散文世界"对小说生存空间的挤压。一方面随着社会经济的发展，生活节奏的加快，人们更多地选择类似"快餐食品""速效食品"的文章样式，这样阅读省时、省力，还能有效地补充各种营养成分，这样散文类文体就能很有效地发挥作用；另一方面，随着电子通信、电子传媒技术的发达，信息化时代的到来，人们把兴趣转移到对现实世界的关注上，希望能利用电视、互联网等方式，通过声讯并用的最快捷的手段获得最丰富的资讯。

文学是人类的想象，虽然在想象力贫乏的当下社会状态中，小说多少要受到一些打压，但是，并不是说小说这种通过"虚拟化"方式建构世界的行为方式就彻底丧失了它的舞台。现实生活的各种矛盾，也决定了社会各行业、各阶层人们情感的不同。乡村人与城市人的梦想各有不同，白领阶层与蓝领阶层的梦想各有不同，下岗失业人员与信心十足奔小康的人们的期望各有不同，等等。文学从本真上是欲望的倾诉，现实生活的多样

---

① 张曾芳、张龙平：《论文化产业及其运作规律》，载《中国社会科学》2002年第2期。

性，决定了文学矿藏的丰富性。这样势必要求以形象的虚拟化方式为主体特点的小说创作，建构起种种虚幻世界，满足人们的种种欲望。自然，当下社会的小说状态在理论上讲也应当是丰富多姿的。

小说的作为与方式

要正确把握当下社会里的小说生存的状态，就要以小说本体为辐射点，研究小说作者、出版、读者、批评等多方面的关系。第一，谁在读小说，他们的阅读重点是什么？第二，谁在写小说，他们在写什么样的小说？第三，小说的出版怎么样？第四，谁在研究小说？等等。这些问题貌似简单，其实很有意味。

小说创作中作者的因素是主体的、第一位的因素，他们是故事组织行为的实施者。当然，他们也决定与控制着"为谁写""为何写""写什么""如何写"的话语权力，在叙述故事的过程中，他们既可以表现当下，也可以追溯历史、构想未来；他们既可以进行"历史的宏大叙述"，也可以进行"日常生活叙事"；既可以进行形而上的象征探索，也可以书写形而下存在的生活嘈杂……但是作者的创作状态很大程度上受制于社会环境，包括社会舆论、消费观念、读者的阅读选择、出版商的嗜好与策划、包装等等。就目前的情况来看，所谓的"私人化小说""新历史小说""新谴责小说"等状态的出现，是诸多因素"共谋"的结果。如果没有出版商的包装、编辑者的青睐、评论者的鼓噪、媒体的关注与炒作，断然不会出现这样的效果。这种高度组织化、系统化的商业行为，直接导致了小说首先成为一种特殊的精神商品，为社会消费服务，而非我们以前所解读的"载道"工具。尤其值得注意的是出版商敏锐把握社会风气的商业嗅觉、机智灵活的商业运行机制，对开发出具有严格商品意义的当下走红小说起到了决定性的作用。

既然是商品，那么它的品种应当齐全，它的形态应当丰富多姿。小说走到今天，已经具有商业性品格，我们就不能用昨日所遵循的传统的"纯文学"叙事美学的原则而一板一眼地要求它。我们知道，技术的变化，受制于思维方法的改变。20世纪80年代风靡大陆文坛的"意识流小说""魔幻现实主义小说""象征主义小说"等小说样式的技术，早已被中国作家娴熟地运用到小说的创作中，使小说的样式更加丰富多样。因此，当下纯粹就技术方法的批评来批评小说的声音似乎越来越小了。有意味的是，90年代以来，许多小说作家自觉地把诸多文体的优势加以杂糅、整合，运用到小说创作中去。这种在文体方面进行的有益探索，某种意义上可以看成小说家们自觉扩张小说领地、寻求小说卖点的尝试。如韩少功的曾经轰动一时的《马桥词典》，把虚拟的故事有效地穿插在一部关于"马桥"地理、风俗、社会、文化等方面的阅读词典中，一方面通过对语言的创新而实现对文体的创新，另一方面，因为新颖的文本特点，在市场上具有更明确的商业特征，不仅吸引传统的小说读者，而且还吸引了许多以前不曾关注小说的读者。还有韩少功新近发表的由"隐秘的信息""具象在人生中""具象在社会中""言与象的互在"四部分组成的长篇小说《暗示》，已经把虚构的故事和人物放在次要位置，而突出了作家对社会人生等问题的直接思考，在文本上更具有思想随笔的特征，还有尤凤伟的《泥鳅》、李洱的《花腔》、懿翎的《把山羊和绵羊分开》等作品，都在文体方面进行了有益的探索。这些与传统小说相比具有明显文体差别的"四不像"的畅销小说，透出一个信息：在今天的"散文世界"里，小说的文体形成与其领地的扩张程度相适应、相匹配，它会更加摇曳多姿。王干先生曾设计过未来的文体样式："它或许脱胎于网络文学，渊源于笔记文体，在叙事之中夹杂着潜议论，在白描之中又融进'后现代'的笔调，与流行的晚报文体相异，也不同于西方式的随笔，可能是新闻与文学的杂交，也可能是网络与文学的混血……"[①]王干先生想象出的这种杂交性"新文体"样式，也许就是未来小说的主流形态。

---

① 王干：《挑战文体极限》，载《解放日报》2000年5月27日。

当然，要明确地指出"小说何为"的问题，这的确是件相当困难的，而且是吃力不讨好的事情。朱寿桐先生把文学界对小说前途的担忧称为"活祭现象"，认为"越是现代化的社会越容易迅捷走向信息化，走向信息化越迅捷的社会越容易产生小说乃至文学的危机感，那里的文学从业者就越会产生对小说之类的活祭心理"[1]。我以为这种焦虑的出现是正常的，也说明了众多的批评者对小说还拥有热情，还关注小说的走向。纵观中外文学史，任何有生命力的文体都是在"适应"中生存，都是在"适应"中寻求新的突破，而非恪守成规，一成不变。

在当下新的历史形势下，我们必须注意到商品经济影响下的社会组织、结构、氛围、心态等，从而预测小说的走向。正如有学者明确指出的那样，"当今文学已经或正在朝泛化方向演变，包括文学显要地位的失却，运作方式和自身估价的变化，原有界限及其划分的失效和新的转移现象的出现。我们已经进入到一个泛文学的时代。当代文艺学必须面对这种泛文学的局面，应对此重新认识和定位，并作出改变"[2]。只有积极研究文学所面临的种种新的问题，得出新的结论，才能有效指导作家创作，才能使作家们创作出社会所需要的、为不同阅读群体所喜欢的小说来。

原载《当代文坛》2005年第2期

---

[1] 朱寿桐：《世纪末小说批评的活祭现象》，载《文艺争鸣》2001年第3期。
[2] 徐亮：《泛文学时代的文艺学》，载《浙江大学学报》2002年第1期。

应以怎样的姿态研究"当代散文"

"当代散文"研究，就是研究当代散文生成的基本环境以及当代散文的基本逻辑状态。换言之，就是把当代散文放置在特定的历史语境中，相对理性而准确地重估其基本成就与不足。

中国"古代""现代""当代"这三个词语，是现代社会以来出现的学术概念，已经被赋予特定的学术内涵，拥有自身特定的逻辑特点。它们的边界相对稳定，一般不会出现溢出边界的"串岗"现象、"脱岗"现象。它们串联起了中国社会发展的历时性状态，也形成了中国学术界对中国社会状态研究的三大逻辑支点与空间分布体系。譬如，历史学上的中国古代史研究、中国现代史研究、中国当代史研究；再如，中国文学中的中国古代文学研究、中国现代文学研究、中国当代文学研究。这些基本的研究内容，决定了研究路径的差异性。

中国当代散文既是一个历时性的学术命题，又是一个相对恒定的学术命题。要进行当代散文研究，我以为必须首先解决好这样几个问题。

一、明确"当代散文"的讨论边界

"古代"虽说在概念的边界上曾经具有较大的相对性，但是现在的人们谁也不会把秦汉时期说成是"古代"，把唐宋时代说成是"现代"。可唐代的韩愈、柳宗元先生发动"古文运动"时，就把先秦时期的文章称之为"古文"。由此可见,"古代"这个名词也是在不断地发生位移,直到被现代社会的学术规范固定下来,成为一个相对稳定的学术概念。这样,人们一想到"古代",思维马上和中国漫长的封建社会联系在一起,想到封建皇帝,想到王公大臣,想到黎民百姓,想到古代特定社会、政治、文化结构状态与社会秩序。

同样如此,"现代"既是一个时间性的概念,也具有特定的内涵。它在时间性上就是以辛亥革命推翻帝制为界,它在内涵上就是一种取代了封建社会制度的新的社会制度体系,这种制度体系的最大特征就是"人"的发现,开始尊重"人"。按照郁达夫的表述:"五四运动的最大的成功,第一要算'个人'的发现。从前的人,是为君而存在,为道而存在,为父母而存在的,现在的人才晓得为自我而存在了。"[①]中国社会的"现代化"是一种被动地接受西方先进技术与文化观念的过程,它的价值尺度与评估体系是从西方社会引进的"民主"与"科学"。这样,物质的"现代化"、思维的"现代性"的标准,自然就是"科学"与"民主"的标准。2002年,《复旦学报》曾专门开设"现代文学的分期讨论"栏目,对"现代文学"分期进行专门的讨论:有些学者提出现代文学的上限"应该是第一次鸦片战争之后";有些学者提出现代文学的下限应该以"文化大革命"开始为界;以"新时期"开始为界;以"1990年代的市场经济社会开始为界";等等[②]。但是,目前学界最认同的说法是以1949年中华人民共和国成立为界,即中华人民共和国的成立和新民主主义革命的结束,标志了中国现代文学完成了自己的进程。

至于"当代",虽说具有"当下性"的指称,但是人们已经约定俗成地看作是"当代社会",它与中国社会的政治形态紧密拥抱、密不可分。按照社会政治学的界定,中国当代社会就是指中华人民共和国成立以来的

[①] 郁达夫:《导言》,见《中国新文学大系·散文二集》,上海良友图书印刷公司,1935年,第5页。
[②] 参见章培恒、陈思和主编:《开端与终结——现代文学史分期论集》,复旦大学出版社,2002年。

社会。但是，中华人民共和国的诞生，并不是一夜之间就完成的，它经历了一个漫长的由量变到质变的过程——中国共产党的诞生，武装割据政权的建立，以农村包围城市理念的形成，延安时期形成了共和国的雏形，解放区地盘的拓展，民众的拥护，人民军队的壮大，解放战争的胜利，最后翻开历史性的一页。尤其是中国共产党中央委员会在延安十三年时间的延安时期，某种意义上就是一个前当代时期，即中国现代社会与当代社会的过渡地带，中国当代政治、军事、文化的预演时期，它所衍生出的政治、思想、经济、文化、教育、军事等各个方面的现象，对未来新中国的走向产生了深刻的影响。延安时期的毛泽东《在延安文艺座谈会上的讲话》被确定为新中国唯一可行的文艺方针，对新中国文学的影响不言而喻。也就是说，中国当代文学与延安时期文学之间存在着知识谱系方面的联系。前移边界的方法，某种意义上就是寻找它们的联系点。

二、确立整体与系统的史学观念

当代散文研究也有对当代散文历史现象研究的责任，即对当代散文历史的研究。现代文学史研究专家王瑶先生言："文学史既是文艺科学，也是一门历史科学，它是以文学领域的历史发展为对象的学科"，即使"作为一门文艺科学，它也不同于文艺理论和文学批评，这就没有引起我们足够的重视"[①]。历史研究，本身有自身的逻辑规范，其核心就是充分尊重历史事实，把历史事实弄清楚；然后把历史事实放置在历史语境中还原历史状态，重估其价值。这些年，许多当代散文研究的著作更多是就事论事，局限于当代散文现象进行简单的梳理与归纳，不能"横看成岭侧成峰"，进行游刃有余的整体把握。这样的研究往往陷于具体事项的泥淖，导致出现"不识庐山真面目"的情况。

---

① 王瑶：《关于现代文学研究工作的随想》，见《王瑶全集》第5卷，河北教育出版社，1990年，第4页。

确立整体与系统的史学观念，首先是确立宏阔的研究视野。80年代，黄子平、陈平原、钱理群提出"二十世纪中国文学"的概念，引起学界的很大反响。所谓"二十世纪中国文学"："就是由上世纪末本世纪初开始的至今仍在继续的一个文学进程，一个由古代中国文学向现代中国文学转变、过渡并最终完成的进程，一个中国文学走向并汇入'世界文学'总体格局的进程，一个在东西方文化的大撞击、大交流中从文学方面（与政治、道德等诸多方面一道）形成现代民族意识（包括审美意识）的进程，一个通过语言的艺术来折射并表现古老的中华民族及其灵魂在新旧嬗替的大时代中获得新生并崛起的进程"；"二十世纪中国文学力争打通以往'近代文学''现代文学''当代文学'的研究格局，把'二十世纪中国文学'放在'世界文学'总体格局的宏观视野下，作为一个不可分割的有机整体来把握；并且带有明显的向以往政治或经济取代一切、涵盖一切的庸俗社会学倾向挑战的性质……'二十世纪中国文学'这一概念首先意味着文学史从社会政治史的简单比附中独立出来，意味着把文学自身发展的阶段完整性作为研究的主要对象"[①]。"二十世纪中国文学"概念之所以引起现代文学研究界的广泛关注，就是因为它把"二十世纪中国文学"作为整体来研究，"要比其他历史分期方案更便于将我们自己的文学与别的国家、整个世界文学进行比较，更便于论证这个时期里中国文学的历史特点和历史地位等长处。因此，也可以把这看作中国走向世界、世界走向中国的开放形势，在我们的文学史编写工作中的产物，它具有鲜明的时代特征。从这个意义上说，把本世纪的中国文学作为一个整体来考察，成为当前和今后的一种趋势，是并不奇怪的"[②]。现代文学研究专家唐弢先生亦言："现代文学史上的许多现象，都不是孤立的，有个来龙去脉，有个前因后果。这一点，对现代

---

① 钱理群、黄子平、陈平原：《二十世纪中国文学三人谈·漫说文化》，北京大学出版社，2004年，第11页。
② 樊骏：《关于近一百多年中国文学历史的编写工作》，见《中国现代文学论集》上册，人民文学出版社，2006年，第200页。

文学研究比古典文学研究更重要。"①循着这个思路,我们在进行当代散文研究之时,也需要有一个整体、全面、系统的史学观念,把当代散文放置在"二十世纪散文"中的总体框架内加以评估,而不是简单的"就事论事"。

现在,有些学术专著就中国现代文学与当代文学打通起来研究,钱理群、温儒敏、吴福辉撰写的《中国现代文学三十年》,在绪论中声明:"'中国现代文学三十年'(1917—1949),是二十世纪中国文学的重要组成部分","本书所要研究的从五四新文化运动到中华人民共和国成立三十年文学的发展,构成了二十世纪中国现代文学的'上篇'"。②也就是,专著未涉及的1949年之后的中国文学构成中国现代文学的"下篇"。这种系统研究的方法,显然具有"登高望远"的效应,视野开阔,有历史性的纵深的评估体系。

其次,要在具体的历史语境中看待当代散文现象,寻求当代散文现象生成的历史原因与具体状态。唐弢先生说过:"我认为研究任何思想现象都不应离开具体的时代条件和生活环境,只有放到一定历史范围内进行仔细的分析,方能得出比较近乎实际的结论。"③史学的观点,既是系统的、全面的观点,也是实证的观点,对历史事实的充分尊重。对当代散文现象的研究虽说不可避免地拥有当下视角,但还是需要以客观、理性、公正的方式分析某一具体的散文现象的生成原因、特点、路径、效果,充分尊重具体的散文事实——既注意宏观的历史现象,又注意到微观的历史状态,在对具体事实的深入分析中得出合理、可信的结论。即"论从史出",而不是把鲜活生动的具体历史状态仅仅当作证明某种观点、某种方法简单论据的"以论带史"。

---

① 唐弢:《艺术风格与文学流派》,见《西方影响与民族风格》,人民文学出版社,1989年,第153页。
② 钱理群、温儒敏、吴福辉:《中国现代文学三十年》(修订本),北京大学出版社,1998年,第1页。
③ 唐弢:《一个应该大写的文学主体——鲁迅》,见《唐弢文集》第7卷,社会科学文献出版社,1995年,第518页。

三、建构以"现代散文"为参照系的"当代散文"研究体系

评估"当代散文"的成就与不足,既要把它纳入百年散文的体系中进行考察,还要建构一种理性而准确的评估体系,即以"现代散文"为参照系的"当代散文"研究体系。这些年,有些学者在研究当代散文时,认为90年代是"散文繁花盛开、争奇斗妍的年代,是散文题材广博、多元发展的年代,是散文更强调主体意识、更注重美学价值的年代","如果放在当代文学史上考察,90年代散文又是继60年代初、70年代末80年代初之后的第三次高潮"。[①]这种仅仅把90年代以来的散文现象放置在当代文学的体系中进行评估的办法,显然有其视野的局限性。90年代的散文现象到底是一种怎样的状态,倘若放置在百年中国散文的体系中,用"现代散文"的参照系来加以评估的话,其结论自然而有说服力。换言之,当代散文好还是不好,好到何种程度,不好到何种程度,必须有个相对理性且公允的评估标准,而不是众说纷纭。

那么,为什么要建构以"现代散文"为"当代散文"研究的参照系,而不是其他的参照系?

首先,"当代文学"是"现代文学"的有机组成部分。

目前,学术界虽然命名并且人为划分了"现代文学"与"当代文学"的边界,但这种命名与划分是以破坏中国20世纪百年文学的内在有机结构为代价的。就内在逻辑体系而言,"现代文学"包括"当代文学"。王瑶先生认为:"新中国的成立是一个划时代的伟大历史事件,它划分了新民主主义革命时期和社会主义时期的不同历史阶段,但这两个阶段的文学既有不同阶段的差异性,又有共同的历史特征,存在着内在的连续性……但如果从'现代化'的角度来考察,即不仅只从政治内容的范畴,而且从思想到艺术全面考察的话,两个历史阶段的连续性是十分重要的,其差

[①] 徐治平:《九十年代中国散文扫描》,载《广西师范大学学报》2000年第1期。

异性完全可以在文字阐述中表达出来，犹如在新民主主义革命阶段阐述'五四'时期与'左联'时期的差别那样。新民主主义革命阶段只有三十年，许多当时的作家新中国成立后仍然进行重要活动，这与'五四'前后的情况是迥然不同的。因此我赞同冯牧同志的意见，现代文学史应包括建国以来的文学历史，不能只讲到1949年。"①按照概念对等性原则，"现代散文"也就包括"当代散文"。我们知道，现代文学初创时期的五四散文是随着思想解放降生到中国大地的，它的灵魂就是对"人"的强调。这构成"现代散文"的特质，也是与"古代散文"最本质的区别。"当代散文"和"现代散文"同为20世纪中国文学的组成部分。虽说"当代散文"的当下性已经溢出了20世纪的边界，但是"当代散文"的现代性使命尚未完成。因此，仍然可以把"当代散文"纳入百年散文体系讨论。既然"现代散文"在五四时期已经具有现代特征，那么我们在研究"当代散文"时，就不能摈弃其最主要的灵魂性的东西。至于散文的题材选择、体式、表现方式、长短与否等并不重要。许多人在讨论散文时，往往有舍本求末的感觉，抓不住现代散文最核心的东西，而在题材的广泛与否、表现手法的灵活与否、篇幅的长短与否等方面加以界定。

其次，现代性是解析"现代文学"与"当代文学"的关键点。

现代性讨论是我国20世纪90年代以来学术界一个热门的学术话题。

在西方，关于现代性有不同的表述，但它们的逻辑基点在于对知识与社会进步的承认，现代性首先与理性有关，与民主、科学、平等、自由等一系列衡量社会文明与否的价值指标有关。如同哈贝马斯所认为的那样："人的现代观随着信念的不同而发生了变化。此信念由科学促成，它相信知识无限进步、社会和改良无限发展。"②

现代性的知识谱系是90年代以后进入我国的。它来到中国后，来自不

---

① 王瑶：《关于现代文学史的起讫时间问题》，见《王瑶全集》第5卷，河北教育出版社，1990年，第59—60页。
② 哈贝马斯：《论现代性》，严平译，见王岳川、尚水编《后现代主义文化与美学》，北京大学出版社，1992年，第10页。

同知识背景的人们出于各自不同的目的导致了对现代性意义的复杂赋予。李欧梵认为,"现代性"(modernity)是一个学术名词,也可以说是一个理论上的概念,在历史上并没有这个名词,甚至文学上的"现代主义"(modernism)一词也是后人提出的……据我了解,中文"现代性"这个词是杰姆逊来北大作关于后现代性的演讲时,连带把现代性的概念一并介绍过来的,这还有待于进一步考察。从中国文化的范畴来看,现代性的基本来源是"现代"这两个字,"现"是现今的现,"现代"或说"现世",这两个词是与"近代"或"近世"合而分、分而合的,恐怕都是由日本引进,均属日本明治维新创造出的字眼,它们显然都是表示时间,代表了一种新的时间观念。这种新的时间观念当然受到西方的影响,其主轴放在现代,趋势是直线前进的。"我认为这种现代性的观念实际上是从晚清到五四逐渐酝酿出来的,一旦出现就产生了极大的影响,尤其是对于历史观、进化的观念和进步的观念。"[1]张颐武也认为:"'现代性'无疑是一个西方化的过程。这里有一个明显的文化等级制,西方被视为世界的中心,而中国已自居于'他者'位置,处于边缘。中国知识分子由于民族及个人身份危机的巨大冲击,已从'古典性'的中心化的话语中摆脱出来,经历了巨大的'知识'转换(从鸦片战争到'五四'的整个过程可以被视为这一转换的过程,而'五四'则可以被看作这一转换的完成),开始以西方式的'主体'的'视点'来观看和审视中国"[2]。可以看出,李欧梵与张颐武都注意到中国"现代性"与知识分子对西方现代社会价值观念的领会与借鉴有关。

在当下中国现代性讨论中,我以为钱中文对"现代性"的阐释最为恳切也最为清晰:"所谓现代性,就是促进社会进入现代发展阶段,使社会不断走向科学、进步的一种理性精神、启蒙精神,就是高度发展的科学

---

[1] 李欧梵:《中国现代文学与现代性十讲》,复旦大学出版社,2002年,第2页。
[2] 张颐武:《"现代性"终结——一个无法回避的课题》,载《战略与管理》1994年第3期。

精神与人文精神，就是一种现代意识精神，表现为科学、人道、理性、民主、自由、平等、权利、法制的普遍原则。"①在这里看出，钱中文所分析的现代性与中国五四新文化运动的精神与价值标准相契合，具有较强的逻辑概括力。

理解中国的现代文学，首先要从"现代"这个词语入手，这点我们许多著名学者都有清醒的认识。现代文学研究专家王瑶先生曾言："现代文学史的起点应该从'现代'一词的涵义来理解，即无论思想内容或语言形式，包括文学观念和思维方式，都带有现代化的特点。它当然包括反帝反封建的民主主义的性质和内容，但'现代化'的涵义要比这广阔得多。"②樊骏先生指出："所谓'现代'，已经不只是一个时间上或者时期划分上的简单概念，而具有丰富得多的思想含义、一系列特定的社会历史的和美学的内涵。文学的现代化，包括了从文学语言到艺术形式、表现手法、审美情趣到思想内容的，不同于传统文学的全面深刻的变革与创新。"③王富仁强调："中国现当代文学天然地根植于五四新文化的根基上。它是中国新文化的主要载体。中国现代文学研究是以承认中国现代文学存在合理性为基本前提的文学研究学科，而它存在的合理性就是五四新文化革命的合理性的证明。只有用五四新文化的标准来阐释它，了解它，说明它的意义和价值。离开了这一标准，不论在哪个局部问题上看来多么有道理，但在整体上起到作用的却必然是瓦解它、解构它的作用。瓦解了它，解构了它，我们这个学科也只好作鸟兽散了""一个学科放弃了它的个性，就是放弃它的生命，放弃它的存在权利，就是一种自杀行为"④。朱寿桐认为："中国现代文学表现的'原道'便是'人'或者'个人'，

---

① 钱中文：《文学理论现代性问题》，载《文学评论》1999年第2期。
② 王瑶：《关于现代文学史的起讫时间问题》，见《王瑶全集》第5卷，河北教育出版社，1991年，第59页。
③ 樊骏：《论中国现代文学研究的当代性》，见《中国现代文学论集》上册，人民文学出版社，2006年，第275页。
④ 王富仁：《当前中国现代文学研究的若干问题》，载《中国现代文学研究丛刊》1996年第2期。

是饱含着个人主义内涵的人文主义。"①董健言:"人的现代化,主要指人的个性解放与思想解放,也就是人的自觉的现代意识的树立;社会的现代化,主要指现代公民社会即民主社会的建立,实现一系列与人的现代化要求相联系的社会制约;文学的现代化则是指脱离'文以载道'的'工具论'的束缚,实现文学的自觉,创造出以人性与人道主义为本的'人的文学'。所有这些,都是五四启蒙主义与五四新文化运动的基本精神;所有这些,也都是出自西方中世纪之后人文精神在几百年过程中形成的一整套符合人类发展要求的价值体系。"②王一川也指出:"中国现代性文学并不只是以往中国文学传统的一个简单继承,而是它们的一种崭新形式……遗憾的是,由于传统学术成见的限制,人们对于伟大而衰落的古典性传统似乎所知颇多,然而,对于同样而待成熟的现代性文学传统却所知甚少;相应地,人们对于衰落的前者大加推崇,却对有待成熟的后者严加苛责。可喜的是,我们正开始形成对于现代性文学的新眼光。无疑地,现在已到了正视这种堪与古典性传统媲美的新传统,并同它对话的时候了……古典性文学虽然伟大却已衰败,而现代性文学尽管幼稚却已初现其独特审美特征与伟大前景。"③

通过这些现代文学研究专家的论述,我们可以看到中国的现代文学的精髓与中国五四新文化运动预设的"现代性"精神特征相吻合。这个特征的核心,是人道主义,是对"人"的充分尊重,这也是"现代文学"区别于"古典文学"的核心特征。倘若抽去了这个核心特征,那"现代文学"将不再是"现代文学"!对统一在"现代文学"旗帜之下的"现代散文",更强调对"人的文学"理论预设的追寻,它的目标一旦确定,那么就在时代的河床上"左冲右突",寻找它的伟大目标。那么,我们在研究当代散文时完全可以使用"现代性"武器,从容不迫地找到相对科学、合

---

① 朱寿桐:《论中国现代文学的伟大传统》,载《中国社会科学》2002年第1期。
② 董健:《关于当代文学史的几个问题》,载《南京大学学报》2002年第3期。
③ 王一川:《现代性文学:中国文学的新传统》,载《文学评论》1998年第2期。

理的解析方案。

恩格斯说过："我们只能在我们时代的条件下进行认识，而且这些条件达到什么程度，我们便认识到什么程度"[①]；他还说过："每一个时代的理论思维，从而我们时代的理论思维，都是一种历史的产物，在不同的时代具有非常不同的形式，并因而具有非常不同的内容。因此，关于思维的科学，和其他任何科学一样，是一种历史的科学，关于人的思维的历史发展的科学（原文如此）"[②]。每一个时代的思维均有一个时代的时代性特征。既然"现代性"是20世纪90年代以来中国文学阐释的关键词，我们完全可以用这个关键词来研究中国当代散文。只有建构了以"现代散文"为参照系的"当代散文"评估体系，才能针对"当代散文"的流变现象进行合理的分析，得出科学的结论。

原载《甘肃社会科学》2007年第5期

---

① 中共中央马克思恩格斯列宁斯大林著作编译局编译：《自然辩证法·辩证法》，见《马克思恩格斯选集》第3卷，人民出版社，1995年，第562页。
② 中共中央马克思恩格斯列宁斯大林著作编译局编译：《自然辩证法·〈反杜林论〉旧序》，见《马克思恩格斯选集》第3卷，人民出版社，1995年，第465页。

刚健卓异的西北风景

——新时期"西北散文"创作论

我国当代文学研究在翻越20世纪的大山与沟坎进入21世纪后,有一项重要的工作就是盘点新时期文学的成就与不足,以期给新世纪文学创作提供可资借鉴的经验。这样,对西北新时期散文的重新评估与定位也成为应有之义。新时期以来,我国西北地区涌现出一大批在全国产生影响的散文作家,他们具有明显地域文化标志的散文融入新时期文学的整体框架中,成为新时期文学的有机组成部分,构成了新时期文学的一道独特风景。

一

在讨论新时期"西北散文"之前,我们有必要对讨论的对象与时段进行学术界定,确定讨论的边界,以便进行更为有效的分析。

一是对"西北散文"的学术概念界定问题。我国当代文学评论家曾镇南先生曾指出:"'大西北文学'这个概念,似乎有两种界说,一种是指我国西北地区的文学创作;另一种是指反映我国西北地区的人民生活,带有由西北地区的自然地理、风土人情、文化构成、语言特征等酿成的特殊的文学风格的文学。我想,我们倡导的、研究的'大西北文学',似乎应该是指后一种。"①我以为曾镇南先生的概括较为科学,"西北文学"的内在气质与我国当代社会长期存在的行政区划(陕、甘、宁、青、新五省区)方式不谋而合,它表现出西北人(包括西北地区的"进入者")特有生命情感的文学事实,具有较为稳定的文学特征。我们讨论的"西北散文",则是"西北文学"的一种形式,它在拥有"西北文学"的共性特征的同时,还以更为自由与灵活的形式表现着西北人特有的情感世界与精神风貌。也就是说,"西北散文"是西北人以及西北的进入者表现特定地域风情文化、书写心灵情感、传达人文思考的散文形式。

二是对新时期"西北散文"的时间划分问题。关于"新时期"和"新时期文学"的概念,学术界曾有广泛而激烈的讨论。我同意丁柏铨主编的《中国新时期文学词典·凡例》的论述:"'新时期',这是中国大陆上的一个特定的历史概念。按通常理解,它以1976年10月粉碎'四人帮'为起始,并正在不断地向后延伸。"②因此,我以为对新时期"西北散文"的讨论,均要放置在1976年至当下社会这个特定的时间段内。

我国当代西北散文引人注目事实的发生源头,可以追溯到20世纪三四十年代那个特定的历史时期。红军长征胜利到达陕北与抗日战争爆发后陕北延安成为中共中央的所在地,使全世界对荒凉、贫困与落后的代名词西北地区有了更多关注。美国记者斯诺的文学通讯《西行漫记》、中国记者范长江的通讯《中国的西北角》既承担了打开神秘西北的窗口作用,同时让外界领略到苍凉、原始的西北风景。茅盾的《白杨礼赞》《风景谈》、何其芳的《我歌唱延安》等散文作品的出现,更使外界对西北风物与景象有了更深入的了解。人们在对这些风格健朗、明快的抒情散文进行阅读的同时,也确立了一种隐喻想象关系,即对中国共产党领导的新生政权的向往。新中国成立后的十七年间,在国家抒情机制确立后,散文除了

---

① 曾镇南:《就"大西北文学"的发展答问》,载《当代文艺思潮》1985年第4期。
② 洪子诚、孟繁华主编的《当代文学关键词》(广西师范大学出版社,2002年)中,对"新时期文学"词条有详细的讨论。

继续承担"文学的轻骑队"角色之外,更主要是抒发对新制度、新生活的热爱之情。这样,西北散文的写作基本是向这样两个维度展开的:一是随着我国"一五规划"中大规模经济建设的兴起,西北地区成为我国矿藏开发、工厂建设的重点地区,如甘肃玉门油田的建设、新疆克拉玛依油田的勘探、青海柴达木油田的建设,新疆生产建设兵团的组建,沿着陇海线布局的各种重型工厂的建设,以及后来宝成铁路的修建,等等,使得到西部去的"西去列车的窗口"成为这个时代的一道风景。这些如火如荼的建设场面,自然也吸引了魏钢焰、李若冰、李季、徐迟、碧野等人的目光,写出了产生广泛影响的《柴达木手记》《船夫曲》《祁连山下》《天山景物记》等著名的散文特写、报告文学。二是新中国成立后,延安当然地成为"革命圣地",以"延安"为中心并辐射到广大西北地区的对革命往事的回忆散文与表达对革命崇敬的抒情散文,日益成为走进全国视野的一种文体样式。贺敬之的《重回延安——母亲的怀抱》,吴伯箫的《记一辆纺车》《菜园小记》《歌声》,刘白羽的《红玛瑙》等散文当时在全国范围产生了较大影响。这个时期产生全国影响的西北散文作者,基本是"进入者",即长期或短期进入西北地区生活、工作的"外来者"。他们所拥有的异质文化视角,使得他们的神经能够更为敏锐地捕捉到文化的差异性,从而产生审美冲动。这些散文、报告文学在传达火热的建设激情与讴歌革命胜利的同时,也把西北地区奇异、独特的自然风光与质朴、厚重的民风民俗带到读者的视野,引起了读者的关注。可以说,这些散文、报告文学是在资讯相对匮乏的特定时代人们了解西北地区的一扇扇窗口。

到了新时期,随着"拨乱反正""平反昭雪"的深入进行,全社会对个体"人"的尊重、对"人"的重视也就在情理之中。循着"伤痕文学""反思文学""改革文学""寻根文学"等文学的写作路径,我们不难发现新时期文学的发展过程,"是社会主义人道主义的观念不断地超越'以阶级斗争为纲'的观念的过程。我们可以找到一条基本线索,就是整个新时期文学都是围绕着人的重新发现这个轴心而展开的。新时期文学的感人之处，就在于它以空前的热忱，呼吁着人性、人情和人道主义，呼唤着人的尊严和价值"①。在这个逻辑路径上，鼓励有思考、有个性的文学探索，成为新时期文学思潮中一个重要趋势。然而，作为远离都市话语中心的西北地区的文学艺术，要引起全国文学界的普遍关注，在统一的文学生产与消费机制里，就必须拿出自己的看家"绝活"产生全国影响：一是不断在全国性的文学刊物上发表；二是被具有全国性影响的评论家关注；三是能够在全国性的文学评奖活动中获奖。

新时期以来，西北"新边塞诗"、各种表现西北风情与人生命运的"西北小说"以及彰显西北文化精神的"西部电影"不断问世、获得好评乃至全国性奖项，使得新时期的西北地区成为文学艺术界刮目相看的一种风景。在这样的背景下，新时期"西北散文"开始出场登上历史舞台。较早引起全国性关注的是陕西作家贾平凹等人的散文。1981年4月30日，贾平凹在《天津日报·文艺周刊》上发表状物抒情散文《一棵小桃树》，很快引起了著名作家孙犁的注意。他当天下午就写出《读一篇散文》对这篇文章给予高度评价："这篇散文的内容和写法，现在看来也是很新鲜的。但我不愿意说，他在探索什么，或者突破了什么。我只是说，此调不弹久矣，过去很多名家，是这样弹奏过的。它是心之声，也是意之向往，是散文的一种非常好的音响。"②。此后的孙犁一直关注贾平凹的成长，在1981年与1982年两年间为贾平凹散文创作加油鼓气的文章竟达五篇之多③。其时的贾平凹，虽说小说《满月儿》已经获得全国优秀短篇小说奖，但他能够在初入散文行当就受到著名作家孙犁的充分肯定与不遗余

---

① 刘再复：《论新时期文学主潮——在"中国新时期文学十年学术讨论会"上的发言（内容提要）》，载《文学评论》1986年第6期。
② 孙犁：《孙犁全集》第6卷，人民文学出版社，2004年，第42页。
③ 除了《读一篇散文》，还有：1981年5月15日下午创作的《致贾平凹》，收入《孙犁全集》第6卷，第117页；1982年4月7日晚写作的《再谈贾平凹的散文》，收入《孙犁全集》第6卷，第329页；1982年6月5日写作的《〈贾平凹散文集〉序》，收入《孙犁全集》第6卷，第334页；1982年12月4日清晨写作的《致贾平凹》，收入《孙犁全集》第7卷，第90页。

力的评介，这种鼓励与刺激，对其散文创作产生的影响不言而喻。贾平凹在后来的一篇文章中曾这样写道："孙犁我学得早，开始语言主要是学孙犁，我更喜欢他后期的作品，这些作品对我影响大。"[①]循着这种思路，贾平凹创作了《静墟村记》《月迹》等大量以山石明月为审美对象表达个人心志的优美抒情散文，在20世纪80年代初期产生了较为广泛的文学影响。

这样的例证还可以找到很多。陕西作家刘成章的散文《转九曲》，获《散文》杂志1981年"优秀作品奖"，并入选《中国新文艺大系·散文集（1976—1982）》；西北军旅作家杨闻宇的散文《沙坡鸣钟》和《登陵忆》先后获1983年、1986年《散文》杂志"优秀作品奖"，多篇散文被选入全国性的散文选本；西北军旅作家王宗仁的报告文学《写在她远行的路上》（与马继红合作）获"1977—1980年全国优秀报告文学奖"；陕西作家和谷的散文集《无忧树》获中国作家协会主办的新时期（1976—1988）全国优秀散文（集）奖；陕西作家李佩芝的散文《小屋》1983年荣获《散文》杂志"优秀作品二等奖"；等等。这些事例足以说明在新时期之初，西北地区散文创作的现实状况。大型文学刊物的刊发、文学评论家的褒扬、文学评奖活动与入选全国性散文选本的鼓励，均构成新时期之初"西北散文"造成全国性影响的重要原因。更为重要的是，对于西北地区的散文作家而言，他们出场时均不同程度地在尝试性写作中受到外部信息的刺激，拥有"尝试—刺激—调整"的反应模式，并在这种模式中不断地调整自己的散文创作姿态，进而寻找到合适的突破口。对于全国视阈中的散文创作而言，西北散文创作在出场之时，由于处地的偏远性与文化的边缘性，绝不可能承担引领散文创作风气的神圣使命，而是要在"强手如林"的散文生态场域中生硬地挤出一道显示自我存在的缝隙，发出具有独特个性魅力的声音，以期引起外界的关注。

---

① 贾平凹：《关于小说创作的问答》，见《如意堂》，中国工人出版社，1996年，第45页。

值得注意的是，新时期之初真正能够产生全国性影响的西北散文作家作品，往往是在中心话语圈或者东部的文学杂志上刊发的，而绝少是在本地区文学期刊上刊发的散文作品。这也从另一侧面说明，中心话语圈与偏远地域、东部与西部编辑的审美视距的差异性。对西北地区人们似乎见怪不怪的风情民俗、行为方式、文化事项，东部人们更感到好奇，能产生审美愉悦。在各种信息的刺激下，作家的反映既被动也主动，他既明白文学创作是张扬生命个性的艺术活动方式，也明白文学创作还是一种需要得到外界认可的行为方式。换言之，就是既要挖掘出心灵情感的喷发点，又要照顾到文学阅读者的利益，成为进入文学市场的消费品。因此，西北散文作家们在初涉文坛时，就注定要忍受一种被撕扯的矛盾着的心灵煎熬，在写作中似乎还有些徘徊与犹豫不定。然而，当他们的心灵交织的矛盾点一旦达成某种共识后，他们便义无反顾地奔向其文学"突围"的道路。

二

作为偏远地区的"西北散文"的"突围"风景，是对我国新时期以来以经济建设为中心、社会的快速转型的回应方式而展开的。当经济建设成为我国新时期的主流色调后，东部沿海地区成为社会关注的热点与焦点，而长期处于边缘化位置的我国西北地区更加边缘化，甚至出现被遮蔽的状态。这时，作为传达"西北人"情感与精神的"西北散文"，有责任也有义务来更多地承担回应社会风尚、思考社会人生的人文关怀功能。因此在新时期全国散文生态场中，"西北散文"产生所谓"全国性影响"的状态主要有这样几种情况：

一是在对西北风景的摹写中展示西北文化与西北精神。法国批评家丹纳曾提出文学创作与发展的"三要素（种族、环境、时代）论"，并认为"作品的产生取决于时代精神和周围的风俗"①。对于大多数的西北散文作者而言，他们更擅长对西北自然景观、地域风情的描摹与刻画，来传达简单的心灵感受。因此，刊登在新时期以来文学期刊上的西北地区作家的散文作品，基本上呈现这样几个维度：对西北地区自然环境如各种名目的山川、江河、湖泊的阅读与感悟；对西北地区人居环境的审美理解；对西北地区民俗风情的阅读与感悟；对西北地区历史文化的把握；等等。由于文化视野的偏狭，大多数西北散文作家对家乡有种较为朴素且偏执的礼赞情结。但是，当众多西北散文作者沉浸在那样几种审美意象的选择与表现中时，一些富有创造个性的散文作家已经开始借西北风情文化来传达"西北文化"和"西北精神"。20世纪80年代中期，陕西作家贾平凹在小说界"寻根热"的刺激下，从沈从文的《湘西》《湘西散记》那里找到灵感，把视角再一次投向家乡"商州"，在那里寻找到自己的审美突破口。在他的眼里，"商州"成为现代文明审美视角观照下的一个文化符号。贾平凹敏锐地把握到家乡与现代文明的距离，他先后写作《商州初录》《商州又录》《商州再录》（后合集为《商州三录》），描述故乡商州的山光水色和拙厚、古朴、旷远的风俗人情，来表现"商州"与外界文明的疏离。因此，他的写作不是简单地赞美与讴歌家乡，而是采用拙中带巧的语言，挖掘商州的文化内涵，使得其散文文本具有了一种新鲜的阅读感觉。陕西作家刘成章在对"陕北风情"的表现中，开始注重对"陕北风情"所传达出的西北文化精神的开掘。《安塞腰鼓》是他心灵中日日感悟的又在"那一瞬间呈现理智和情感的复合物的东西"②；《安塞腰鼓》是一曲陕北人生命与活力的火烈颂歌，是一首黄土高原沉实、厚重的诗性礼赞；他通过"安塞腰鼓"这种特定的意象来传达他对生活、对时代的审美感受，传达他对生命的诗意的理解。"扛椽树"是陕北的一种柳树，也叫"塞上柳""蓬头柳"，外观很平常，又生长在"遥远的绝域"，不为历代诗家

---

① 丹纳：《艺术哲学》，傅雷译，人民文学出版社，1996年，第32页。
② 彼德·琼斯：《意象派诗选》，裘小龙译，漓江出版社，1986年，第44页。

文人所欣赏。但是刘成章却对它情有独钟，并透过它的外表，发现了它的精神品质、独特性格，而这种品格与陕北人的精神气质相通，与中华民族自强不息的精神品格一脉相承。他的《扛椽树》通过"扛椽树"这种陕北高原常见的自然物象来传达心中的审美理解，既成为激情泼洒所铸就的酣畅淋漓的佳作，也是其匠心巧运、别出心裁所创造的美文。西北军旅作家杨闻宇在秦中风情系列散文中，有意识地把目光集聚在关中的风俗民情上，发掘那块孕育过中华民族的土地上潜藏的美质，更注重表现出关中地域源远流长的文化气脉，追溯民族之根系。与此同时，西北地区的年轻散文作家也在彰显个性风格的突围中找到自身定位。甘肃作家马步升更敏锐地把握到人在自然包围中的孤独，他的散文不再只是形成简单的物象模拟与心灵比附关系，而是寻求更深层次的生命感悟。在他眼中，人已物化，物已人化，人们注定要承受苍凉生存状态下的心灵重负。因此在《绝地之音》《绝地之城与绝地之人》《绝地牲灵》等散文中，他已经不只是表现一种简单的"绝地风景"，而旨在传达一种孤独的生命意识。这种孤独的生命意识与现代意识相连接，从而使散文文本拥有了更为丰富的内涵。陕西作家朱鸿直指"历史的夹缝"，在一些偶然性的事件中重新认识历史。青海作家鲍鹏山则是对古代人物重新的人文解读，发掘新的审美品格。甘肃裕固族作家铁裕尔在游历中展开对蒙古部落"尧熬尔人"神秘历史的寻觅，他那草原蒙古长调一样质地的散文，舒卷、低沉、雄浑、抒情，挟裹着浓厚的草原气息。新疆作家傅查新昌将自身的生命体验融进了深刻的哲学视野，其散文文本具有明显的"符号性"特征。宁夏作家杨天林运用人类学、艺术学方式对特定文化进行解析，使其散文具有了丰富的阅读空间。应该说，这些年轻散文作家的努力是成功的，他们在对"西北物象"的抒写中，更多地展示了丰厚的"西北文化"与"西北精神"内涵。

二是借用"西北物象"来浇自己心中的块垒。美国学者奥尔德里奇认为，"艺术家进行再现的方式一定程度上有赖于他观看事物的方式"[①]。

[①] 奥尔德里奇：《艺术哲学》，程孟辉译，中国社会科学出版社，1986年，第67页。

新时期以来，我国开始实行市场经济，出现了"全民炒股""全民经商"的社会现象。在市场经济的初级阶段，形形色色的社会现象出现了，如社会大众原有价值判断尺度的游移，拜金主义盛行，社会责任感淡薄，公共道德沦丧，人际关系冷淡，注重眼前小利，抛弃远大理想，等等。在全民争先恐后地忙于"日常生活"建设的背景下，长期厮守在精神家园的西北知识分子们更为敏感地注意到社会风尚的变化，他们的心灵也更为焦虑，自然要"以笔为旗"，用崇高的精神追求来对抗现实世界的功利。也就是说，他们要通过借助"西北物象"来达到浇自己心中块垒的目的。

以创作"新边塞诗"成名的诗人周涛，是以"诗人"的身份进入散文领域。周涛的散文更具有诗性，他笔下的情感更为张扬与潇洒，他的行文很少受到散文写作传统的羁绊，也更为自由与灵活。由于出身与身份的特殊性，周涛的散文弥漫着一种高贵的贵族情结，很少像众多的西北作家那样表现悲苦心态。他前期的散文作品更多是传达对大自然中高贵生命形态的礼赞：散文《巩乃斯的马》是对在巩乃斯河畔看到的马群蓬勃、激昂的生命力的刻画；《猛禽》是用拟人化的手法展现年轻的苍鹰与狡诈、凶恶的老狼的搏击；《稀世之鸟》通过对自然界的稀有品种"朱鹮"的描写表现出对自由的渴望；《红嘴鸦及其结局》是写红嘴鸦的"被捕"与它的绝望反抗直至气绝的故事。这些散文旨在通过"巩乃斯的马""猛禽""朱鹮""红嘴鸦"这些高贵与自由的生命个性礼赞，来表达自己心中的激情与梦想。也就是说，周涛是通过这些具体的生命形态来传达自己的人生理解。在长期追求纯净的自由思维下，到了90年代后，周涛更敏锐地发现了世俗社会不堪入目的种种龌龊，走上了通过对西北文化精神的强悍表达来反抗世俗的道路。在都市作家们热衷于讲述日常精致生活情趣的时候，周涛用更为放浪形骸的激烈语言来评论文坛："在那个（专指散文——笔者注）界里，散文是病态的。病态种种，没有详细研究，粗计约有这样一些表现：一曰病人养病鸟……二曰正宗丈夫心理……三曰沉默主义……四曰心地狭隘有巫婆气……五曰范文笔调……六曰武大郎提倡短小……七曰二郎神的脑门不长肉眼……八曰九斤老太越生越小,南郭先生索性指挥……","文学界也就不再是诗人、作家、评论家的温床,而成为文学掮客、刀笔吏、文痞恶棍、泼皮牛二、文学商贩……的乐园"。[①]这种带有对整个文坛挑战意味的话语,既是他敏感心灵对市场经济环境下的文坛风气的果敢回应,同时也表现出他高贵的心灵姿态以及对其文学创作的充分自信。

张承志是我国西北地区的"闯入者",他的成名小说《黑骏马》《北方的河》等在表现出浓郁的西北风景的同时,更在于强调对西北文化的钟情。后来在社会急速变革之时,长期游走于国内与国外、都市与乡村的张承志,更多地了解民生状态,更多地体验到民间的疾苦。他一次又一次地来到湟水、六盘山等广大的西北地区寻找精神寄托,他越来越感觉到民间的西北蕴藏着深刻的思想资源。当后来"以笔为旗"追寻"清洁的精神"之时,他自觉地把来自苍凉、深厚的西北民间话语资源当作自己的武器。他在《感谢沙沟》《离别西海固》《金积堡》《北庄的雪景》等散文中传达一种忍耐、沉默、顽强、坚毅以及不可摧折的生命信念;他在《清洁的精神》《以笔为旗》《无援的思想》《致先生书》《静夜功课》《荒芜英雄路》等随笔散文中,表现出反抗绝望的悲剧式生命体验,具有与世俗的对抗和不妥协精神,产生强烈的精神震撼力。可以这样说,他是"借西北文化精神"来浇自己心中的"块垒",或者说,西北文化资源成为他"自觉反抗"世俗社会的文化符号。

三是建构后现代主义时代的"乡村诗学"。新疆的散文作家刘亮程走进全国文学的视野方式,是他对"乡村诗学"偏执的建构。90年代末期,他的系列乡村散文所喋喋不休讲述的是经过过滤的具有纯净的诗意化的乡村情景。在中国文学的现代化进程中,"乡村"意味着保守、自足、落后、贫困,也意味着与现代文明的疏离,自然也就成为中国现代文学"改

[①] 周涛:《散文的前景:万类霜天竞自由——冬天一次北方式的对话》,见《红嘴鸦》,中国工人出版社,1996年,第207—208页。

造国民性"的重要区域。到了沈从文笔下,"湘西"却成为他这个刚刚跨进城市门槛的"乡下人"固执地捍守着的反抗现代文明的心灵栖息地。到了刘亮程这里,他通过不断地、反复地对与城市的世俗文明构成尖锐对立的乡村社会的书写,强调自身存在的合理性。刘亮程是位精明的富有商业意识的抒情诗人,他已经懂得如何在后现代社会包装自己、推销自己。于是在都市社会的一片叫好声中,他坚守在"一个人的村庄",用一种几近过滤的乡村文化的诗歌符号来进行他的表演唱。他写道:"这个城市一天天长高,但我感到它是脆弱的,苍白的,我会在适当的时候给城市上点牛粪,我是农民,只能用农民的方式做我所能做到的,尽管无济于事。我也会在适当的时候邀请我的朋友们到一堆牛粪上来坐坐。他们饱食了现代激素,而人类最本源的底肥是万不可少的。没这种底肥的人如无本之木,是结不出硕大果实的"(《城市牛哞》);"我只是这座城市的客人,永远是。无论寄居几天或生活几十年,挣一笔钱衣锦还乡或者变成穷光蛋流落街头。城市没有一件属于我的东西。我把楼房当成一座荒山去爬,那上面不会有我的家。我知道了一些人的名字,但从骨子里我们并不认识,我仅仅是流浪到城市的一个农民,我把地荒在家里,时常在夜半之时,怀念起我的家畜的叫声,我的女儿和妻子"(《城市过客》)……在刘亮程笔下,地域性已经隐退其后,而作为乡村文明隐喻符号的"牛""牛粪"突显。倘若他不标榜自己是新疆沙湾县(今沙湾市)黄沙梁村人,读者无法判明他的属地身份。但是他关于乡村的书写中有一点十分明确,即他着力建构与后现代文明抗衡的乡村世界,表面上似乎是后现代世界声嘶力竭的批判者,实质是对后现代文化的媚俗与妥协。这种"乡村诗学"的刻意经营,明显是对市场需求有明确的判断而不断复制自我的迎合策略。然而,刘亮程的成功对于西北散文作者来说具有启示性意义,处地偏远、远离文化中心的西北地区的散文写作,只要睿智地洞悉时代文化景象,机智地迎合时代需求,是可以被全国性视野所关注、所认可的。

  这里需要指出的是,新时期这些西北在全国范围内产生影响的散文作家们，几乎毫无例外地强调"精神"作用。新时期之初，西北散文较多地强调风情文化中所展示出来的独特性，强调积极、健朗的精神风尚；到90年代，在快速转型的社会中，"西北风景"已经转换成为对"物欲世界"批判的载体，成为作家们浇筑自身心中块垒的对象；而到新世纪后，"乡土风景"成为与城市文明相对立的一种存在方式。这种或激越噌吰或自由奔放或固执厮守或喋喋不休的行文方式的背后，均构成对现实世界精神焦虑的回应风景。所有这些对精神方式的强调，也均旨在捍卫"西北散文"自身存在的"合法性"地位。然而，这种精神焦虑在某种程度上也迎合了外部世界，这也就是它们能够频频得到重视的根本原因。

三

宋人庄绰云："西北多山，故其人重厚朴鲁。荆扬多水，其人亦明慧文巧，而患在轻浅。"[①]西北地区地域的文学特征，与这个地域的自然景观、风土人情、人文文化相对应。新时期"西北散文"也同样如此，它是建立在对西北自然界雄奇阔大的物象与意境审美选择基础上的情思投射，表现出崇高、厚重、气韵宏阔等美学特征。这点西北文学评论家韩子勇先生也看得十分清楚，他曾言："西部的散文相较于某种普遍的散文风习而言，侧重的并不是人的日常生活的形态，不是情趣和情调性的东西，不是玄幽的小型美文，甚至于私人性质的个人遭际也比较疏离。它有一种文化的欲念、大的企图和超重的负载，它是尖锐的而非顺应、顺从的，它是激烈忿然的而非恬淡冲和的，它有人文性质的责任感、社会关怀和对灵魂与信仰的非常关注，但又不失之于世俗化的嘈杂和伦理性的叮咛。在当代中国的散文格局中，西部散文有大的器质，在这之外，也许只有余秋雨、张炜、史铁生、韩少功等与此相近。"[②]应该说，这种"大的器质"的美学

---

① 庄绰：《鸡肋编》，萧鲁阳点校，中华书局，1983年，第11页。
② 韩子勇：《西部：偏远省份的文学写作》，百花文艺出版社，1998年，第134页。

特征的形成,既是西北散文作家所面对的审美对象造成的,也是心灵自觉追求的必然逻辑结果。

新时期西北散文"大的器质"的美学特征,首先表现为题材的"超世俗性"。赵学勇言:"西部戈壁的烈日、草原的风暴、大河的奔涌、山川的寂寥、高原的苍凉、瀚海的浩渺和荒林的幽森,带给人们的是无尽的力量感和崇高感,而西部久远的历史演进与世事沧桑,又给西部作家一种沉甸甸的历史感和沧桑感。因此,西部作家在创作中普遍追求那种大气而恢宏、苍健而厚重的文体风格,而有意回避那种舒缓精巧的叙事模式。"[1]西北地域特色具有刚劲、健朗、宏阔、厚重、辽远等特征指向,这些自然物象与江南的小桥流水、杏花春雨、烟雨迷蒙的风景截然不同。就地理地貌的自然角度而言,从陕西到新疆,我国西北地区有辽阔、厚重的黄土高原,有巍峨的昆仑山、天山、祁连山、贺兰山、秦岭,有令人神往的草原,也有茫茫戈壁与沙漠,还有黄河、长江与青海湖、博纳斯湖等江河湖泊……西北多样性与丰富性的地理地貌,在环境的艰难性上表现出严酷的一面,同时也在审美特性表现出苍凉、厚重、辽阔、力量甚至神性的一面。这样,作为西北的散文作者,对西北的山川、草原、戈壁、江河、湖泊的阅读与感悟,在视角上呈现自然仰视状态,充满一种神圣与敬畏之心,而不是放荡与调侃。如以天山为审美对象的散文数以百计,在郝贵平的眼里天山成为纯粹诗性的抒情对象(《天山,天山》);孤岛则用不事修饰的激情而苍峻的语言表现翻越天山的神圣感觉(《翻越天山:崇高站在美之上》);在忽培元的心中,飞越天山能够获得一种精神洗礼(《飞越天山》)。这些散文的共同之处在于对天山拥有敬畏之心,表现一种崇高的审美特质。再如西北作家表现黄河的散文,同样也传达出了一种壮怀激烈的心情。西北军旅作家杨闻宇这样写道:"不甚透明的水纹盘旋交织,沉默平稳的波痕在朝晖夕照里犹如铜汁浇铸的块状肌腱,透出凝重的粗犷的血色……仿佛千万条汉子衔枚疾进……富于弹性的肌腱在起伏、在

---

[1] 赵学勇、王贵禄:《论西部作家的文学精神》,载《甘肃社会科学》2005年第4期。

抖动，强悍雄劲却不暴戾，元气勃勃却不响动。"（《黄河臆象》）他已经把"黄河"拟人化，赋予了西北汉子的人格魅力，使得黄河成为张扬着强劲生命力的载体。陕西作家史小溪心中的黄河："千山飞崩，万岛迸裂。巨大的毁灭巨大的再生。此刻，吞天吐地的壶口大飞瀑，正挤压着旋转着呼啸着浩荡而来。上游数百米宽阔的茫茫河面，突然在这里急剧收缩，收缩，收至三五十米一束壶口，然后一下跃入无底深渊……"（《黄河万古奔流》）这里的黄河那惊涛拍岸般的博大与雄奇，说成是力量的象征、人格的象征、文化的象征都未尝不可。正如王夫之所云："情景虽有在心在物之分，而景生情，情生景，哀乐之触，荣悴之迎，互藏其宅。"[①]西北地区这些典型的自然物象，之所以能够一次次激发起散文作家们的情感，引起了一系列的情感审美活动，其关键之点在于它能够充分地暗合作者的精神气质，传达作者的审美理想。可以这样说，西北典型的自然物象，某种意义上就是西北人心灵世界的写照，就是西北人精神风貌的象征物。

当然，西北散文的审美向度不仅仅停留在对自然物象的简单比附关系上，还有在题材上对西北特有的风情文化与历史文化的开掘。于是，"秦腔""扛椽树""野艾""安塞腰鼓""信天游""窗花""花儿""爬山调""蒙古长调""巩乃斯的马""骆驼""胡杨林""羊群""苍鹰"等纷纷进入西北散文的题材；"古长城""秦直道""李自成行宫""统万城""西夏王陵""阳关""莫高窟""黑城"等也就成为西北散文题材领域的一个重要组成部分。这些散文或者向"风情散文"的方向发展，或者向历史文化散文的方向靠拢，它们同样具有厚重与宏阔的审美特征。

其次，新时期西北散文"大的器质"的美学特征，更是散文文本中西北人特有的沉厚、宏阔的精神风貌所传达出来的。黑格尔曾言："因为人格的伟大和刚强只有借矛盾对立的伟大和刚强才能衡量出来，心灵从这

[①] 王夫之：《姜斋诗话笺注》，戴鸿森笺注，人民文学出版社，1981年，第33页。

对立矛盾中挣扎出来，才使自己回到统一；环境的相互冲突愈众多，愈艰巨，矛盾的破坏力愈大，而心灵仍能坚持自己的性格，也就愈显出主体性格的深厚与坚强。"①面对闭塞、荒凉、空旷等严酷的生存环境，新时期西北散文更在强调与传达精神的力量，几乎在所有的借景抒情、托物言志散文中，都善于抓住特定地域的物象与风情，传达一种不甘于命运的昂扬奋进的精神力量，而不是对自然景观纯粹的摹写与刻画。当然，在广袤而辽阔的西北大地上，西北人的精神在自强不息的精神气质下面，还略显差异性，呈现出由"刚健"到"坚韧"再到"自由"这样的梯级精神向度。

在西北地区，陕西相对于其他省区而言，农业条件较好，许多作家所传达出的精神状态更为刚健与自信。陕西作家贾平凹对"秦腔"这种"吼"的艺术的描述中传达出西北人特有的精神世界。在他心目中，"广漠旷远的八百里秦川，只有这秦腔，也只能有这秦腔，八百里秦川的劳作农民只有也只能有这秦腔使他们喜怒哀乐。秦人自古是大苦大乐之民众，他们的家乡的交响乐，除了大喊大叫的秦腔还能有别的吗？"（《秦腔》）；陕西作家刘成章紧紧抓住陕北特有的"安塞腰鼓"来传达他对陕北人雄浑、刚健的生命意识的审美理解。在他笔下擂起来的腰鼓是这样的："骤雨一样，是急促的鼓点；旋风一样，是飞扬的流苏；乱蛙一样，是蹦跳的脚步；火花一样，是闪射的瞳仁；斗虎一样，是强健的风姿……"（《安塞腰鼓》）这些散文，主体基调是大气明快的，分明是在传达一种生命力勃发而蓬勃向上的精神意志，这种生命意志既是厚重的，也更是健朗的、昂扬的。到了干旱少雨的甘肃与宁夏地区，许多散文作品传达的更多是对苦难的抗争，具有明显的大苦、大愁、大悲之后的忍受苦难的沉默精神。甘肃作家马步升这样写道："过了几年，我闯进了腾格里大沙漠。不知不觉间，满世界只剩下我一条生命。这时，夕阳平洒下来，望不断的沙丘便如远古宫殿的金柱，矗满我的四周。哪一根金柱可供我依

---

① 黑格尔：《美学》第1卷，朱光潜译，中华书局，1982年，第227—228页。

靠，哪座宫殿可供我憩息，怅然良久，满地都是与生命无缘的荒漠。那串歌吟这时突然奔入我的心房，我濡湿了干裂的嘴唇，迎着依依下沉的夕阳唱了起来。咧——咧——咧——，哦，是那声音，是那来自古长城线上的声音。我至今也不知道那天我究竟唱了什么，但我肯定，那一次我确切地捕捉住了那串古长城线上的音符。"（《绝地之音》）这种对生存状态深刻体悟的结果就提升成为人生哲理，成为指导人生的普遍性准则。因此，马步升传达出了"绝地，才能迸发出绝唱。绝唱，永远是绝地的宿命。绝地之音，并不仅仅传达悲壮哀婉，它是生命本身，每一个音符里都透射着生命的全部内涵"（《绝地之音》）的人生哲理。宁夏作家海杰在《西海固最后一个冬天》中展现绝望之境西海固中人们面对艰难生存环境的坚韧与顽强，这种"忍"与"韧"的精神状态，正是众多甘肃、宁夏普通民众抗衡恶劣生存环境的最重要的手段。这种在绝望中沉默与坚韧地守望精神园地的方式，也给在嘈杂的世俗环境中生存的人传达出这样一个信号：精神就是一个人的世界，它是不可战胜的。而到了新疆作家周涛、沈苇、赵力等人的笔下，西北人特有的精神世界中似乎更多了那种追求自由的激扬、洒脱的精神风貌。周涛在《巩乃斯的马》中这样写道："雄浑的马蹄声在大地奏出鼓点，悲怆苍劲的嘶鸣、叫喊在拥挤的空间碰撞、飞溅，划出一条条不规则的曲线，扭住、缠住漫天雨网，和雷声雨声交织成惊心动魄的大舞台。"周涛在这篇力作中展示出西北蓬勃、生命奔腾的壮观景象，分明是以物喻人，表现出西北人自由而强盛的生命力。这种对自由无节制的追求方式，似乎也与西北地区草原文化气质相契合。可以看出，由陕西到新疆的散文创作在精神风貌上虽然略显差异性，但是这些精神品格在内核上是一致的，就是对精神力量的强调，就是对艰苦生存环境的不屈的抗争。因此，阅读西北新时期散文作品往往是在进行精神洗礼，能够产生一种崇高的审美享受。

当然，新时期"西北散文"也存在多采用抒情散文的单一样式来传达情思的不足。尤其体现在众多散文作者学理不够丰厚，往往偏执多于理性、浅显的抒情多于冷静的思考的情况，不能站在人类历史的高度来审视社会，不能从容不迫地传达自己的声音。也就是说，今后"西北散文"的出路也在于要拥有更为开阔的视野、更为深厚的胸怀、更为理性的思考、更为开放的文体形式。只有做到这些，"西北散文"才有可能引领中国散文的潮流。

当时代进入消费文化社会后，社会变得越来越功利、越来越世俗、越来越浮躁，按照德国哲学家本雅明的说法，消费时代的文人为生计而忙碌着，"这些作品轻松自如的描写风格，投合在柏油马路上拾拣花草的游手好闲者的风格"[1]。然而，西北的散文作家们仍在拒绝着世俗的诱惑，仍在捍守着心中的价值标准，这的确是件不容易的事情。

原载《延安大学学报》（社会科学版）2008年第5期

（获首届西部散文评论奖）

---

[1] 本雅明：《发达资本主义时代的抒情诗人·论波德莱尔》，张旭东、魏文生译，生活·读书·新知三联书店，1989年，第54页。

批评家不妨搞点创作

近读严家炎先生怀念我国现代文学史研究大家唐弢先生的文章，文章这样写道："他本身就是作家，艺术感觉极好，深知创作的甘苦，他谈论作家作品，总是三言两语就能抓住作家的风格特色和作品的独特成就，把最有味道的地方传达出来……我以为，在审美评价的精当方面，唐弢先生在我们现代文学研究工作中简直可以说并世无第二人的。"[①]我的理解，这个评价对于唐弢先生来说是再也恰当不过的了。唐弢先生之所以"总是三言两语就能抓住作家的风格特色和作品的独特成就，把最有味道的地方传达出来"，这得益于他不仅是位文学评论家，更在于他还是位作家，懂得作家的创作心理，善于尊重创作规律，从而进行有效的"换位思考"。

文学是语言的审美艺术，对文学的评论必须注意到这个特点。我国古代的文学批评十分强调对文本的审美鉴赏，评论者可以调动自身的审美体验参与文学想象的再创造，把握文学作品中的那种"味外之旨""韵处之致"。像刘勰的《文心雕龙》、司空图的《诗品》等经典性的文学批评著作，也完全可以看成富有生命激情的文学文本。因为这些著作不光感觉敏锐、思维深刻，文笔也十分鲜美，足以调动起读者丰富的想象空间。如刘勰的《文心雕龙·神思》中"神用象通，情变所孕"，所传达出的是生命状态，它的语言是激情的、鲜活的；再如司空图的《诗品》中概括意境的

---

① 严家炎：《唐弢先生对中国现代文学学科建设的贡献》，见《唐弢纪念文集》，社会科学文献出版社，1993年，第600—601页。

"不著一字，尽得风流"，留给读者的也是回味无穷的文学想象。你能说它们不具有文学性吗？

我国当代社会的很长一个时期，文学批评中庸俗社会学批评方法流行，形成了如现代文学史专家温儒敏教授所概括的"一点两翼"式批评模式。即："一点"是批评总有一个明确的基点，着眼于作品的教育意义；"两线"主要指思想内容分析和语言形式分析两条线。这种批评久而久之日益昌盛，甚至出现了一些批评者不阅读作品也能侃侃而谈的咄咄怪事。这些年来，许多高校中文系的学生不读文学经典原著，只需抱本"名著题解"就能应付考试的情况屡见不鲜。原因何在？一方面是一些教师深受"一点两翼"式批评方法的影响，只教给学生如何概括中心思想与写作特点，不注意对学生进行具体的文本阅读与鉴赏的训练；另一方面是一些教师自己没有文学创作体验，缺乏文学的审美体验，自然也写不出一两篇像样的文学鉴赏文章；再加上高校学术评估体制的怂恿，许多人更热衷于建构宏阔的批评理论，而不屑于"设身处地"与细致入微的文本分析。

这些年的文学批评界，掌控批评话语的霸主们的目光盯住了"全球化"与"世界性"，不断引进与贩卖新名词、新观念，忽而"新批评"，忽而"后现代主义"，忽而"文化批评"，忽而"新世纪批评"……他们既像发布春秋服装流行色的服装设计师，也像自行车越野赛身着"黄色领旗衫"的领旗者，自鸣得意地小觑着后面的风景。而后来者拥挤在不断诠释新名词、新观念的道路上，气喘吁吁、乐此不疲地追逐着前面。我在阅读一些大而无当的批评文章的时候，经常在想，这种批评对作家、作品、读者的三维互动的文学到底有多少促进作用？我以为，文学鉴赏是文学批评的最基础工作，文学批评是在对文学文本的充分体味与把握的基础上形成的，没有敏锐艺术感受力与优雅艺术鉴赏力的批评者，其批评状态基本上属于"盲人摸象"，只知局部而不知全部，只知个别而不知整体，只知拆解事项而不知有效审美组合。也就是说，只有把最基础的审美感知的工作夯实了，这样的批评文章才具有说服力。而这些年的文学批评，恰恰就是忽视了对文学作品进行有效审美的细读工作。

唐弢先生当年曾言:"学者如果批评作品……要懂得创作的甘苦,那么同样也存在着一个学者作家化的问题吧,我这样想。"[①]其实,在现代文学批评界像唐弢一样身兼作家和批评家双重角色的大家比比皆是,鲁迅、胡适、周作人、茅盾、叶圣陶、朱自清、郁达夫、俞平伯、郭沫若、梁实秋、成仿吾、冯雪峰、宗白华、朱光潜等等,可谓举不胜举。甚至像李健吾、沈从文这样的主要以作品打天下的作家们,也能够写出一手漂亮的批评文章,成为现代文学批评史上一道独特的"感悟派"批评风景。相反,除了周扬这样的职业批评家之外,专门吃"批评饭"的人似乎不是很多。这也能从另一个侧面说明文学批评家拥有创作体验的重要性。倘若文学批评家真像唐弢先生所言的"作家化",这样写出的文章第一不至于天马行空,光发射空对空导弹,而找不到靶子;第二不至于不体味作家创作的甘苦,净说些"隔靴搔痒"的浑话,而让作家们讥笑。

唐弢先生晚年总结自己研究鲁迅的心得时强调:"要研究他,就应当了解他反映在作品里的生活,抱着和他共同的情怀和感受……需要经历一个这样的过程,一个设身处地的熟悉对象的过程。"[②]唐弢先生所说的"抱着和他共同的情怀和感受""一个设身处地的熟悉对象的过程",就是文学批评家要真切体会作家的创作实践和创作心态,有过创作实践体验的批评者会比较容易接近被批评者作品的本真状态,敏锐地发现作品优劣点。从唐先生的肺腑之言可以看出,文学批评家搞点创作,对提高评论水平有益无害。

原载《文艺报》2008年12月9日

---

① 唐弢:《〈郑振铎作品集〉序》,见《唐弢文集》第9卷,社会科学文献出版社,1995年,第446页。
② 唐弢:《〈鲁迅论集〉序》,见《唐弢文集》第5卷,社会科学文献出版社,1995年,第188页。

叶广芩长篇小说《采桑子》的叙事策略

陕西当代女作家叶广芩的"家族小说"《采桑子》（十月文艺出版社，1999年），是一部题材独特、结构独特、文化蕴涵丰富的长篇小说。小说既借用满族词人纳兰性德的《采桑子·谁翻乐府凄凉曲》的词牌作为书名，同时又借用该词词句用作小说中章节名。"谁翻乐府凄凉曲？风也萧萧，雨也萧萧，瘦尽灯花又一宵。//不知何事萦怀抱？醒也无聊，醉也无聊，梦也何曾到谢桥"；再加上从清末戏曲家张坚的《满庭芳·梦中缘》中摘出的"曲罢一声长叹"，九句词句写了九个既相关又游离的故事，串联成一部讲述满族贵胄后裔生活与命运的长篇小说。"采桑子"系列自20世纪90年代后期陆续问世以来，一直受到文学批评界和广大读者的广泛好评。其中的《醉也无聊》获第九届《小说月报》"百花奖"；《谁翻乐府凄凉曲》获《人民文学》"伊利特"杯中短篇小说奖；《曲罢一声长叹》获《小说选刊》奖；《梦也何曾到谢桥》获第二届"鲁迅文学奖·小说奖"，2005年又获"茅盾文学奖"提名。文学批评界的重点批评是研究该小说所渗透出的文化意蕴，很少有人专门研究这部小说的创作技法。本文专门就该小说的叙事策略进行力所能及的探讨。

似"真"非真、似"我"非我的"第一人称"叙述角度

叙述是小说作者讲述故事、结构文章的技术方法，叙述角度独特，会

使小说在创作手法上达到出奇制胜的效果。因此现代作家在小说创作上，越来越注重叙述方法。关于现代小说的叙述技巧，美国的小说修辞学研究专家布斯在其著作《小说修辞学》中曾做过详细的研究，提出小说的叙述类型可以这样划分：（1）叙述者可以或多或少地离开隐含的作者；（2）叙述者也可以或多或少离开他所讲述的故事中的人物；（3）叙述者可以或多或少地远离读者自己的准则；（4）隐含的作者可以或多或少地远离读者；（5）隐含的作者（他自己携带读者）可以或多或少地远离其他人物。①一句话，他讲的就是叙述者—作者—人物—读者的关系，或者是说，作家灵活掌握叙述的技巧。叶广芩长篇小说《采桑子》的叙事叙述人称特别富有意味，即九个故事都采用"第一人称"的叙述方式。我们知道，在小说作品中的"我"虽说只是一个故事的叙述者，故事中的一个人物，但是人称问题本身就是作家的立足点问题，也是叙述主体站在什么地位、从什么角度，用什么口气去叙述的问题。用第一人称叙述，可以增强文章的真实感，使读者感到亲切、自然，同时也便于作者抒发自己的感情。

那么，叶广芩为何要用"第一人称""我"来讲述故事呢？我以为，必须研究这部作品的出场年代。《采桑子》中的系列小说故事创作于90年代后期，其时中国社会正处于如火如荼的市场经济建设时期。市场经济是尊重个性发展的经济，个性的多样化发展刺激着作家们在题材上、创作手法上不断探索，这样，善于虚构的"新历史小说"涌上市场，成为图书市场的畅销品。在这种追求个性利益最大化的社会现实中，在虚伪到处行走的社会环境中，人们一方面善于制造虚幻性的想象，满足不断膨胀的心理欲望；另一方面，又普遍地渴望真实，怀念真实，以求获得心灵的慰藉，大量"纪实类"作品、"忆旧类"作品不断走红就是明证。而长期在小说创作中跋涉的作家叶广芩，在洞察时事风向之后，选择了以"家族小说"为小说创作的突破口。她要利用自己是清朝皇亲"叶赫那拉氏"家族

---

① W·C·布斯：《小说修辞学》，华明、胡晓苏、周宪译，北京大学出版社，1987年，第175—177页。

后裔的资源优势，寻找自己创作的富矿与心灵的喷发点。叶广芩要讲述的"家族"，不是一般的普通人家的故事，而是皇亲国戚的故事。如何把发生在皇亲国戚家族中的故事讲给读者，使读者愿意相信这一切都是"真实的故事"并产生强烈的"窥视欲"，我以为这应该是当时作家所认真思考的问题之一。作家寻找"真实"与"虚构"之间平衡点的最好方法，就是充分利用其皇族后裔身份的资源优势，借助小说中的"似我非我""似真非真"的第一人称"我"的叙述视角，来完成这部"家族小说"的故事建构。也就是说，这种"第一人称"的选择，是作家在对特定历史状态下小说创作环境深刻洞悉之后的明确而清晰的判断，而不是一时的偶然为之。

具体到这部小说的故事中，我们可以看出作家明确的叙事企图。小说开篇《谁翻乐府凄凉曲》中的"我"，既是京城名媛票友金家"大格格"故事的串联者，也是那个三岁时在大格格临死之际第一次见面的小妹妹。她们的关系，"只是擦肩而过。但那血脉终究是连着的，拆也拆不开……"①就是这样一个讲述者"我"，从"现在时"讲述金家大格格"过去的故事"。"我"的兴奋点不在于讲述金家大格格与警察局长三公子的联姻，不在于关注金、宋两家联姻中政治的对抗性，而在于展示文化的差异性。作家为了进一步突显故事的真实性，还专门在结尾嵌入这样的语句："1998年夏天，中国京剧院来西安演出，其中有《锁麟囊》剧目，主演是程派青年演员张火丁。当演员在台上唱出后半部的大段唱词时，我仿佛突然感觉到什么，我想，我的大姐在临终时所唱的可能正是这一段……"②这种貌似突兀、实则机智的语句，有效地增强了故事的真实性，诱导读者相信这故事的确是真实的，而不是作者凭空想象的。当然，读者相信故事的真实性后，就恰好中了作者设计好的圈套，按照作者所预设的故事路径，跟随作者一口气阅读完这组"家族小说"故事，了解皇亲

---

① 叶广芩：《采桑子》，北京十月文艺出版社，1999年，第27页。
② 同上，第51页。

大家族生活状态的心理需求将获得满足。

还有《风也萧萧》是写金家兄弟与女戏子"黄四眯"的情感纠葛引发的故事。风流倜傥的金家公子少年时为"黄四眯"竞相献媚，中年时为过去的历史而挨斗受批（老二自杀），老年时真心忏悔，宛若一曲凄凉的悲歌。这使人容易想起宋代蒋捷的《虞美人·听雨》："少年听雨歌楼上，红烛昏罗帐。壮年听雨客舟中，江阔云低，断雁叫西风。//而今听雨僧庐下，鬓已星星也。悲欢离合总无情，一任阶前，点滴到天明。"谁该为这段辛酸的历史负责？自然是沧桑巨变的社会。在这个故事里，"我"是金家兄妹中一个任性的老小，是故事的讲述者，也是故事的参与者，故事中的一个重要角色。"我"不动声色地讲述故事，有效地黏合了这个故事。《雨也萧萧》主要写金家二格格舜锗的故事。二格格是位"逆时悖流"的人物，她嫁给一个商人，从此再也没有进入金家。这个故事的基本逻辑点是"现在时"的"我"——一位编剧，对往事的回忆。故事结构形成了由"现在时"到"过去时"再到"现在时"的基本路径。《瘦尽灯花又一宵》似乎游离于家族之外，是写"我"的舅姨太太的故事。她在岁月中风蚀，成为一件"老古董"，但是她丰富的满族文字知识让人叹为观止。这个故事与前几个故事的讲述方式稍有不同的是，它是由"我"少年到中年前后几次去被岁月尘封的镜儿胡同蒙古亲王的府第拜见舅姨太太的故事串联而成，是典型的顺叙法。结尾写到"我"因为联系稿件去那个镜儿胡同，但是物非人也非，感慨之时，"我想起了单位同事贾平凹说过的写文章的三个层次：山是山，水是水；山不是山，水不是水；山还是山，水还是水……"[①]这种有意无意地强调作者身份的真实性，其目的还是要诱惑读者，增强这个故事的可信度。《不知何事萦怀抱》是通过讲述者金家老小——"我"来讲述全国政协委员、著名女建筑学家、金家四格格金舜镡的故事。《醒也无聊》是写"我"的侄儿——五哥的儿子"金瑞"年轻时昏昏欲睡，不管世事春秋，晚年时猛然警醒，掌握古瓷知识的故事。故事

---

① 叶广芩：《采桑子》，北京十月文艺出版社，1999年，第169—170页。

也是沿用"现在时"到"过去时"再回到"现在时"的结构状态。《醉也无聊》是写通过老姐夫（五格格的丈夫）习练"传统神秘医术"，如"房中术""添油法"，来达到强身健体的目的的故事。贵族家中的公子哥们百无聊赖的生活态度与方式尽显于纸。《梦也何曾到谢桥》应该是这组"家族故事"中最有情趣的一篇。通过"我"的一件旗袍引出一个"有意味"的故事。"我"这位金家十四格格，讲述了发生在金家父亲身上一些奇怪的事情，如曾经对头上长有犄角的有怪异之相的"六哥"宠爱有加，而六哥的早夭粉碎了父亲的希望；如父亲在外面包养原来宫廷服装师的妻子，并激活了其对生活的热情。这是一个正在衰落的大家族的一段秘史，是一个皇氏家族成员金姓人物的一段往事。"我"的儿童的口吻，新鲜的视角，新鲜的口吻，新鲜的叙述，勾连起一段往事，也许这就是梦吧！雍容的语言姿态，显示出一位贵族格格的高贵精神气质。《曲罢一声长叹》是整个家族故事的结尾，以"我"的七哥、画家"金舜铨"的人生为线索，串联了"我"大哥金舜悟的人生故事，既传达"我"的"人间正道是沧桑"的历史观，又展现了丰富的绘画知识，满足了读者的阅读兴趣。此外，故事中作者时不时添加一些诸如用"宫廷驻颜口服液"攀附皇亲的现实元素，表现了当下现实中的荒诞。

通过对文本的阅读，可以看出这九个故事既相关又游离，既可以连起来作为一个整体来读，也可以拆解开来单独阅读。整个家族故事的讲述者、黏合剂就是"我"——金家十四格格。这个第一人称"我"的视角，使其文拥有了"似真非真""似我非我"的皇亲国戚家族的揭秘性文本特征，也能有效地吸引读者的眼球。这种时而游离、时而关联的小说故事虽是虚构的，但是在"我"的由现实到过去、由过去到现实的叙述转换中，在不断的"追忆"中煽起了读者的阅读欲望，从而满足其对一种陌生的没落贵族生活方式的窥视欲，领略这种生活方式所展示的丰富文化内涵。也就是说，作者对"第一人称"的设计是在充分考虑了特定社会状态下，人们对"虚构"与"真实"的需求之后的用心经营的策略。

寻求添加"文化佐料"的卖点

叶广芩的"家族小说"如果仅仅以似我非我、似真非真的"第一人称"叙述的话，读者仅仅停留在对皇亲国戚不为常人所知的"揭密性"故事的流连上，而不能达到作家讲述故事的目的。其实，作家更在意通过故事来表现一种"合文学目的性"，即通过对满族没落贵族日常生活的叙述来充分展示这个阶层所保留的独特文化样式，从而表达对文化的敬意。

关于小说创作的"合目的性"，评论家周政保先生曾有明确的论述，他指出："（小说）不是历史学意义上的真实记录，不是报告文学或文学报告，更不是'风俗画'的拼凑与堆砌……它是小说，是一种艺术虚构；它的全部描写仅仅是为了实现某种合文学目的性的表现，而这种文学目的性与小说细节的底蕴及场面设置的内在意义是呈互相适应状态的。"[1]换句较为直白的话来表述，"合文学目的性"就是作家根据自身对生活的理解来进行小说情节的设置。具体到《采桑子》，就是作者时时处处照顾到对"文化卖点"的兜售，从而表现了深厚的知识修养和文化修养。

在几个既相关又游离的故事的叙述中，作者有意识地添加一些"文化佐料"，来不断调动读者的阅读兴致。在《谁翻乐府凄凉曲》中，作家重点突出人物命运与"京剧"的关联度。古语曰："衣食足而思淫欲。"对于钟鸣鼎食的皇亲国戚金家来说，京剧这种由民间传入皇宫的优雅戏剧，能够成为全家老少都喜爱的游戏，是再自然不过的事情，就连佣人老王也能喊出地道的叫好声来。金家大格格作为正统的后裔，既具有与生俱来的孤傲性格，又同时钟爱与痴迷于京剧艺术，她由学京剧，吊嗓子，到后来的义演，进而与不名一文的穷琴师董戈建立良好的关系……这一切都是因为她是"为性情而活着的人"。这样一位京城著名的名媛票友为京剧

---

[1] 周政保：《〈遥远的白房子〉：并不遥远……》，载《小说评论》1988年第4期。

而生、为京剧而死的凄凉命运，自然能够吸引广大读者的眼球。试想，在消费文化盛行的90年代，小说作者以一位绝代佳人、一种上层名媛的生活方式为"食材"，再加上一种优雅的京剧游戏方式的佐料，自然能够烹调出一道色香味俱全的美味佳肴，不吸引读者才怪！《瘦尽灯花又一宵》中，作家又似乎主要通过"舅姨太太"来展示满族文化与满族礼仪，让读者从另一个侧面来了解满族文化传统。作家对"舅姨太太"的满族文字知识水平的展示，某种意义上就是对逝去历史的激赏。在《不知何事萦怀抱》中，似乎主要是展示我国深厚的古典建筑文化，表现对京城过去的缅怀与留恋。建筑是凝固的立体文化，作者丰富的建筑学知识，令人为之赞叹。《雨也萧萧》故事中穿插了大量的文物鉴定知识（三哥是位文物鉴定专家），读起来颇为有趣。《醒也无聊》中间穿插了大量的古董知识，仿佛百科全书，有很多看点。《醉也无聊》是写老姐夫（五格格的丈夫）通过习练"传统神秘医术"，如"房中术""添油法"，来达到强身健体的目的的故事。《梦也何曾到谢桥》是对宫廷服饰和旗袍文化的展示；《曲罢一声长叹》既传达了"我"的"人间正道是沧桑"的历史观，又展现了丰富的绘画知识，满足了读者的阅读兴趣。可以看出，这部小说对"京剧文化""礼仪文化""饮食文化""满族文化""建筑文化""风水文化""文物鉴定文化""传统神秘医术文化""服饰文化""绘画文化"等文化形态的展示，达到了空前的程度。当然，读者也在这种浸透着文化意蕴的故事中，在人物命运的跌宕起伏中，进一步受到文化知识的浸染与熏陶。

符号学派的创始人卡西尔言："历史学家像物理学家一样生活在物质世界之中，然而在他的研究的一开始他所发现的就不是一个一个物理对象的世界，而是一个符号宇宙——一个由各种符号组成的世界。他首先就必须学会阅读这些符号。一切历史的事实，不管它看上去显得多么简单，都只有藉着对各种符号的这种事先分析才能被规定和理解。"[①]从符号学

---

① 恩斯特·卡西尔：《人论》，甘阳译，上海译文出版社，1985年，第222页。

的角度看，文化是人类的符号思维和符号活动所创造的产品及其意义的总和。可以看出，在《采桑子》的日常叙述中，生活方式也成为一种文化。作家把人物放置在社会的变革中，表现其身上特有的文化形态。金家兄弟姊妹既不能握锄，也不能犁地，而是"衣来伸手，饭来张口"的公子哥与公主们，他们的日常生活形态就是一种超乎简单生存状态的精神追求：金家大格格对"京剧"的痴恋，为京剧而生、为京剧而死；金家少爷们为了戏子"黄四咪"的巧用心计；金家"二格格"对爱情的追求；金家四格格对建筑文化的衷恋；金家三公子鉴定文物的能力；金家老姐夫对养生、金家七公子对绘画的喜好；等等。每一个日常生活中的人物，都与一种有意味的文化形态相关联。换言之，小说中的人物已经成为地地道道的文化符号，他（她）浑身上下都被特定的文化形态所包裹。因此在小说中，人物的故事形态、人物命运的悲欢离合已经退居次要位置，而不吝篇幅、不厌其烦地展示附着在人物身上的文化形态，才是作者的主要任务。作者通过这种符号式人物来展示人物身上承载的一种历史和这种历史本身所赋予的文化。这也印证了小说家王安忆所言："小说不是现实，它是个人的心灵世界，这个世界有着另一种规律、原则、起源和归宿。"[1]某种意义上，《采桑子》也可以看成作家展示其蕴藏已久的可以品味的心灵世界。

当然，这部长篇小说的叙述语言也颇有特色，作家从容舒卷的"京味化"语言，给整个故事增添了亮色，也使得这部小说成为90年代以来较为成功的"京味小说"。何谓"京味小说"？按照邓友梅先生的界定，"除了'用京白写京事'之外，还必须得有点'味儿'，不然怎么叫'京味'呢？"[2]叶广芩的"家族小说"善于书写在北京城里的"旗人上层"的故事，像这部《采桑子》就是讲述宣统退位后没落的皇亲贵胄们的故事。她的小说不仅故事吸引读者，更重要的是她的叙述语言是浸透着典型的京味

---

[1] 王安忆：《心灵世界——王安忆小说讲稿》，复旦大学出版社，1997年，第1页。
[2] 邓友梅：《沉思往事立残阳——读叶广芩京味小说》，见叶广芩《采桑子》，北京十月文艺出版社，1999年，第1页。

文化的语言。她"京味"的叙述不扭捏、不作态，具有一种落落大方和雍容华贵之气。这种语言不是一时半刻能够学会的、能够模仿的，而是沁人心脾的自然流露。如邓友梅先生所言："叙事写人如数家珍，起承转合不温不燥，举手投足流露出闺秀遗风、文化底蕴。内行看门道，这文风这品位，装不出来学不到家，只能是生活磨炼环境熏陶先天素质后天修养多年浸泡酿造而成。"[1]

英国哲学家维特根斯坦认为，"想象一种语言意味着想象一种生活形式"，"'语言游戏'这个术语在这里意在突出下列事实：说语言是一种活动的组成部分，或者是一种生活形式的组成部分"。[2]叶广芩在"家族小说"的叙述中终于找到自身存在的家，这也是她成为中国当代文坛独具风格的一位作家的根本理由。

原载《雪莲》2010年第1期，原题为《论叶广芩家族小说的叙事策略——以长篇小说〈采桑子〉为例》

---

[1] 邓友梅：《沉思往事立残阳——读叶广芩京味小说》，见叶广芩《采桑子》，北京十月文艺出版社，1999年，第3页。
[2] 维特根斯坦：《哲学研究》，范光棣等译，生活·读书·新知三联书店，1992年，第19、23页。

在不断突破中前行

——由《沉重的房子》《农民父亲》看高鸿长篇小说创作

陕西籍青年作家高鸿自1980年开始文学创作,经过长期的文学准备与积淀,到2007年进入"井喷期",先后在上海文艺出版社出版长篇小说《沉重的房子》、在时代文艺出版社出版长篇小说《农民父亲》。这两部长篇小说在创作方式上与陕西多数作家有明显不同:小说先在网络上连载走红,获得很高的人气后落地变成纸质文本。在"唾沫与板砖齐飞,乳房共大腿一色"的浮躁太甚的网络江湖,这两部小说既有迎合读者的叙述策略,更有对自我的坚持,作品真切而鲜活地书写了中国底层小人物的艰难生存状态,呈现出了中国底层社会的原生状态,从而引起读者的强烈共鸣。

本文将着重谈谈对高鸿这两部长篇小说文本的认读,并由此拓展,探讨新的历史条件下如何想象当代乡土世界的问题。

《沉重的房子》:真切而鲜活的"原生态"叙述

《沉重的房子》在网络上发表时名为《房事》,点击率达到2000多万次。作者高鸿将书名定为"房事",一语双关,引起网络读者更多的无意识注意;在文本创作上也迎合读者,如对男欢女爱的叙述、对陕北风俗的大量展示、对人物的安排、结构的处理等；同时小说也讲究网络传播与投放策略。可以说，作者是一位拥有一定网络写作经验的青年作家，具有读者意识与市场意识，他懂得如何充分利用网络资源聚集人气、经营自我。

该书2007年2月正式出版，著名作家陈忠实先生曾写了这样的推荐评语："这是一部与当下生活发展同步的小说，生动真实地描写了陕北乡村现在的生活形态，已引起读者强烈的反响和关注。"我以为，这个判断是准确的。这部小说甚至可以看成记录中国新时期三十年来下层社会人们艰难生存的历史书籍与社会学书籍，也完全可以成为历史学家、社会学家研究中国特定时期社会历史的案头读物。

小说分上下两卷，上部的笔墨相对杂芜，以陕北黄泥村周茂生家几起几落的建房史展开线索，凸显黄泥村人的艰难生存状态；下卷的笔墨相对收缩，以周茂生"进城"到区工艺厂当工人展开情节，主要通过茂生与妻子秀兰艰难的生存境遇来透视城乡社会生活的变化。

打记事起，主人公周茂生一家就栖居在黄泥村的破窑里。为了有一个栖身之所，其兄茂民雪天进山砍橡檩，失足坠崖而亡；好不容易建了三间简易的"厦子房"，却遭人纵火；只能无奈搬回破土窑，破窑有一天突然坍塌，妹妹茂娥被塌死。不幸的茂生一家只能再借居生产队饲养室……由于贫穷，茂生一家人经常遭村人欺负，茂生在反抗中误以为打死人而被迫逃亡。一年多后，茂生回乡复读，却"名落孙山"。这时，农村富裕户的女孩秀兰走进他的生活，死心塌地地爱上了这位"落难公子"。成为未婚妻的秀兰简直把茂生家当成自己的娘家，为之倾注了全部的心血，但建房努力依旧失败，茂生家濒临绝境，这时茂生接到区工艺厂招聘美工的通知，他决定离开这里，进城去实现其理想目标……上卷除了茂生家屡战屡败、"代价沉重"的建房史之外，还掺杂了茂生兄弟茂强，茂生大伯子女茂莲、茂英，以及茂生同村同学凤娥等人的成长故事。这些旁逸斜出的线索与故事，在呈现新时期之初陕北农村复杂生态的同时，大大冲击了小说的主要线索，使得小说上卷臃肿与零乱，呈现一种自然主义的杂芜状态。

该书的下卷主线是周茂生进城后的奋斗史。茂生进城后当了榆城工艺厂实验室的陶艺工人，他靠着个人的勤劳与聪明不断打拼，赢得了工人的尊重，也娶了秀兰。但婚后一直没有房子和孩子成为困扰夫妻二人的最大问题。茂生开始嫌弃秀兰，甚至一度在母亲的逼迫下要休妻。老岳母病逝后，茂生开始忏悔。这使得这对贫贱夫妻又走到一起。为了解开秀兰心病，茂生在医院抱养了陌生人的女孩，可是不久，苦难又一次尾随而来，女孩得了一种罕见的白血病。他们动用一切力量拯救孩子，可还是失败。后来秀兰在无意间怀孕并生下一女孩，从此，孩子成为她唯一的精神寄托、她的命根子。茂生的事业受到新厂长的打击，他决意去山东海滨城市闯荡，后又来到省城，先是在袁玫的旗下发展，后到新的公司创业。他在省城里如鱼得水，事业蒸蒸日上，也拥有了一套属于自己的新房。茂生一家终于偕妻将雏，开着小轿车回到魂牵梦绕的黄泥村给老父亲祝寿了……

下卷的另一条线索是在茂强那里展开的，作者旨在通过他的行为表现陕北农村与农民的生存状态。上过老山前线、把战功让给别人的茂强回到黄泥村后，脾气暴躁，无所事事。先是报复经常欺负他家的村民，被公安局抓走，出来后索性去新疆揽工。挣到钱后他的头脑开始清醒，回村建砖厂并当上了村主任。但是带领村民致富失败，茂强被撸掉村主任一职，到外面做生意去了。他在歌厅偶遇儿时一直暗恋的同村的雪娥，并与其同居。不久，茂强坚决离婚，然后正大光明地领着曾堕落为妓女的雪娥回村。为了给黄泥村带来好运，村民们又一次主动推举性格暴躁但有汉性的茂强当了村主任。茂强再一次领着村民们走在致富的道路上……

小说写得自然、真切，带有自传体风格。从创作立意来看，作家旨在透过主人公对房子的渴望，对基本生存权利的追求，传达出作者对改革开放三十年中国农村真实状况的深重的思考。小说场面庞大，事件繁杂，有一种"史"的风范。但是仔细读来，书中也有如下问题值得商榷：

一是对生活的提炼概括不到位。小说呈现出一种无理性节制的写实主义状态。缺乏对生活应有的提炼。上卷出场的人物有几十个之多：茂生家的有父母、茂民、茂生、茂霞、茂娥、茂强，茂生大伯家的有大妈、茂莲、茂英、茂莲女婿等，黄泥村人物有福来、豆花、白秀、宝栓、红卫、麦娥等，与茂生有关的女孩子有袁玫、凤娥、秀兰等，还有茂生的同学王贵芳、王军等。出场人物太多，平均用力，笔墨不能集中，造成读者在阅读中长时间抓不住重点而一头雾水。下卷笔墨相对收敛，但是仍然处理得不够。在行文上，作者对陕北农村与城市生态事项有闻必录，无法突出主题，类似中国国画中的"散点透视"，无中心人物，无中心焦距，无中心事件。所以结构松散，不够精练是作者文学飞翔中必须克服的障碍。

二是作者的文学积淀还需加强。要走现实主义的创作路子，就必须对古今中外的现实主义经典作品有个基本的文学认读，说近一点，要对新时期以来现实主义作家的文学创作经验进行有效借鉴。小说中主人公茂生、秀兰等，与路遥小说《人生》中人物高加林、刘巧珍等有某些相似之处，这也许是无意间的巧合，但文学创作毕竟要有想象的创造性，文学人物毕竟要有独创性。没有有效规避，就会落入前人创作的窠臼。这部作品仅仅提供了对中国新时期农村的"原生态"书写，而缺少一些文学自觉的刻画与描摹。因此，作者寻求文学创作的新突破，就不能在所谓的"原生态"写作上"作茧自缚"，而是要"破茧而出"。

值得欣慰的是，作者对陕北农村生活非常熟悉，有丰富的农村生活经验，其描摹生活的能力极强，非常善于描绘陕北风情民俗画卷。小说中穿插了大量陕北农村结婚、丧葬、生育、年关习俗、陕北吃食等图景，绘制了一幅陕北民俗风情的长卷，令读者沉浸其中。法国19世纪文学批评家丹纳认为，作品的产生取决于时代精神和周围的风俗。作者对陕北农村生存场域与风俗的书写，虽有迎合外部读者（尤其是大都市与东南沿海）的"异质"新鲜感，但也充分传达了作者对陕北的熟悉喜爱之情。我想，拥有这样一份痴情的作者，一定会寻找到自己创作的突破口的。

《农民父亲》：机智而灵活的乡村叙事

《农民父亲》是2008年5月份由时代文艺出版社着力推出的长篇小说。这部小说也是在网上走红后落地的，一些读者认为该书是"继《平凡的世界》和《白鹿原》以后，陕西又一部全景式展示农村生活的厚重之作"。认真阅读该书后，我察觉作者已着手纠正《沉重的房子》中出现的问题，思考的深度与广度以及写作技巧都成熟了许多。可以说，作者在农村题材的书写中逐渐找到了自己有效表达的园地。

这部小说的主线是写农民父亲一生与四个女人的情感纠葛，展现了中国当代农民的艰难生存状态。小说还设计了几条副线来拓展反映社会的广度：小叔的人生命运，生产队长薛大毛的生存命运，王木匠女人喜爱的命运，老鳏夫老赵叔的命运。甚至旁逸斜出，专门宕开一笔写姐姐的人生、继母前夫一家的情况、薛大毛之女花茸对"我"的帮助与爱情、逃荒时留守在山东海岛上的大姑一家、后来考学进入济南城工作的小姑一家等等。某种意义上，正是由于这群鲜活的、呼之欲出的乡村人物图谱的存在，父亲的主线才真实可信，中国乡村生态的丰富性与复杂性才表现得淋漓尽致。

小说有这样几方面的突出特点：一是通过真切、鲜活的乡村叙事还原中国当代农村的基本生态。对于中国农民来说，生存是第一要义。小说不等于历史，小说是人类的文学想象。此小说的落笔点在于通过父亲这位"一辈子经历过四位女人"的乡村农民的人生经历，来透视中国社会中最底层的农民阶层艰难的生存历程。应该说从立意与表现的角度来看，作者的目的已经达到。父亲的生存苦难突出地表现在他与四个女人的生活过程中。年轻时，他心爱的大翠活活饿死在自己的怀里；中年时，他无力关爱救过他一家人性命的宋桂花，连含辛茹苦生儿育女的妻子的病也无力治疗；晚年时，他续弦的儿子身体出了问题，高额的医疗费让他腆着老脸到处借钱，甚至卖牛、揽工、进山挖药材，最终命丧山崖。父亲的人生悲剧，是当代社会农民的悲剧。农民阶层在城乡二元社会制度设计上就处于劣势：农产品贱卖，没有工资，没有福利，没有医疗保险，一场大病就可能让他们一贫如洗，一场灾难就可能让其倾家荡产。小说中的父亲、梁家河村民薛大毛、喜爱、老赵、宋桂花、小叔、姐姐、继母一家等，概莫能外。小人物的人生世态，映照当代农民为了改善基本的生存条件而苦苦挣扎的艰难历程，从而在一定意义上强调了中国社会现代化进程的艰巨性与复杂性。

二是作品在人物塑造上充满了对当代农民的深深敬意。五四新文化运动时期，中国农民是作家"化大众"的启蒙对象，是愚昧与落后的代表，如阿Q、祥林嫂、闰土等；在左翼创作中，中国农民又变成表现尖锐阶级对立的符号，如柔石《为奴隶的母亲》中的"母亲"；到了解放区时期，中国农民成为"翻身"符号，如赵树理笔下的小二黑、小芹。新中国成立后，中国农民一度成为新生活、新制度的捍卫者，如梁生宝、高大泉。新时期，关注农民生态的传统在陕西作家中得到很好的继承，路遥、陈忠实、贾平凹、邹志安、京夫、杨争光等著名作家一直关注中国农民的基本生存状态。高鸿的《农民父亲》延续这一传统，对以父亲为代表的"老一代农民"的生存与奋斗报以真切的同情与思考。

三是与《沉重的房子》相比，在人物塑造与结构的安排上小说更趋合理。首先，人物塑造上不再一味地坚持"原生态"的自然化写作，而是注意到运用"典型化"方式使人物形象更符合社会历史的审美特点。小说中的父亲是位敢爱敢恨、任劳任怨、富有强烈责任感的老一代农民，也是中国当代社会艰难求生存的农民典型。其次，小说在结构上虽然仍有《沉重的房子》"散点透视"式的多头并进的痕迹，不时横生一些枝节，但总体上是围绕一个主线来展开，笔墨相对集中，确保了小说对核心人物父亲的塑造。

《农民父亲》也存在一些不足之处有待作者在以后的创作中加以改进。第一，作者对中国当代农民生存艰难性的思考仍处于一种自发性的平面上，而未达到理性的自觉。小说呈现的中国当代农民生态的丰富性与复杂性，是基于作者深厚的农村生活体验的基础上建立的想象，而非长期理性思考后的结果。因此，我以为作者今后的突破口便是在拥有丰富而独特的乡村体验的基础上，对中国乡村社会的想象与书写上升到理性自觉。唯有如此，才能处理好"局部真实"与"本质真实"、"局部典型"与"整体典型"等方面的关系；唯有如此，才能从容不迫，做到游刃有余地驾驭材料，成为中国乡村叙事的高手。

第二，结构在为表现主题服务上用功很大，但仍显松散，存在旁逸斜出的情况，如对父亲逃荒时偶遇救命恩人宋桂花往事的回叙，对薛大毛、喜爱往事的回叙，对姐夫马飞往事的回叙，对黑子妻往事的回叙，等等。我以为对这些枝条的处理，要么是有机地融入整体叙述中，要么是大胆删刈，使其达到反映生活本真的最佳效果。

"原生态"写作是当下许多青年作家所存在的共同问题。进行艺术创造，即概括、提炼到艺术真实，使文学文本成为一个真正的艺术品，这也是包括高鸿在内的许多本土作家们需要认真解决的问题。我始终相信，拥有深厚农村生活体验和敏锐艺术感觉的高鸿，在摆脱"原生态"写作后，能在艺术的天空越飞越高！

如何想象中国当代乡土世界

关于文学创作对农民的关注问题，我曾写过一篇《关注当下农民生态，就是关注和谐社会建设》（刊于《延河》2006年第10期）的批评文章进行了系统论述，这里不再展开论述。对于陕西这样一个尤以"农裔城籍"（著名批评家李星先生语）作家为主的文学大省，这样一个善写乡土世界的文学大省，在老一辈作家逐渐退隐山林之后，年轻一代如何想象当代乡土世界，应该是一个值得认真思考的问题。

第一，要以对历史负责任的承担精神来建构乡土世界，不凭一己经验与好恶来随意编排。尤其要在历史理性的指导下建构乡土世界，表现中国社会现代化进程的丰富性与复杂性，真正对得起陕西这块厚重的黄土地。切忌一味地热爱乡土或是一味地摒弃乡土的两极单向思维状态，在理性与真切叙事间找到平衡点。

第二，在创作方法上不拘一格，以他法为我法，一切为我所用，灵活多变。就目前读到的一些年轻作者的乡土小说而言，技法上相对单调，手法不够新颖，影响表达效果。我以为在创作手法上不能一味地模仿西方的现代主义手法，而是坚持"中学为体、西学为用"的方针。西方的现代主义文学兴盛是因其有着深厚的现代主义文化土壤，中国作家的简单模仿只能是"东施效颦"。我们的文学创作，要建立"中国气派""中国作风"与"中国式想象"的世界，千万不可为现代主义所累、所困。在这个强调中华文明主体性的时代，寻找属于中国人、陕西文学人自己的句子尤为重要。中国的文学创作就是寻求汉语想象的无限可能性，就是寻找表达中国人情感与思考的丰富的文学形式。

第三，要加强乡村文学阅读储备与积累。文学创作既是个体生命的创造，也是对前人创造的超越。陕西的青年作家书写农村题材，倘若一上手不了解柳青、王汶石、路遥、陈忠实、贾平凹、京夫、邹志安、杨争光、王蓬等陕西作家的农村题材小说创作特点，而一味地埋头苦写，那是十分遗憾的。要超越，就要借鉴，就要学习，扬己之长，克己之短，这样才能走向成功！

当然，陕西青年一代作家需要突破的东西还很多，这里不再赘言。一言以蔽之，愿高鸿与以乡土世界为创作对象的青年作家朋友们埋下头来，沉下心来，用心创作出更多无愧于陕西这块文学厚土的精品力作。

原载《当代文坛》2010年第1期

文学高地的执着追求与坚守

——银笙散文创作浅论

新时期以来,陕北活跃着一批以鲜明的地域文化特色为基本创作元素的散文作家,著名作家银笙先生就是其中的一位。银笙先生成名很早,早在1964年,他还是一名师范学生的时候,就在当时的《人民文学》上发表散文《南泥湾来客》。由此他的信心倍受鼓舞,即便是毕业后进入延安报社当了一名记者,在繁忙的采访与编辑工作的间歇,文学创作仍然是其自觉的人生追求。在长期新闻与文学的"两栖性"写作生活中,他孜孜不倦地讴歌陕北这块土地上所生成的革命文化,抒写对陕北风情的礼赞,先后在全国几十家报刊发表散文、小说近千篇,公开出版《延安胜可游》《山原的秋魂》《我心最辽远》《彼岸圣诞》《安塞履踪》《银笙散文选》等十多部散文著作。他的散文作品还多次获奖,并入选全国多种文学选本,其中《枣园紫丁香》《画山绣水》《延安武鼓》《老红军的性格》等作品还入选上世纪七八十年代的中学语文课本。所有这些成绩,奠定了他"不愧是塑造陕北的散文家"[①]的地位。

[①] 李若冰:《钟情陕北——读师银笙的散文》,见《满目绿树红花》,中国华侨出版社,1996年,第32页。

一

正如湘西之于沈从文，商州之于贾平凹，南方之于苏童，每个作家都有一片属于自己的土地。作家的创作是一种生命体验和艺术构建，而这种体验的形成通常与一片独具文化特色的土地有着密切联系。陕北对于银笙来说，正是这样的一方土地，它给予了他感悟生活的灵气和艺术创作的才情。银笙以他的生花妙笔和一腔赤子情怀，为我们展现了一幅幅独具美感的陕北风景。

银笙从小就生活在有着独特地貌和丰富历史形态的陕北，包括青少年时代生活的本乡本土、成年后长期工作的区域。他已经自觉不自觉地将自己所受的特定地域文化的熏染潜存心中，所以在创作中，他的主体意识很自然地就落脚于陕北地域文化的根基上。曹丕在《典论·论文》中曾说"徐干时有齐气"。"齐气"概括的是一种地域文化特色或地域文化风格，李善注解说："言齐俗文体舒缓，而徐干亦有斯累。"[1]这说的就是地域环境对一个作家创作风格、创作心理的影响。幼年丧母的银笙是个苦孩子，在变化无常的生活的磨炼中，在人生反反复复的失去与得到中，他对陕北这片生养之地，怀着一颗真切的感恩之心，在其前期的散文创作中，这种炽热的情感像一条红线贯穿其中，引导着他几十年如一日地笔耕不止。他笔下的自然风物、乡俗民情、历史遗迹、文化传统，无不翻涌着他绵长悠远的乡情、乡思、乡恋。

银笙的前期散文在内容上主要集中在这样几个方面：

第一，对延安革命历史的颂扬。延安是同"革命"一起被书写在历史中的，它是革命的圣地，因为毛泽东、周恩来等党中央的伟大领导人都曾经在这里生活、学习、领导革命。不论是老一辈还是年轻一代的延安人，无一例外有着一种与生俱来的骄傲。他们为这一段最终促成中国人彻底找

---

[1] 萧统：《文选》下册，李善注，中华书局，1981年，第108页。

回尊严、彻底得到独立的革命历史而自豪，也为众多开国元勋曾经在这里留下了不可磨灭的足迹而自豪，他们为陕北、延安的革命历史具有的不可复制性而自豪。

在银笙的早期创作中，最具特色、占据最大篇幅的，都是歌颂和赞扬延安革命历史之作。通读这些文章，我们可以看出表现的侧重点是有所不同的，体现在这么两方面：一是直接歌颂延安和陕北的革命历史，以歌颂第一代领导人毛泽东、周恩来、朱德等为主。《窑洞礼赞》中饱含深情地写道："'延安的窑洞是革命的，延安的窑洞里有马列主义。'老一代共产党人就是遵循着马列主义，同心同德地艰苦奋斗，才夺得了革命的胜利。今天，在四化的征途上，不更需要这种精神么？"《昨天的怀念》中这样描述毛泽东主席："杨家岭的窑洞啊，该永远记得，那位扭转乾坤的一代伟人毛泽东，擦去嘴上沾的小米粒，穿着那件补丁衣，扛着镢头跨过小溪，去那块菜地里劳动。一边是指引着中国革命的航程，一边是极普通极普通的八路军一兵。"他对周恩来自然也是念念不忘："枣园的老梨树啊该记得，深夜的油灯下，周总理还在学习纺线。终于，他成了甲等纺线模范，纺出了大生产运动的热潮。"对领导这场轰轰烈烈的中国革命的领导人，银笙心中充满了崇敬与热爱，他的这类散文中往往以表现陕北地域风貌起头，然后引出这些地方曾是领导人生活、学习、革命的地方，从而在赞扬领导人的同时，也为我们勾勒了一幅颇具陕北地域特色的风景画、人文图。如《延安胜可游》中，他写到延安的风景名胜清凉山，不仅赞扬了清凉山是无产阶级新闻事业的发祥地，而且还精心描绘了清凉山上的各处景点，尤其是对万佛洞佛像的刻画，可以说是惟妙惟肖；此外，他对延安的名字由来，对延安的人文地貌都做了详细的介绍，对延安的标志宝塔山更是从地理、风景、人文、历史几方面都做了描述。在从古到今的回忆与现实比照中，他不仅勾画出了延安的风景人像图，也赞扬了延安时期革命领导人的卓越功绩。二是歌颂曾为延安的革命历史做出或大或小、或多或少贡献的人和物。这些人一般不是领导人，而是平凡的战士、普通的老百姓；这些物也是陕北极其平常的事物。如《枣园紫丁香》讲述了一位跟毛主席干革命的老大娘雷秀英，在革命年代和主席一起出生入死，为革命事业牺牲了自己的亲人，现在又和自己的孙女一起义务看护毛泽东在枣园种下的丁香树的故事。文章所讲述的普通女性虽然不像领导人一样功绩卓越，但革命离不开她们，是她们默默无闻的奉献促成了革命的最终胜利，她们像涓涓细流汇成了革命历史的长河，所以在银笙笔下她们是具有永恒生命力的人。另一篇很有意思之作《南瓜》，初看题目以为文章会侧重于介绍南瓜的生长、习性、食用功效等，但银笙颇有新意地这样包装了南瓜："平平凡凡的南瓜呵，在领袖的餐桌上，抵得上山珍海味，在革命的食谱上，胜过了鱿鱼海参……应该入诗，应该入画，革命的英烈谱应大书南瓜两个字。"这就是他的独到见解，从平凡中发现不平凡之处，从另一个侧面塑造了这种平淡无奇的蔬菜的作用，它是为革命作出贡献的蔬菜，人们是会谨记在心的。

第二，对陕北特色风情民俗的展示。贾平凹曾言："不同的地理环境制约着各自的民情民俗，民俗民情的不同则保持了各地的文学的差异，我在商州每到一地，一是翻县志，二是看戏曲演出，三是收集民间的歌谣和传说故事，四是寻吃当地小吃，五是找机会参加一些红白喜事经历，这一切都渗透着当地的文化啊！在一部作品里描绘这一切，并不是一种装饰，一种人为的附加，一种卖弄，它应是直接表现主题的，是渗透、流动于一切事件、一切人物之中的。"[①]生于陕北、长于陕北的银笙，自然和所有热爱并想表现自己生活的乡土作家一样，也以理性的光芒去烛照乡土大地。他的散文也竭尽所能地向外人展示陕北特有的风情民俗以及厚重的历史文化。收入季羡林主编的《百年美文》中的《塬上好风景》，就是展示陕北独特地貌"塬"上风光的佳作，"站在塬上，极目远望，无遮无拦。若是夏天的傍晚，一天的火烧云变来变去，你看得是那么清，那么细。塬似乎离天近了许多，一天的云锦和五彩的塬连成一体，你分不清哪

---

① 贾平凹：《坐佛》，太白文艺出版社，1994年，第43页。

儿是天,哪儿是地……";《山里在呼唤》描写陕北古老的黄土山,"山上收割的庄稼全归拢到小场上,由那汉子挥动着连枷啪哒啪哒地拍打着。这家的婆姨端起簸箕,趁着四周刮来的风,扬弃了秕糠,把半袋颗子艰难地背回山窝窝里的窑洞……"读到此,我眼前清楚地浮现出一幅幅陕北独特的地形地貌图景与百姓劳动的生动场面。再看《沟里不寂寞》中营造了陕北黄土高原地貌导致与世隔绝,缺少现代气息的生活氛围,继而又写"沟里缺少现代气息,但并非不存在现代"。陕北的沟里储藏着丰富的石油资源,文章描绘了山沟里发现石油之后,山里人的生活从闭塞到开放,从寂寞到喧嚣的转变,点燃了作者对陕北生活的新希望,也让世人看到了陕北生活的美好未来。类似的还有《我拥有一个春》,也写了由于石油的开采,陕北人民的生活迎来了历史的春天。关于陕北自然风景、物产等等,银笙也写下了很多脍炙人口的篇章,像《香甜的陕北》介绍了陕北名扬世界的洛川苹果;《南泥湾来客》对南泥湾的美景做了描绘;《山原的秋魂》对陕北秋天风光的展现;《剪影》中对延安剪纸的介绍;《盐池》中对塞上盐池的描写;《千狮桥》对绥德千狮桥的感悟;等等。可以这样说,陕北土地上的每一件事物、每一丝变化作者都如数家珍。文章中浓郁的地域风情告诉读者,陕北,除了革命、窑洞、宝塔山、杨家岭之外,流淌的延河水还滋润着这里蓬勃生长的一草一木,一山一川,它们依然是陕北儿女为之骄傲的,也是让世人所神往的。在这一草一木后面,作者向世人展示了陕北人的生存方式和生存状态,他的文章中具有一种原汁原味的乡土味。

第三,对人间美好情感的抒写。正如刘勰言:"人禀七情,应物斯感,感物吟志,莫非自然""物色之动,心亦摇焉"。美好的情感是文学创作的动力源泉,银笙是位有心人,他非常珍惜人间的常态情感。收入《名家亲情散文精选》中的《人生有棵银杏树》,就是对人间最为细腻的美好情感的品味,作者通过日常生活场景中妻子的一次突然流泪,反省自我人生。可以看出,作者的情感是丰富而细腻的,是怀着一颗真挚的心善待人生的。这类散文在他的前期创作中比比皆是：《虎头夜月》是以夜月为勾连，表达自己对母亲、恩师的怀念；《应该去看她》用灵动的文笔描绘是否去看新寡的少年时期伙伴的矛盾心理，传达出珍藏了几十年的难以说清的美好情感；《我爱唱歌》是写一次偶然的机会激发了作者的歌唱潜质，从而传达自信的人生态度。可以说，银笙总能在平淡无奇的日常生活中捕捉到人间美好的情感，并形之于文。这种诗性情感来自他独特的审美感受能力，这也正是银笙散文文思敏捷、精巧灵动的真正原因。

二

银笙的散文是陕北人写陕北的散文，写陕北人所关心的事情，写陕北老百姓的心里话。他的身上流淌着陕北人的血，他的散文里也流淌着这样的血液，他以富有哲理性的笔触，描绘了陕北自然风光、民俗风情和独有的革命历史积淀。作品中鲜明的地域指向，像是一首首回环往复的乡土恋歌。他的前期散文在写作上呈现这样几个特点：

第一，情感的节制性。世间唯有情难诉，文人笔下必诉情；唯其难诉更须诉，诉到深处见真情。故乡的山水自然是银笙寄寓乡情的载体，故乡的草木必然是他魂牵梦萦的根须。乡情、乡风、乡景，都沉积在他的心底笔端，然而并没有喷薄而出，银笙选择了另一种方式，舒缓地、源源不断地释放自己的这种情绪。银笙的早期散文情感都很醇厚，而且节制，没有史小溪那种涌动的激情，也不像刘成章那样想象奇伟、激扬飞动，他有的是情感的内敛和含蓄。银笙的散文看上去很静，即使写人，也不觉得吵闹，他的散文世界很安静，正如他在《延水关赋》中写的："延水关，历史的活化石。是时光老人遗失在晋陕峡谷旁的碎片。这里有的是沉默和幽静。愿那些寻静者到此一游吧。不必懊丧，幽静并不乏味。"又如《沟里不寂寞》中写陕北大地上因为发现石油，所以寂寞的山沟不再寂寞了。文章没有直接描写第一次采油的情景，也没有描写任何采油人、老百姓的激动心情和行为，整篇文章用含蓄而深沉的笔调描写山沟里的寂静。文章最后，一位七十多岁的豁牙老头嘶哑着嗓子喊了一句"快哟，井喷了"，一下子打破了山沟的宁静。这种节制的情感在文章的最后爆发出来了，但依然很含蓄。这样的情感抒发方式让人印象深刻，比起满篇激情地描绘开采石油的场面，这样的结尾是出其不意的。银笙的散文看起来很干净，字里行间的情感很舒缓，没有大开大合、潮涨潮落的起伏，像夏日里品一杯淡淡的香茗，没有满屋飘香，但品味的人却久久回味其中。

第二，质朴的写实手法。银笙的散文中充满了朴实的生活气息，高原的粗犷、开阔，百姓的勤劳、淳朴，种种特质皆如实地表现出来了，正如陕北人的气质一样朴实、真诚。他的文章无论写景状物还是论议论抒情，都很亲切、实在，没有那么多华而不实的修饰，有的都是老百姓平常生活中的大实话。如他的成名作《南泥湾来客》中，塑造了两个从云南慕名来到南泥湾并为南泥湾的建设捐出自己两年津贴的战士。文章通篇没有任何华丽和出彩的语句、词汇，全部用的是朴实的大白话，采用生活性的用语，让人仿佛身临其境，随两名战士一同完成了神圣的南泥湾之旅。在他的文章中，一般没有生僻的词语，也没有瑰丽奇伟的想象，基本上是原原本本按生活的真实本色来结构文章，情感和用笔都非常质朴，却让人读后触碰到一幅幅生活的画面。作者在写作中尽量不用自己的情绪影响创作，这是难能可贵的。还原生活平实的本色，不去过多地添加五花八门的想象元素，平实地叙述着生活，透过平实，世人真正领会到陕北人的精神追求。透过文字的表象，在深层次的情绪里，思索陕北、陕北人生活的哲理，这是一种高妙的方式。

寸有所长，尺有所短。因为长期在新闻与文学的"两栖"状态中生活，银笙早期的散文也不可避免地濡染了时代的文风，譬如一些散文的情思沉淀不够，有浮光掠影之嫌；一些散文善扮"杨朔模式"，往往充当时代的"合唱者"。当然,这种现象在与银笙同龄的作家身上也不同程度地存在着。

三

作为一名老作家,银笙凭自己对散文创作的一腔热情,不断总结、摸索,其散文创作老而善变,就近年来出版的散文集和散见于报刊的散文而言,明显拓展了思维空间与文化包容量,真可谓老树又绽新枝。概括起来,有这样几方面的显著特点:

第一,思维空间的超越与突破。阅读银笙近期的散文,感受最为明显的就是作者思维空间的拓展。艺术之根只有深植于一方土壤才能获得永恒的生命力,根不深则叶难茂。银笙扎根于陕北土地,但不局限于此,面对自己早期的创作思维相对固定的现状,他不断总结出新,表现出了对原有思维的超越和突破。

他后期的散文不再是一味地歌颂革命领导人、歌颂为革命作出贡献的抗日军民,也不再是一味歌颂有着革命纪念意义的宝塔山、枣园故居、清凉山,他打破了90年代之前创作题材相对单一,且基本以陕北革命历史和陕北鲜为人知的地方事物为描写对象的特点,开始为"旧瓶"装"新酒"了。像"土窑洞""信天游"等,是陕北作家们乐于表现,也常常出现在文中的,非当地人多少也有耳闻。近年来,银笙笔锋一转,开始更加深入地挖掘和探寻陕北这片古老的土地上世人所不熟知的文化遗存,极尽所能地展现和介绍陕北的诸多人文景观和古老习俗,这些都是陕北文化的精髓,也是悠久的陕北文明的起源。2004年出版的《安塞履踪》,就为读者提供了一个展现安塞文化的新平台,安塞作为陕北文化的代表性地域,在文学上很少得到这样全方位、多角度的表现。然而这本散文集中,作者带领我们穿越安塞文化历史,阅尽安塞风土人情,真正体味出什么叫"人杰地灵","安塞腰鼓""安塞剪纸""安塞的石油""安塞的古代文明"

等等在这本书中展现无余。他不遗余力地探寻陕北历史文化中世人所陌生的历史片段、历史事件、历史人物，这对陕北历史文化的传播，让更多的人了解陕北是一种有效的途径，这样的创作选择是值得每个陕北作家所思考的。

除了对陕北古代文化、民间文化的深层次探寻之外，银笙又出其不意地再次对现有创作题材进行了突破。2008年银笙的新作《彼岸圣诞》出版，这本书以游记的形式，图文并茂地展示了彼岸世界的地理风貌、世故人情。银笙的一生是丰富的，他不仅走遍了陕北的山川沟壑，还游历了遥远的异域他乡，远足带给他的不仅仅是开阔的见识，更是一种人生的智慧。银笙这次将他的彼岸游历全部整理成文，实在是很有价值的举措。这本书也完全打破了以往对陕北革命、陕北历史的抒情题材，超越了陕北人写陕北的视阈，不再是旧调重弹，足见作者在文化视野上的扩展，尤其是那些异国风情和文化习俗，无疑开辟了银笙关于异域散文创作的一种新思维。正如余秋雨所说："通过身体的不断移位，来换得人对世界的陌生和惊讶，在世界的转捩上，实地采访这些文明旧址，能加深我们对新世纪整个世界文化的认识。"[1]《彼岸圣诞》全书共分为：捡拾欧洲的碎片、密执安湖畔的月亮、寄情伊洛瓦底江、马尼拉的清晨、览胜录幽宝岛行五个部分，作者充满趣味地将游历之处娓娓道来，趣味和哲理并存，和早期的散文题材和风格都迥然不同。另外散见于新近一些杂志中的散文作品也表现出银笙近年来创作思维的新变，《宁静是一种缘》中，作者将自己的人生感悟总结成了一句很有哲理的话："宁静是一种向往，宁静也是一种体验……"如果智慧可以拯救人的灵魂，可以让人的灵魂像鸟一样自由自在地飞翔，那么此时的银笙已经拥有了这种智慧，他的智慧来自他对生活的感悟，他的艺术世界因为有了这种感悟变得丰富多彩。在《让草认识自己》中，他将笔触转到世间最为普通的事物之上，通过对草的生

---

[1] 江迅：《宏大的文化"工程"——余秋雨"千禧之旅"》，载《文学报》1999年9月23日。

长、种类的描写，重新认识草的价值，喻示了普通的事物具有不普通的价值。我们可以看到，银笙这样一些对人生、事物的感悟之作，文风较前期更加老辣了，更加深刻了，读后发人深省的内容更加多了，思辨性更强了，从早期的单一写景抒情逐步转变为"融合情趣、智慧和学问的文章"了。

第二，陕北历史景深中的深层次文化探寻。文化是一种源远流长的蕴积，俗话云："振叶以寻根，观澜而索源。"要真正了解一个地方的文化，更需要对这个地方整个社会历史景深进行考察和研究。银笙潜心研究陕北历史文化，不断丰富自己的创作素养，寻求自我对文化客体的投入，作品的文化包容量、信息量都明显增加。他托身于历史，抒发情感，其精神意绪在历史村落、地域特色、文人墨客中流转。故而，近年来他的一些散文创作呈现出地域文化散文的特色，地域特色随历史遗迹与景点而移动，他的散文不再是陕北革命历史的代言篇，而是深入陕北更加广大的地域，挖掘陕北历史景深中更为纵深的历史真相。他将强烈的文化意识注入作品，借人情世事，山水风情，融会历史与现实，人与自然，抒写自己对古老文化及其内涵的理解和领悟，揭示丰富博大而令人寻绎不倦的人生真谛。他的《感受陕北》就是很好的例证。这篇散文以陕北风情与历史为切入点，洋洋洒洒，大气磅礴，充分展现了陕北丰富而神奇的文化景致。此文在《中国作家》杂志发表后，很快被选入《散文选刊》与《思想者说——当代散文随笔名家名篇》中。《一步岩上费思量》是通过对南宋时期抗金英雄陕北籍将领韩世忠的故居的寻访，展开讲述了陕北文化之于韩世忠的养育，讲述了韩世忠由一名"泼皮"向英雄转变的历史状态，令人心服口服。《风沙掩埋不住白城子》同样也是以对陕北著名历史遗迹白城子的寻访来展开情思，讲述一代枭雄赫连勃勃的人生，旨在展现陕北高原历史的神奇性一面。这两篇散文一经发表，就很快入选《散文选刊》和当年的"最佳散文年选"中，这也从另一个角度证明银笙的探索是成功的。还有《我拽住了远古的尾巴》《丹州闪过历史的星空》《那个秋天依旧亲近》等，均是对陕北一方地域历史的咏怀，在发表后都得到了很高的社会评价。

讲述历史的基本前提是熟悉历史，是在对历史的缅怀中找寻到自己情思的喷发点。通过对银笙散文的阅读，会发现他这些年把很大一部分精力花在对陕北历史的研究上。如读《古战场》一文可以看到，作者为了叙写安塞古老悠久的历史，查阅了《安塞县志》新编本和民国本，还有《周易》《元和郡县志》《西夏简史》等史书，文章历数春秋、始皇到宋元明时期安塞的历史，还原安塞古战场的真实面貌，塑造了安塞从古到今的演变与发展，文章写得真实可感，让读者如身临其境。《塞门寨》中采用多方位、多场景的叙述方式，以传记体的形式，开挖了宋代的一段历史河床，还原了一团团历史烟云。《龙安》中，从龙安古城的残垣追溯到一段李元昊领导的战争，揭示了龙安城附近沐浴、东营、西营、皇后、石庵等地名的由来。《寂寞高川村》一文，通过引用史书《明季北略》和采访今人（高川村长辈）相结合的方式，讲述了明末农民起义领袖高迎祥的事迹和高川村的历史往事。文化散文是文化人以文化的眼光和心态写文化的人、事、景、物，注重文化审美、文化发现、文化创造、文化批判和文化建设，着眼于民族灵魂的深处，旨在修筑民族心灵的"长城"。近年来银笙的许多创作无不表现出一种浓烈的文化气息，较之前期的散文在抒情叙事手法上有了很大的改观，不再运用"杨朔式"的写景叙事抒情模式，而是追寻着自然的遗迹，走进历史的现场，不仅赋予所写的历史空间以当代意识，而且倾注了一种历史意识。

可以看出，银笙刻苦钻研陕北历史、中国历史，为创作提供了强有力的理论支撑。访古、探古，成为银笙近期陕北散文创作的线索，从陕北历史文化遗存中，寻找陕北历史中的地域、哲学、伦理、宗教等多种文化遗存，为读者提供了一种自然空间所无法承载的陕北人文的历史空间，这样的突破确实值得深思。

银笙是这样一个执着于自己文学初衷的耕耘者，在俗文化充斥文坛的今日，他仍怀抱对文学创作的一腔热情，他仍在文学的园地里耕耘，不断变法，不断拓宽创作领域，这实在是文学创作者所具备的一种难能可贵的品质。

原载《延安大学学报》2011年第1期

（本文系与葛琦合作）

在历史现场看《平凡的世界》创作

我国已故著名作家路遥一直是新时期作家研究的热点。就其代表作《平凡的世界》研究而言，学术界已经发表了大量论文，并取得很大的成就。但是，我仍感到有些缺憾，总觉得许多论文存在"就事论事"现象。事实上，要研究《平凡的世界》，必须结合20世纪80年代中国特定的文坛环境才能说清楚。

一

路遥是我国新时期之初开始登上全国文坛的作家。新时期之初，当许多作家还沉浸在"伤痕文学"和"反思文学"之时，路遥却把目光投向变革中的现实生活，关注社会底层小人物的情感。中篇小说《在困难的日子里》，精心刻画自尊、自强的少年马建强形象，并着力歌颂在困难的日子里人们的美好心灵；中篇小说《黄叶在秋风中飘落》，不仅关注普通人的家庭伦理道德生活，更着力赞美宽厚与包容的人性美德；中篇小说《你怎么也想不到》，则是通过男女主人公的限知视角"我"的叙述，塑造了献身家乡的女大学生的美好形象。中篇小说《人生》更是先后用三年时间进行了三易其稿式的创作，发表在《收获》杂志1982年第3期。这篇小说是路遥找准创作发力点后对自身的一次成功超越，也是深入思考中国广大农村有志有为青年出路问题的力作。它在表现生活的深度和人物形象的复杂性上,超越了同时期作家的思考,自然也引起了强烈的社会反响。《人生》发表后,获得了巨大的成功。老评论家冯牧说:"现在青年作者,学柳青的不少,但真正学到一些东西的,还是路遥。"[1]这部小说也在1983年荣获全国第二届优秀中篇小说奖。这次获奖,也真正确立了路遥在新时期中国文坛的地位。

现实主义小说《人生》的巨大成功,给路遥带来荣耀,但他从成功的幸福中断然抽身,开始潜心创作长篇小说《平凡的世界》,进行更加艰苦的文学远征。19世纪法国美学家丹纳曾提出文学创作的"三要素论",并认为:"作品的产生取决于时代精神和周围的风俗。"[2]80年代初,正是中国改革与发展的"黄金时期",许多人都有自己美好的人生梦想。路遥决定仍用现实主义的创作方法,以孙少平、孙少安兄弟等人的奋斗串联起中国社会1975年初到1985年十年间中国城乡社会的巨大历史性变迁,讴歌普通劳动者的情感、奋斗与梦想。路遥最早给这部长篇小说取名为《走向大世界》,他决心要把这一礼物献给"生活过的土地和岁月"。他设定了这部小说的基本框架是"三部六卷一百万字",他最初还分别给这三部曲取名为《黄土》《黑金》《大城市》。

路遥为何要把这部长篇小说设计在"1975年到1985年十年间中国城乡广泛的社会生活"中呢?他后来在《早晨从中午开始》中这样回答:"这十年是中国社会的大转型时期,其间充满了密集的重大的历史事件;而这些事件又环环相扣,互为因果,这部企图用某种程度的编年史方式结构的作品不可能回避它们。我的基本想法是,要用历史和艺术的眼光观察在这种社会大背景(或者说条件)下人的生存与生活状态。作品中将要表露的对某些特定历史背景下政治事件的态度,看似作者的态度,其实基本应该是那个历史条件下人物的态度,作者应该站在历史的高度上,真正体现巴

---

[1] 王维玲:《岁月传真——我和当代作家》,首都师范大学出版社,2009年,第389页。
[2] 丹纳:《艺术哲学》,傅雷译,人民文学出版社,1963年,第32页。

尔扎克所说的'书记官'的职能。"[1]路遥是在这个"大转型期"由中国最底层农村一步步奋斗到城市的作家,他在不断奋斗的过程中充分领略了这"大转型期"的主题与诗意,深刻感受到它所赋予的史诗性的品格。也就是说,路遥熟悉这个时代的品性与气质,他有信心驾驭这个题材,用手中的笔绘制理想的史诗性画卷。

这部三部六卷百万字的长篇巨著先后花费路遥六年左右的时间。其中,仅扎实而认真的准备工作就断断续续地持续了三年。他潜心阅读了一百多部长篇小说,分析作品结构,玩味作家的匠心,确立自己的小说大纲;他阅读了大量政治、经济、历史、宗教、文化以及农业、工业、科技、商业等方面的书籍;他甚至还翻阅过这十年之间的《人民日报》《参考消息》《陕西日报》《延安报》。现实主义作品的创作方式要求路遥一丝不苟,全方位地占有资料,熟悉所书写时代的特征与气质。他也多次重返陕北故乡,进行生活的"重新到位",加深对农村、城镇变革的感性体验。应该说,路遥在动笔创作这部"宏大叙事"的作品前就做足了功课,他也有能力完成这部现实主义风格的作品。

这部长卷体长篇小说的正式创作时间也是三年。1985年秋到1986年初夏,创作完成第一部;1986年夏到1987年夏,创作完成第二部;1987年秋到1988年初夏,创作完成第三部。期间,每部书的创作均是两稿,手写一遍,再誊改一遍。

然而,这部小说命运与他之前采取同样方式创作的小说《人生》的命运却截然相反。《人生》在1982年发表后,一时间"洛阳纸贵",评论界更是给予高度评价,认为这部13万字的中篇小说给中国文学画廊塑造了一个叫"高加林"的典型人物。可过了短短的三四年,《平凡的世界》第一部的发表过程就"一波三折",非常艰难,更不要说被评论界认可了。

1986年初夏,路遥的《平凡的世界》第一部接连遭到两家出版单位的

---

[1] 路遥:《早晨从中午开始》,见《路遥文集》第2卷,陕西人民出版社,1993年,第20页。

退稿，最后才勉强在《花城》杂志1986年第6期刊发。与此同时，组回《平凡的世界》第一部书稿的中国文联出版公司青年编辑李金玉，也承受很大压力。领导得知《当代》和作家出版社曾经退稿的情况后，也曾一度缺乏信心，甚至认为她："丢了西瓜，捡了芝麻。"①后来，《平凡的世界》第二部、第三部的发表也不容乐观。第二部没有在国内任何文学刊物上公开发表，第三部也只是在更为边缘的《黄河》杂志上刊发。

也就是说，《平凡的世界》一开场就具有了悲剧性的命运。究其核心原因，就是中国文坛的风向发生变化了。而路遥所坚持的现实主义的创作方法，已经成为被文学评论界所指责的"过于陈旧"的创作方法。

二

要了解《平凡的世界》发表过程的"纠结"，必须简单回顾一下我国新时期的文学潮流。

我国新时期的文学潮流，与新时期的政治与社会思潮相关联。刘再复在新时期第一个10年即将结束时总结认为："新时期文学的发展过程，是社会主义人道主义的观念不断地超越'以阶级斗争为纲'的观念的过程。我们可以找到一条基本线索，就是整个新时期文学都是围绕着人的重新发现这个轴心而展开的。新时期文学的感人之处，就在于它是以空前的热忱，呼吁着人性、人情和人道主义，呼唤着人的尊严和价值。"②著名评论家张韧先生也指出："从文学与哲学的连接关系说，它主要经历了三次大的转折，也可以说是层层递进的三个浪潮，这就是以讨论真理标准为发端的对历史的反思、对人的重新发现和以人的主体性为思维中心的多样化探索等三个主要的浪潮。"③事实上，新时期之初的"伤痕文学""反思

---

① 厚夫：《路遥传》，人民文学出版社，2015年，第211页。
② 刘再复：《论新时期文学主潮——在"中国新时期文学十年学术讨论会"上的发言（内容提要）》，载《文学评论》1986年第6期。
③ 张韧：《新时期文学现象》，文化艺术出版社，1998年，第58页。

文学",在整个社会进程的推进中均起到了积极而重要的作用,表现了民间层面对社会变革的诉求。人们阅读"伤痕文学""反思文学"作品,更多的是获得一种心灵的共鸣,获得对极左路线时期的深刻的感性反思。

路遥的中篇小说《人生》,则摆脱了"伤痕文学"与"反思文学"痕迹,是新时期较早地开始回归现实而"对人的重新发现"的探索性小说。路遥由自己亲兄弟的人生际遇而生发到对整个中国农村有志有为青年命运的关注,下决心创作出这部书写"城乡交叉地带"青年命运的小说。尤其是小说着力塑造的主人公高加林,是位既敢于抗争命运又自私自利的具有多重性格的"圆形人物"。这部小说一发表,很快引起轰动。《人生》的成功,是"农裔城籍"的路遥在新时期"相互拥挤"的文学环境中,找到"城乡交叉地带"这个属于自己独特生命体验的优质文学表达区位的成功,也是路遥踏上文学潮流节点的成功。

然而,高举现实主义创作大旗的《平凡的世界》出场亮相时,中国文坛的风向却发生重大变化。80年代中期,随着我国的门户开放力度加大,各种国外文化思潮纷沓而至。掌握文学话语权、引领文学风尚的学术精英与文学期刊,已把眼睛盯在国外最前沿的文学理论与文学创作动态上了。尤其是随着1985年"文学方法论年"的到来,学术界关于人道主义话题开始向文学界转移。在这个时期的整个先锋文学的试验中,"文学是人学"这个传统命题的内涵已有了变化,它不再是单指尊重作家的审美独创性以及文学表现人的价值,而是强调创作的潜意识性、非理性,强调表现人的情欲——性欲,表现人的非理性状态,表现人的原始性,等等。这一切,似乎意味着传统的人道主义话语已被赋予新的意义,即不只是强调对人的尊重,还要强调以人的主体性为思维中心这个逻辑的必然。也就是说从这时起,文学界开始有意识地拒绝大众,回到自我的"小宇宙"中,在个性化的"文体实验"中狂欢。这样,文学界由"写什么"到"怎么写"的风潮转向中,许多作家纷纷开始向"魔幻现实主义""意识流""象征主义""黑色幽默"等方向突围,唯恐自己不新锐、唯恐自己不赶时髦。

在这样的文学环境中，长期以来主导文坛的"现实主义创作方法"被边缘化也就是历史的必然。这样，路遥自信满满的现实主义创作方法，至少在当年已被众多编辑与文学评论家所弃之不及。可以想见，这部长篇小说一降生所拥有的悲剧性命运。曾退稿的《当代》编辑周昌义后来反思："这么说吧，当时的中国人，饥饿了多少年，眼睛都是绿的。读小说，都是如饥似渴，不仅要读情感，还要读新思想、新观念、新形式、新手法。那些所谓意识流的中篇，连标点符号都懒得打，存心不给人喘气的时间。可我们那时候读着就很来劲，那就是那个时代的阅读节奏，排山倒海，铺天盖地。喘口气都觉得浪费时间。"[1]文学作品是审美的语言艺术，它首先给予人的是语言文字的视觉冲击。

正如我国古代文论家刘勰所言，"文变染乎世情，兴废系乎时序"，一个时代有一个时代的文学特征。在当时国门刚刚开放的年代，人们有求新求变的观念也无可厚非。当时，不仅青年编辑周昌义逐新，评论家们也大都有这样的情结。1987年1月7日，《花城》和《小说评论》编辑部共同在北京主办了《平凡的世界》第一部座谈会，参加过此次会议的评论家白烨回忆："1985年前后，路遥开始《平凡的世界》的创作，这时的文学界尤其是理论批评界，掀起了更新文学观念和引进新的方法的热潮，置身其中的我，也开始由注重内容诠释的批评观向注重文体实验的批评观过渡。因而，当1986年读到《平凡的世界》第一卷时，我不禁大为失望，为叙事的平淡无奇、平铺直叙失望，为没有在《人生》的基点上继续攀升失望。于是，在《平凡的世界》第一卷研讨会上，我一言未发，因为我不想给兴致勃勃的路遥当场泼冷水。但我觉得一定要把意见告诉他，于是就用写信的方式列举了《平凡的世界》的诸多不足。很有涵养的路遥回信只说'欢迎批评'，并嘱咐我一定要好好再看此后的两卷。"[2]

---

[1] 周昌义：《记得当年毁路遥》，载《文艺理论与批评》2007年第6期。
[2] 白烨：《活在作品中——从路遥作品的常读常新说起》，载《人民日报》2015年3月20日。

按照成本学的角度，"顺势而为"者最为省力，效益最好；"逆风而战"者，成本最大，效果最差。那么，路遥当年为何不"顺势而为"，也走文体狂欢的路子，而是"逆风而战"呢？是路遥不懂"文学新潮流"，还是有意为之？有研究者认为路遥当年固守现实主义阵地，是由于不懂得现代主义文学，其实这个判断是简单的、幼稚的。路遥早在构思《平凡的世界》时，就注意到现代主义创作方法问题。他还反复阅读了哥伦比亚作家加西亚·马尔克斯的魔幻现实主义作品《百年孤独》与现实主义作品《霍乱时期的爱情》，并认真比较了这两部小说的创作风格。路遥也曾在短篇小说《我和五叔的六次相遇》、中篇小说《你怎么也想不到》等一些作品中，娴熟地运用过现代主义创作的一些技法。

那么，路遥为何要执拗地坚持"现实主义创作方法"呢？路遥认为："生活和题材决定了我应采用的表现手法。我不能拿这样规模的作品和作品所表现的生活去做某种新潮文学和手法的实验，那是不负责任的冒险。也许在以后的另外一部作品中再去试验。再则，我这部作品不是写给一些专家看的，而是写给广大的普通的读者看的。作品发表后可能受到冷遇，但没有关系。红火一时的不一定能耐久，我希望它能经得起历史的审视。"他还说："我不是想去抗阻什么，或者反驳什么，我没有那么大的力量，也没有必要，我只是按照自己对生活的理解和自己的实际出发的。"①

当时，一位满腹文学理论新名词的陕北老乡，给路遥讲"意识流"和"魔幻现实主义"两种写作方法，咬一口陕北式普通话。此人走后，路遥给弟弟说："看来这种写法比较厉害，能把人的口音都变了。"他接着说："屎！难道托尔斯泰、曹雪芹、柳青等等一夜之间就变成这些小子的学生了吗？"当他读到苏联当代作家瓦·拉斯普京的理论文章，是讲"珍惜的告别，还是无情的斩断"主题，激动地对弟弟说："我真想拥抱这位

---

① 董墨：《灿烂而短促的闪耀——痛悼路遥》，见马一夫、厚夫、宋学成主编《路遥纪念集》，人民文学出版社，2007年，第298—299页。

天才作家，他完全是咱的亲兄弟。"①

事实上，俄罗斯作家拉斯普京所提出的命题，也是路遥所反复思考的问题，即"当历史要求我们拔腿走向新生活的彼岸时，我们对生活过的'老土地'是珍惜地告别还是无情地斩断？"②在第一部出师不利的情况下，路遥必须严肃认真地思考自己创作的出路：是认真继承现实主义传统，还是像别人那样"唯洋是举"、彻底割裂传统？是像"历史书记官"那样真实地再现历史，还是进行"个人化写作"？是尊重大众阅读，还是追求所谓的新语言、新形式？……路遥用"老土地"的形象比喻，思考自己的困惑与坚持。当然，回答还是坚持走自己的路。路遥进一步认为："文学的'先进'不是因为描写了'先进'的生活，而是对特定历史进程中的人类活动作了准确而深刻的描绘。发达国家未必有发达的文学，而落后国家的文学未必就是落后的——拉丁美洲可以再次作证。"③

想通了这些问题之后，路遥是坦然的，也是自信的。他后来在创作随笔《早晨从中午开始》中回答了这个问题，他说："考察一种文学观点是否'过时'，目光应该投向读者大众。一般情况下，读者们接受和欢迎的东西，就说明他有理由继续存在"，"'现代派'作品的读者群少，这在当前的中国是事实；这种文学样式应该存在和发展，这也毋庸置疑；只是我们不能因此而不负责任地弃大多数读者不顾，只满足少数人"，"至于一定要在现实主义创作方法和现代派创作方法之间分出优劣高下，实际上是一种批评的荒唐"。④

可见在这次出现的文学新潮流面前，路遥并没有选择迎合，而是坚定地固守传统。这样，在整个文坛都"反传统"的时候，路遥却坚持传统的现实主义创作手法。这种思维品格，既基于他长期的文学阅读与文学史

---

① 厚夫：《路遥传》，人民文学出版社，2015年，第209—210页。
② 路遥：《早晨从中午开始》，见《路遥文集》第2卷，陕西人民出版社，1993年，第66页。
③ 同上，第67页。
④ 同上，第62页。

判断，又基于他深邃的历史观察与思考。这是他深邃历史理性的反映，也是其长期创作所形成的艺术直觉的外化。路遥拥有深厚的苏俄文学阅读背景，他酷爱列夫·托尔斯泰、肖洛霍夫、艾特玛托夫等人的作品，更懂得文学的生命在于书写人的命运、人的灵魂，而不是华美的语言与复杂的技巧。因此，这部被文学界普遍不看好的大部头作品，实质上是路遥在一种深邃而强大的历史理性指导下完成的。事实上，这位当年才三十多岁的年轻人，拥有同时代许多作家所不具备的冷静与深刻、清醒与理性的思维品格。

这样，也注定了路遥的创作只能是"逆风而战"，是"个人向群体挑战"。因为，他明白，"在中国这种一贯的文学环境中，独立的文学品格自然要经受重大考验"，"在这种情况下，你之所以还能够坚持，是因为你的写作干脆不面对文学界，不面对批评界，而直接面对读者。只要读者不遗弃你，就证明你能够存在。其实，这才是问题的关键。读者永远是真正的上帝"。[①]

路遥的这种"执拗"精神，一方面与其所拥有的陕北精神血脉不无关系，另一方面也与他自身的成长经历有关，是其个人行为方式的彰显。陕北自古是征杀伐掠之地，也是中原农耕文明与草原游牧文化交锋、对峙与充分融合之地。陕北人在先天的文化血脉中就拥有敢于承担和宽厚、包容之气，不排斥外来文化，同时又坚持自我品格。纵观中国历史，有众多重大历史现象与陕北有关，古代的李自成推翻明王朝，现代的陕北滋育中国革命。路遥的文学导师柳青就是一位拥有史诗情怀的陕北籍伟大现实主义作家。具体到路遥，其人生道路铸就他具有既坚持自我、又敢于担当的性格。早在新时期之初，路遥就根据自己在"文革"武斗时的亲身经历和生死体验，着力创作了以在"文革"中为制止两派武斗而进行飞蛾扑火式自我牺牲的县委书记马延雄为主人公的中篇小说《惊心动魄的一幕》。这部

[①] 路遥：《早晨从中午开始》，见《路遥文集》第2卷，陕西人民出版社，1993年，第11页。

"剑走偏锋"的小说,没有迎合当时"伤痕文学"发泄情绪的路子,同样也遇到发表的困难。可是倔强的路遥在屡退屡投的坚持中,终于得到《当代》的赏识,其创作命运才有了转机。从文学创作的角度讲,路遥的文学创作道路可以说是从这部中篇小说开始的,作为作家的艺术个性也是从这部小说开始显露的。从此,路遥的创作跃上了一个新台阶。

再者,路遥创作这部长篇小说时,注定要在身体上与精神上承受更多压力,注定要伤筋动骨。路遥好友白描清楚地记得1987年元月在京开研讨会的情景。他回忆,当时一些评论家甚至不敢相信《平凡的世界》第一部出自《人生》作者之手。面对许多人的尖刻批评和否定,白描回忆当时真有些"林教头风雪山神庙"的苍凉与悲情。但路遥没有被打蒙,而是在大雪纷飞的时候踏上归程。[①]就这点,足以证明路遥拥有何等坚强的意志品格与定力。

他后来以极大的艺术自信心向着既定的目标前行,相继完成了第二部、第三部的创作。

就在写完第二部后,路遥健壮如牛的身体出了问题。"身体状况不是一般地失去弹性,而是弹簧整个地被扯断","身体软弱得像一摊泥。最痛苦的是每吸进一口气就特别艰难,要动员身体全部残存的力量。在任何地方,只要一坐下,就会睡过去"。[②]路遥甚至想过放弃,想过死亡。结果是他隐瞒了自己的病情,在简单的保守治疗后又开始第三部创作。1988年5月25日,他终于为《平凡的世界》画上了最后一个句号。创作完《平凡的世界》后,路遥元气大伤,身体再也没有恢复过来。完成《平凡的世界》创作后,路遥在给友人的通信中明确坚持自己的创作观点:"当别人用西式餐具吃中国这盘菜的时候,我并不为自己仍然拿筷子吃饭而害臊……"[③]

[①] 厚夫:《路遥传》,人民文学出版社,2015年,第224页。
[②] 路遥:《早晨从中午开始》,见《路遥文集》第2卷,陕西人民出版社,1993年,第77页。
[③] 路遥:《致蔡葵》,见《早晨从中午开始》,北京十月文艺出版社,2013年,第601—602页。

事实上，路遥坚持用现实主义创作方法为读者做出的这盘菜，也果真赢得了大众的好评。1988年3月27日，《平凡的世界》在中央人民广播电台《长篇连续广播》节目中开始长达小半年的播出。小说乘着广播的翅膀，飞到千万读者的耳畔。这部完整地再现了社会转型时期纷繁多变的社会现象、真实地反映社会底层奋斗者悲欢离合和心灵世界的现实主义力作，一下子征服了广大听众，并使许多人产生了强烈共鸣。当年，小说广播直接听众就达三亿之多，听众来信居80年代同类节目之最。[①]这部小说产生如此之大的社会反响，迫使评论家们重新反思自己的判断。这样，《平凡的世界》才荣获第三届茅盾文学奖。

三

改革开放三十多年来，我国的经济社会发生了翻天覆地的变化。文化生态也似乎是一夜之间穿越了时空隧道，从以文学为主导的"印刷时代"来到今天以互联网为主导的"电子信息时代"。在互联网高度发达、社会节奏越来越快的今天，作为"印刷时代"宠儿的文学被边缘化，似乎也是一种历史的必然。当年站在文学潮头、引领文学风尚的"先锋文学"也似乎是一夜之间被刮得无影无踪。而社会各个阶层的民众却不约而同地在快节奏生活中捧读起慢节奏的《平凡的世界》，这也构成了一道奇特的文化风景。《平凡的世界》这部当初不被评论家们看好的作品，受到各层次读者的拥戴，在读者中拥有广泛的热度，并成为读者最热捧的茅盾文学奖作品。尤其是新世纪以来，《平凡的世界》在我国国民的"文学生活"中占据了非常重要的位置。2008年10月，新浪网做过"读者最喜爱的茅盾文学奖获奖作品"调查，《平凡的世界》以71.46%的比例高居榜首；2012年，山东大学文学院也做过"茅盾文学奖获奖作品"的接受调查，《平凡的世

---

① 厚夫：《路遥传》，人民文学出版社，2015年，第279页。

界》仍然高居榜首①。

我常常在思考,《平凡的世界》究竟具有怎样的穿透力,在我国社会节奏越来越快、中西文化融合越来越充分的时空环境里赢得无数读者呢?我的理解,一方面,这是一部书写平凡的世界里普通大众生存、奋斗、情感与梦想的现实主义力作,真实地记录那个"大转型时代",真正承担了"历史书记官"的职责。另一方面,这部小说既继承了中华民族千百年来"自强不息、厚德载物"的精神传统,也提供了鼓舞读者向上与向善的正能量。与《人生》相比,《平凡的世界》更具有人性的宽度与广度,作家在展示普通小人物艰难生存境遇的同时,更在展现他们克服重重困难的美好心灵与坚忍不拔的奋斗精神。也就是说,《平凡的世界》尊重大众并引导大众、提升大众,让无数读者在其间找到了精神寄寓。而相比之下,那些拒绝大众、忽视大众,在极度自我的空间里自我欣赏与自我陶醉的"小圈子作品",那些当年以所谓的"新结构""新技巧""新语言"创作出的红极一时的作品,如今却早已销声匿迹了。诚如评论家李星所言:"路遥却以一人之执拗和坚持,如其所愿地打败了整个儿的中国文坛和同样执拗的中国批评界,使似乎以托尔斯泰和走托尔斯泰、肖洛霍夫道路的柳青式的理想现实主义方法创作的《平凡的世界》成为偌大中国的文学阅读传奇,和自己短暂人生的光辉纪念碑。"②著名文学评论家李陀也在2015年3月的访谈中认为,"以往对路遥的评价是不公平的"③,他也讲到路遥写出了人的丰富性与社会的丰富性,只是当时的评论家们却没有认真关注。

路遥当年曾坚信,"对于作家来说,他们的劳动成果不仅要接受当代眼光的评估,还要接受历史眼光的审视"④。他当年背对文坛,逆风而

---

① 张学军:《茅盾文学奖获奖作品接受状况调查》,载《中国现代文学研究丛刊》2012年第8期。
② 李星:《还原一个形神兼备的路遥形象——评厚夫〈路遥传〉》,载《文学报》2015年3月12日。
③ 刘净植:《忽视路遥,评论界应该检讨》,载《北京青年报》2015年3月13日。
④ 路遥:《在茅盾文学奖颁奖仪式上的致词》,见《路遥文集》第2卷,陕西人民出版社,1993年,第374页。

战，敢于接受历史眼光的审视，并交出一份令时代信服的答卷。路遥的成功，貌似有很多偶然性的因素，但其实质是他拥有深邃的历史理性，彻悟到文学的本质，敢于在那里以笨拙的方式"守株待兔"。人之所以是人，就需要关爱、温暖、彼此尊重与奋力前行。人类在今天也好，未来也罢，只要前行，就一定要有滋润心灵的文学生活相伴。对于作家而言，坚守自己心中的文学法则，真诚记录"特定历史进程中人类活动"与心灵，这才是最重要的！

原载《文艺理论与批评》2015年第5期

（本文系与梁爽合作）

陕北文化血脉与文学呈现

一百多年前，英国传教士史密斯曾说过这样一番话："我的调查工作渐渐让我产生一种近似敬畏的谦卑。我们生活在一个有着永恒过去的地方，中华文明进程中的几乎所有重大历史事件都与这个地方密切相关，有些甚至是有世界性意义。对这个地方了解越多，敬畏也与日俱增。不管我们对延安的未来有何贡献，有一个事实是无法改变的，延安的历史不会从我们开始，它的历史比亚伯拉罕还要古远，我们是永无止息的、各种各样访客中最晚的，也是最微不足道的一员……"这位一百多年前到过延安的英国人，非常敏锐地注意到延安乃至陕北的独特性，回到英国后在其著述中有了上述判断。

事实上，陕北不仅是现代史上中国革命的圣地，更是中原农耕文明与草原游牧文明的结合部，是华夏文明的发祥地之一。

可以这样说，陕北是一个非常独特的地理文化名词，具有丰富和深厚的历史文化底蕴。了解陕北文化，了解陕北文学，也是认识中华民族博大精深文化的重要方面。

陕北的地域与历史

陕北从地域环境上讲，是黄土高原的有机组成部分，通常是指这样一个区域：北到榆林长城，南到秦岭北山，西到子午岭，东到秦晋峡谷。陕北在地理地貌上有两大类型区：一是黄土高原的沟壑区；一是黄土高原的塬梁区。延安以北长期饱经风侵雨蚀形成的沟壑区，构成了陕北黄土高原沟壑纵横、山大沟深、土硗地瘠的地理特征。陕北一方面宜耕宜牧，适宜于生产力低下时期多种民族的生存；另一方面，又是连接中原王朝和草原游牧民族的重要通道。

仔细检索陕北历史发现：中华民族的一些标志性文化符号如黄河、黄帝陵、长城与陕北有关；陕北的历史总与刀光剑影的战争直接相关。陕北高原长期处于草原游牧民族与中原农耕民族拉锯式的争夺状态。史料记载，从殷周至宋元的三十多个世纪里，陕北高原上先后出现过猃狁、鬼方、土方、戎、狄、楼烦、匈奴、羌、氐、鲜卑、稽胡、党项、吐谷浑、女真、蒙古、高丽，以及来自西域的龟兹人、粟特人等二十多个北方游牧民族，与汉民族长期错居混血。陕北人的人种，有杂交优势，男性多壮实剽悍，倔强豪爽，女性多窈窕娟秀，心灵手巧。人称"米脂的婆姨绥德的汉，清涧的石板瓦窑堡的炭"。

独特的陕北文化

陕北独特的地域与历史，造就了陕北文化。陕北文化表现在这样几个方面：一是陕北山川地理文化，包括陕北的山、水等自然景观呈现的文化；二是陕北历史文化，即陕北这块土地在人类生存与发展过程中所形成的文化；三是陕北器物文化，如交通工具、生产工具、生活用品等与陕北人生存与发展密切相关的器具所呈现的文化；四是陕北的精神文化，是指精神层面的文化，反映在陕北人的气质、性格、行为处事，以及风俗习惯中。

安塞腰鼓中的陕北

安塞腰鼓是陕北高原特有的地域文化现象，也是陕北人精神风貌的象征和符号，而这一切均与陕北古老的历史有关。

陕北高原是连接中原农业民族和草原游牧民族的重要通道，自古以来就是边关要地：秦始皇时期大将军蒙恬，率三十万大军镇守陕北，筑长城，修直道，防止匈奴内侵；北宋时期韩琦、范仲淹、沈括等一代武将、文臣来到陕北，领导过抵御西夏人入侵的战争；而明朝时期九镇之一的"延绥镇"长城，几乎承担了明朝中、后期北方边境一半以上的防务。可以这样说，安塞腰鼓既是古代激励边关将士冲锋杀敌、浴血奋战的号角，也是将士们征战凯旋的欢迎曲。古代战争擂鼓鸣金的场面，永远地消失了，但这种富于激情和力量的仪式，却深深地根植于陕北这块古老的土地上。陕北的乡间，腰鼓成为一种娱乐形式，于浪漫中宣泄生命的激情，于诗意中追求永恒的精神力量。

20世纪以来，随着中共中央进驻延安十三年，以及中国革命取得胜利，安塞腰鼓这种原来纯民间的广场文化形式，也渐渐走进庙堂，进入全中国乃至整个世界的视野。五六十年代，安塞腰鼓在亚非拉走红；80年代初，"第五代导演"陈凯歌一炮打响的《黄土地》中的安塞腰鼓征服了西欧观众的心灵；80年代以来，我国许多次大型的国家庆典，均有安塞腰鼓出场。安塞腰鼓所释放出的能量，不仅仅是陕北这块古老的黄土地的地域文化信息，更重要的是它已经成为中华民族坚毅不屈、意气风发、蓬勃向上、积极进取的精神象征。

陕北的鼓文化非常发达，除了有世界闻名的安塞腰鼓外，还有洛川蹩鼓、宜川胸鼓、黄陵抬鼓、黄龙猎鼓、志丹扇鼓等等，这叫"多鼓齐打，鼓舞催春"。

陕北民歌、陕北说书与陕北

陕北民俗文化呈现在陕北人日常生活的行为方式中。陕北民歌与陕北说书，就是陕北民俗文艺的代表。

陕北人爱唱歌，尤其是爱唱民歌。陕北有句俗语，"女人们忧愁哭鼻子，男人们忧愁唱曲子"。古人言，"男女有所怨恨，相从而歌，饥者歌其食，劳者歌其事"。在陕北，不论表现喜、怒、哀、乐哪种情感，都是有歌有曲的。陕北民歌内容丰富，题材广泛；通俗易懂，喜闻乐见，易于流传。

从体裁上来说，陕北民歌种类很多，有山歌、劳动歌曲、小调、秧歌、风俗歌等形式。信天游，是陕北民歌中最具代表性的一种体裁。由于"信天游"声名远播的原因，人们一提到陕北民歌，自然会想起"信天游"。"信天游"，也叫"山曲儿""顺天游"。顾名思义，顺天而游，自然是民歌手们随心所欲，信马由缰地唱出来的。唱给大自然听，让它随风游走。它节奏自由，音域宽广，高亢奔放，成为陕北民歌中最为璀璨夺目的明珠。我国现代文学史上，诗人李季创作的著名长诗《王贵与李香香》就是用信天游的格式写成的；诗人贺敬之的《回延安》，也是模仿信天游的典范。"东山里的糜子西山里的谷，黄土里笑来黄土里哭！"陕北民歌以其博大的内容，活泼的形式，自由的节奏，优美的旋律和精妙的语言，在中国乃至世界艺术史上都留下了灿烂的一章。

陕北说书这种陕北民间的说唱艺术，某种意义上是陕北民歌的变种，深受陕北人喜爱。陕北传统的说书艺人，基本上是盲人或半盲人，为了养家糊口，身背三弦或琵琶，手持木棍，走村串户招揽生意。他们说书的内容，大体上可分为神话故事、民间传说、历史演义、公案传奇、忠臣孝子、农民起义、男情女爱等。他们的社会身份极低，往往被人们瞧不起。陕北说书真正获得新生，是"陕甘宁边区"时期。劳动人民成为社会的主人，陕北民间艺人的社会地位空前提高，成为文艺工作者宣传和介绍的对象。新中国成立后，陕北说书已不再是盲人借以谋生的一种手段了，它成为综合的说唱艺术，成为真正的民间艺术。

历史视阈中的文学

　　清朝光绪年间翰林院大学士王培棻来陕北巡视，写下《七笔勾》，其中有这样两段："山秃穷而陡，水恶虎狼吼。四月柳絮稠，山花无锦绣。狂风骤起，哪辨昏与昼。因此上，把万紫千红一笔勾""堪叹儒流，一领蓝衫便罢休，才入了黉门，文章便丢手，匾额挂门楼，不向长安走，飘风浪荡荣华坐享够，因此上把金榜题名一笔勾"。

　　陕北高原的历史是战争写就的，刀光剑影与四起的狼烟，锻铸了这块热土，也培育了无数英雄豪杰。相比之下，陕北由于交通不便，道路不畅，中原儒家文化未能很有效地在这里普及与推广，文化就相对滞后，这也是不争的事实。

　　在古代陕北留存下来的诗歌等文学作品，基本上是来此担任公职的外地官员或者流寓于此的文化人所为，如唐代曾寓居陕北鄜州羌村的大诗人杜甫，就有《羌村三首》等传世；北宋时期，来陕北做官的范仲淹、沈括等均有诗文留世，如《渔家傲》等。相反，土著陕北人却很少有诗文存世。现有资料记载，清末时期，号称"文出两川"之一的延川县，曾出现"秦西闺中不多见"的"陕北才女"——女诗人李娓娓，应该是古代陕北文人的典型代表。不过，李娓娓的父亲曾长期在南方为官，李娓娓也基本上是在陕北以外生活。

　　有自觉意识的陕北文学创作，应该是延安时期。20世纪三四十年代那个特定的历史时期，红军长征胜利到达陕北与抗日战争爆发后，陕北的延安成为中共中央的所在地，延安成为人们心目中的抗战堡垒与"革命圣地"，召唤着海内外知识青年和左翼作家络绎不绝奔向这座陕北高原的小城。这样，以延安为核心的陕甘宁边区活跃着一大批外来的作家群体。尤其是1942年毛泽东《在延安文艺座谈会上的讲话》（简称《讲话》）发表，文艺"为最广大的人民大众服务""为工农兵服务"的宗旨明确以后，一方面涌入延安的大批知识分子、文艺工作者深入部队、学校、农村，进行革命宣传及采风等活动。另一方面，陕北地区的民间文化得到最广泛的发掘与整理，如陕北民歌"信天游"得到了史无前例的整理，被重新赋予了革命的意义，由山野走向广场、走向革命的中心。当然，这里也包括诸如陕北说书、陕北道情戏、陕北秧歌等极富地域特色的民间艺术。

在这个过程中，自然也刺激了陕北文艺人才的涌现。延安时期陕北籍的作者有杨醉乡、马健翎、柳青、高敏夫等人，杨醉乡创作了秦腔剧《崔福才转变》，陕北小调《交公粮》，眉户戏《求婚》《劝妻》等小戏；马健翎有秦腔剧本《穷人恨》《血泪仇》，以及眉户剧《十二把镰刀》等；柳青有《种谷记》《铜墙铁壁》等；高敏夫有大量诗歌等。此外，陕北早期革命的创始者之一的高朗亭当时也写过革命回忆散文《游击队的故事》等作品。陕北说书大师韩起祥也是这个时代涌现出的佼佼者，他是"解放区民间说唱艺人的一面旗帜"。韩起祥不仅说新书，而且大胆改革说书艺术，形成了自己独特的说唱风格。

新中国成立后，留守在陕北的文艺工作者，始终坚持《讲话》精神，创作出诸多讴歌新时代与新生活的文艺作品。尤其是新时期文学以来，从延安这块文学沃土上起根拔苗的青年作家们，登上更高的文学平台，开始在全国的文学天空中自由飞翔。其中，路遥以中篇小说《惊心动魄的一幕》《人生》以及长篇小说《平凡的世界》，两次荣获全国优秀中篇小说奖、一次荣获茅盾文学奖，捍卫了陕北籍作者的荣誉。知青作家叶延滨以诗歌《干妈》、梅绍静以诗歌《她就是那个梅》、史铁生以短篇小说《我的遥远的清平湾》、陶正以短篇小说《逍遥之乐》分获全国优秀诗歌奖、全国优秀短篇小说奖；刘成章的散文集《羊想云彩》获全国首届鲁迅文学奖散文奖，使全国文坛对延安作家群产生敬意。而李天芳、高红十、史小溪、厚夫等人的散文，谷溪、闻频、晓雷、远村、成路等人的诗歌，高建群、陈泽顺、海波、侯波等人的小说，也让文坛的目光再次瞩目陕北高原。

文学中的陕北文化呈现

西方美学家丹纳曾提出文学创作与发展的"三要素（种族、环境、时代）论"，认为："作品的产生取决于时代精神和周围的风俗"。地域文化对文学的影响，既包括整体的文学创作，也包括每个个体的作家。我国现代文学史上著名的"东北作家群""山药蛋派""荷花淀派"，均是在地域文化的滋润下成长起来的。对于所有的陕北作家来说，地域文化对他们的创作走向有着直接的影响。陕北高原是其生命根祉，这里的一山一水，一草一木，使作家们对高原生命及文化有深刻的体认，骨子里有种陕北地域文化所赋予的诗意浪漫情怀。

延安时期作家笔下的陕北

早在20世纪40年代，《讲话》发表后，作家丁玲沉到陕北工农生活当中，写出了一本描写陕北新生活的报告文学集《陕北风光》。作者以极其兴奋的心情和清新的笔调真实地描摹陕北的风土人情，道出了共产党给陕北的山山水水和老百姓所带来的新面貌；同时，也热情地讴歌了陕北普通工农群众，着力表现他们身上所体现的时代新风尚。丁玲在《〈陕北风光〉校后记所感》中这样写道："《陕北风光》这本书很单薄，却是我走向新的开端……这是我读了毛主席《在延安文艺座谈会上的讲话》以后有意识地去实践的开端。因此不管这里面的文章写得好或坏，这个开端对于我个人是有意义的。""陕北这个名称在我的生活中已经成为过去了……但陕北在我的历史上却占有很大的意义……"丁玲的声音具有代表性。

延安时期，诗人艾青创作出长篇叙事诗《吴满有》，作家欧阳山创作出长篇小说《高干大》等。陕北本土作家柳青也全心全意深入生活，创作出了第一部直接反映陕北农村生活的长篇小说《种谷记》，以及展现解放战争时期米脂沙家店粮站干部群众护粮斗争的英雄事迹的长篇小说《铜墙铁壁》等。

路遥、高建群、刘成章等陕北土著作家笔下的陕北

我国当代已故著名作家路遥，是新时期以来陕北籍作家的佼佼者。这位早年在延川《山花》这个县级文艺小报上起步的作家，他的作品全部是以陕北高原为背景展开的。早在80年代初期，他创作的中篇小说《人生》，"通过城乡交叉地带的青年人的爱情故事的描写，开掘了现实生活中饱含的富于诗意的美好内容，也尖锐地揭露出生活中的丑恶与庸俗，强烈地体现出变革时期的农村青年在人生道路的选择中所面临的矛盾、痛苦心理"，在全国引起了轰动。这部作品不仅荣获全国中篇小说奖，而且改编成的电影也荣获了"百花奖"。

《人生》的巨大成功，给路遥带来荣耀，但他从成功的幸福中断然抽身，开始潜心创作长篇小说《平凡的世界》，进行更加艰苦的文学远征。他决定创作"三部六卷一百万字"的长篇小说，用理想现实主义的创作方法，以孙少平、孙少安兄弟等人的奋斗串联起中国社会1975年初到1985年初十年间中国城乡社会的巨大历史性变迁，讴歌普通劳动者的情感、奋斗与梦想，要把这一礼物献给"生活过的土地和岁月"。

高建群是新时期以来陕西涌现出来的一位重要作家。他虽然不是陕北籍人，但因青壮年期间长期生活、工作在延安，并且创作出一系列以陕北题材为审美对象的小说，被人们习惯地称为陕北作家。陕北题材是高建群小说创作的重要母题，其取材于陕北生活的有中篇小说《骑驴婆姨赶驴汉》《老兵的母亲》《雕像》，长篇小说《最后一个匈奴》等。高建群的陕北题材中长篇小说，一是善于讲述过去的故事，沉湎于历史的追忆；二是通过对众多隐语符号的设置，把人物置于丰富而灿烂的陕北文化意象中加以表现。他笔下的陕北题材的中长篇小说，一方面从文化的视角观照陕

北，审视高原，在审美视角上获得了新的突破；另一方面采取"合文学目的性"的手法进行创作，小说具有明确的个性特点。高建群笔下的文化现象，是通过那些有意味的特殊的符号来加以表现的。这一切，使其小说完全有别于路遥等人的陕北题材小说的模式。高建群解读陕北的切入点在文化层面，这给他的小说赋予了新的内涵，使他的陕北题材小说具有浓厚的地域文化特色。

刘成章也是新时期以来崛起的一位实力雄厚的散文作家。他从1981年始"中年变法"，由专攻陕北风情散文为发端，卓尔不群，构成了当代散文创作的一方风景，从而获得成功。他不仅创作出《转九曲》《安塞腰鼓》《临潼的光环》《高跟鞋，响过绥德街头》《去看好婆姨》《走进纽约》等脍炙人口的佳作，而且散文集《羊想云彩》获中国作协首届鲁迅文学奖散文奖。

史铁生、叶延滨等北京知青作家笔下的陕北

从1969年到"文革"结束，有近三万的北京知青陆续来到陕北插队。他们中间的一些人在新时期登上文坛，成为我国代表性的知青作家，这里面就有陶正、史铁生、高红十、叶延滨、梅绍静、陈泽顺、叶咏梅等。其中的史铁生因插队题材的短篇小说《我的遥远的清平湾》和《奶奶的星星》连续捧得1983年与1984年全国优秀短篇小说奖；陶正凭着短篇小说《逍遥之乐》获得1983年全国优秀短篇小说奖；叶延滨、梅绍静获全国优秀诗歌奖。这些当年从北京走向陕北农村的知青作家们，并不是严格意义上的"群"，但他们来自同一地域、受相同文化熏陶，并且在共同的号召下形成了相似的生活经历及生命体验，使得作家创作呈现出一些普遍风貌和独特特征。

插队陕北延川县的北京知青史铁生，早在70年代初就摊上了一种可怕的疾病，成为高位截瘫的病人。一位高位截瘫的、母亲过早去世的年轻

人，唯一的慰藉就是不断回忆那个令他魂牵梦萦的精神故乡。史铁生的目光掠过崇山峻岭，掠过延绵的岁月，飞到一个叫"清平湾"的陕北山村。他一口气写下了著名的短篇小说《我的遥远的清平湾》。他用至纯至美的散文化语言，给人们带去记忆的温馨，也征服了中国的文学界，捧起了1983年全国优秀短篇小说奖的桂冠。从此，"清平湾"这个在中国县级地图上也永远找不到名字的地方，却以另一种温馨温暖了无数正带着旅途倦意的中国百姓，神奇般走进中国人的文学辞典，成为无限美好的记忆所在。

曾插队延安县（今延安市）的北京知青诗人叶延滨，这样评价自己的写作生涯："张开双臂向着天空想飞，双脚却长出根须扎在生活的土地里，这就是我和我的命运。"叶延滨1969年在延安县插队落户，住在一户老贫农家，老两口把他当干儿子对待。在这样一孔没有窗户的窑洞中，他常常梦见"我的足趾和手指间长出许多根须，想起来，起不来！想喊，喊不出声！变成了树。大概这就是'扎根梦'吧"。诗人的扎根则意味着这是他艺术创作道路的根基，创作出著名长诗《干妈》。《干妈》里的穷娘，一个没有自己的名字——王树清的婆姨，在我走投无路的时候接纳了我，用疼痛的腿风雪天跑了三十里路，为我买回一盏灯；油灯下为我找寻棉袄里的虱子；自己悄悄吃糠咽苦菜却为我留下黄米饭，美好人性在粗糙鄙陋的生活环境下愈发彰显。这首诗摆脱了人民、土地、国家等抽象概念，以个人体验表现人性崇高情感，用当地农民的慈爱善良表现普遍的人类之爱，抒发了对人性、人生的感悟。

曾创作《她就是那个梅》的知青诗人梅绍静曾说，"黄土高原就是我们国家的缩影"，中华民族也是"一个脚踏在地上苦斗的民族"，所以我们民族的根、国家的根就在这里，在这"民族的奋斗精神""不息不绝的生命之力"之中。

当代文学史应该感谢这些曾在陕北插队的知青作家。他们不断地将陕北的黄土地纳入读者的视野，赋予了陕北信天游新的艺术生命，挖掘出更多的文学意义上的陕北世界，极大地丰富了中国地域写作的意蕴。

讲好中国故事

路遥1988年创作完《平凡的世界》后，在给《文学评论》常务副主编蔡葵老师的通信中说："当别人用西式餐具吃中国这盘菜的时候，我并不为自己仍然拿筷子吃饭而害臊。"路遥这句在三十八周岁时写下的话，某种意义上就是他的核心"艺术思想"。这句话的潜台词就是"一位作家的艺术个性应该与民族文化的土壤相契合"。这句话与"弘扬中国精神，传播中国价值，凝聚中国力量"有诸多相似性。

柳青《创业史》与路遥《平凡的世界》，均是在讲好一个中国故事，均是对中国精神的展示。"中国精神"为何？我以为就是中国哲学经典《周易》中的两句话："自强不息"与"厚德载物"。这两句话是对中华民族基本品格最具逻辑性的概括，也是中华民族精神的最准确写照。柳青《创业史》写农业合作化运动的形成，但其核心是写梁生宝等人在异常艰难困苦的情况下，如何走组织起来的道路。组织起来所呈现的价值核心，即"兄弟同心，其利断金"，这也是自强不息的一种诠释。而《平凡的世界》则更是以孙少安、孙少平两兄弟的奋斗串联起中国城乡社会普通人物的命运。小说中的孙少安是立足于乡土的现实奋斗，他为了让村里社员们吃上饭，毅然打破大集体的大锅饭。这种情况，在形式上与梁生宝的集体意识与担当精神相悖，但其实是另一种担当，另一种责任。而孙少平则是拥有现代文明知识，渴望融入城市的"出走者"，他渴望自强与自立，自尊与自爱，渴望自身心灵的解放。如果用一个关键词来概括《平凡的世界》价值取向的话，我以为此书是一部"让读者向上活"的书，因为它提供了鼓舞读者向上与向善的正能量。其向上，与"自强不息"相一致；其向善，则与"厚德载物"相一致。

与我国众多现实主义小说不同，《创业史》与《平凡的世界》在精神追求与价值取向上有惊人的一致。这种一致，就是用中国故事的方式，弘扬中国精神，传播中国价值，凝聚中国力量。事实上，剥离小说的语言与结构之后，小说核心价值才是读者所认可的。而《创业史》与《平凡的世界》用"历史书记官"的方式，通过突出的细节刻画，为读者展示了时代精神、中国精神，这才是这两部小说以现实主义方式赢得历史尊重的核心原因。

原载《光明日报》2017年3月21日

文接地气　心向天空

——探析陕西延川"山花文艺"现象

前不久，中国作协创研部、中国当代文学研究会等单位联合举办了"'山花文艺'现象暨北京知青作家学术研讨会"，对地处陕北黄土高原延川县的"山花文艺"现象展开了热烈的学术讨论。与会专家普遍认为，在四十多年前创办的带有泥土气息的县级文艺小报《山花》，所辐射出的"山花文艺"现象，如今已经成为我国丰富而灿烂的地方文艺生动实践的典型，既值得深入研究，也值得认真总结与推广。

"山花"是陕北地区山丹丹花的别称。在20世纪70年代初，陕西省延安地区延川县的一群文学爱好者自发地走到一起，通过信天游的方式抒怀咏志，表现崇高的革命理想。这些文学青年中既有本土青年，也有大量北京知青，还有分配到此地的大学生。他们以"工农兵定弦我唱歌"的旋律，自发编辑出版《延安山花》，创办县级文艺小报《山花》，把根深扎在泥土之中，用文学来照耀前行的人生。从此，《山花》这个县级文艺小报成为该县最重要的文学苗圃，先后培养了三代二十多位作家，使延川县当之无愧地成为我国罕见的"作家县"。据不完全统计，从这块土地上走出的中国作协会员就达十几位。其中，就有荣获第三届茅盾文学奖、以长篇小说《平凡的世界》影响几代人成长的著名作家路遥，有以《我的遥远的清平湾》《逍遥之乐》闻名全国的北京知青作家史铁生、陶正，有著名的"老镢头诗人"曹谷溪，有以《农民儿子》走红文坛的农民作家海波，还有远村、厚夫、张北雄等更多的后起之秀……一花引来百花香，姹紫嫣红满园春。时至今日，延川的文学艺术以《山花》为辐射源，形成了一个以文学为引领，以民间美术、戏曲、音乐等竞相开放的独特的"山花文艺"现象，也构成了中国当代非常独特的地域文化现象。可以这样说，"山花文艺"在当地民众的日常生活中拥有独特的地位，的确起到了滋润百姓心灵、引领文化风尚的重要作用。

一种文艺现象与地域文化、时代特征有着密切的关系。法国美学家丹纳就认为"作品的产生取决于时代精神和周围的风俗"。《山花》能在延川这块古老而贫瘠的土地上破土而出，绝不是简单的个案与偶然现象，它的生成与发展有着深刻的内在动力。首先，独特的人文地理环境，使延川与"文"同史，百姓有着深厚的尚文重教传统；其次，陕甘宁边区时期走向普通百姓的延安文艺运动，引发了延川人参与文艺的激情；再者，陕北文化与北京知青文化的相互碰撞与交融，孕育了延川《山花》。毋庸讳言，《山花》创办之始，其组织者与参与者们除了狂热的文学情结之外，还有中国儒家所追求的以天下为己任的思想，想通过文学来负载其政治抱负。但是，倘若没有延川百姓千百年来所形成的尚文重教传统，没有外来文化的强烈刺激，"山花文艺"现象不可能出现；即使出现，也可能是昙花一现。《山花》一创办，就吸引了一批文学爱好者。路遥后来回忆："今天国内许多有影响的作家和诗人当年都在这张小报上发表过他们最初的作品，有的甚至是处女作。一时间，我们所在的陕北延川县文艺创作为全国所瞩目，几乎成了个'典型'。"2015年3月5日，习近平总书记在全国两会期间与上海代表团代表交谈时也说过："我跟路遥很熟，当年住过一个窑洞，我们有过深入的交流"，"路遥和谷溪他们创办《山花》的时候，还是写诗的，不写小说"。

事实上，《山花》不仅破土而出了，关键是它还常开不败，形成了旺盛的生命力。它究竟有怎样的内在秘密呢？我们以为有这样几点经验值得总结：

第一，"山花文艺"群体继承了"延安文艺"为人民创作的优秀传统。"延安文艺"的传统，是为人民而书写、为人民而抒情的传统，文艺家不是把自己放置在一个先知先觉的"启蒙者"的角色。在延川，文学不是贵族与精英的宠儿，而是普通大众激发人生理想的明灯。延川的几代《山花》作者，都是把根须深扎在大地之上的理想拥有者，他们讲述百姓身边的故事，反映群众的喜怒哀乐，用接了地气的、沾满露珠的鲜活作品建构了一个个意趣盎然的艺术世界。像路遥这位从《山花》上起根拔苗的作者，就格外懂得珍惜这种传统。他始终"像牛一样劳动，像土地一样奉献"，认为自己的创作劳动与父亲在土地上的劳动并无二致。他在茅盾文学奖颁奖大会上致辞："我们的责任不是为自己或少数人写作，而是应该全心全意全力满足广大人民大众的精神需要……人民是我们的母亲，生活是艺术的源泉。人民生活的大树万古长青，我们栖息于它的枝头就会情不自禁地为此而歌唱。"某种意义上，这也是"山花作家群"的共同心声。

第二，"效应魅力"刺激了更多的青年人自发地投入文艺创作中。80年代，延川的第一代"山花作家"几乎清一色地成为专业创作人员，开始进行更为从容与自由的创作。他们的成功，使整个文坛对延川县这个偏僻小县刮目相看，更重要的是给当地众多的文学青年提供了一种"效应魅力"：成功者当如路遥与谷溪，必须付出汗水。在这块丰厚的文学土壤里，文学的种子自然会破土而出，茁壮成长，于是有了第二代、第三代作家的不懈追求。"山花作家群"还有一个相互扶持、相互激励的良好文艺传统，老一代山花人总是乐此不疲地帮助年轻一代，经常做松土、施肥与喷洒"绿色灭虫剂"的工作，倾心呵护尚且稚嫩的创作。

第三，地方政府的适时引导，也是"山花文艺"这种地方文艺现象形成的重要原因。繁荣群众文艺，地方党委与政府责无旁贷。激发人民群众的创造力，尊重人民群众的主体地位和首创精神，把人民群众蕴藏的创作能量激发出来，引导人民群众的自我表现、自我教育与自我服务，不断提升广大人民群众的参与感、获得感与幸福感,这应是地方党委与政府引导与组织群众文艺的重要工作。事实上,自《山花》创办到现在,延川县的各级领导都意识到这份文艺小报对引领当地文化风尚的重要性,选派懂业务、有担当的文艺骨干负责编辑工作,又不断帮助他们解决实际困难。随着大量作家、艺术家走向全省、全国后,延川这个不起眼的山区小县在全国的知名度越来越高。县里领导也清醒地认识到,可以用"山花文艺"作为品牌包装延川县的文艺,进而带动当地经济社会的发展。久而久之,延川县形成了一种良好的文化生态,全体百姓都成为"山花文艺"的受益者。

目前,我国正在实现中华民族伟大复兴的中国梦,文艺激励人心的作用愈发凸显。我们既要重视国家层面的宏大文艺,也要重视与百姓生活息息相关的群众文艺的重要作用。事实上,"延川山花"这种接了地气、伸展枝头心向天空的文艺现象,给时代提供了诸多实实在在的有益启示。

原载《人民日报》2017年6月8日

(本文系与梁爽合作)

经典是怎样"炼"成的

——以《人生》创作中编辑与作者的书信互动为视角

路遥是我国当代文学史上一位极其重要的现实主义作家。20世纪80年代初期,多数作家尚还停留于"伤痕文学"和"反思文学"写作之时,年轻的路遥却已将关切的目光投向了变革中的现实生活。他的中篇小说《人生》就以自己亲兄弟的人生际遇为圆心,生发出对全中国农村有志有为青年群体的关注,来书写"城乡交叉地带"的青年的命运。这部作品也是新时期以来较早地回归现实、探索"对人的重新发现"的小说之一。因其思考上的前瞻性与深邃性、表现生活的深度与人物形象的复杂性均超越同时期的许多作家,在社会上引起了强烈的反响。《人生》首刊于《收获》杂志1982年第3期,获得了巨大的成功,并于1983年荣获全国第二届优秀中篇小说奖。这次获奖,才真正确立了路遥在我国新时期文坛的地位。

这些年来,随着路遥史料的进一步披露,我们发现这部小说在创作时路遥曾与编辑有密集的书信互动[1]。路遥在与编辑的书信联络下修改与赴京改稿,才最终完成了这部小说的创作。换言之,编辑在这部小说的创作

---

[1] 王维玲:《岁月传真——我和当代作家》,首都师范大学出版社,2009年。王维玲称,他保存了路遥给他的十多封书信。笔者多次与王老联系,因数次搬家,书信原件已去处不明,但书中所披露的路遥书信,亦可作为重要的研究参考资料。

过程中曾深度介入，对路遥施加过具体的创作影响。

苏联研究屠格涅夫作品及书信的专家米·巴·阿列克谢耶夫曾言："作家的书信，对于研究书信作者的个性和创作，研究他们所生活的时代以及他们周围与之有直接交往的人们，都是具有巨大而多方面意义的重要文献资料。但是，作家的书信又不仅只是历史的见证；它不同于任何的日常生活的文字资料、文书档案，乃至其他信函文件；它直接近似于文艺作品……"①书信无拘无束，真实自然，具有真实性与自由性的特点，它鲜活地保留了书信作者的情感与思想，书信研究也成为作家研究的重要视角。国内的一些研究者注意到《人生》创作期间中国青年出版社编辑王维玲对路遥的创作影响，但均未从书信的角度深入论述这一特殊现象。②

本文试图以《人生》创作期间编辑与作者的密集书信互动为例，梳理中国青年出版社优秀编辑王维玲及其编辑团队独特的提前编辑介入与批评方式，分析《人生》这部经典小说是怎样"炼"成的。

一

路遥的中篇小说《人生》先后用三年时间、进行了三易其稿式的创作。他早在1979年就开始《人生》第一稿的创作了，据路遥的朋友、陕西师范大学刘路教授回忆，那时这部作品的名字还叫《高加林的故事》③。路遥后来在《答中央广播电视大学问》中披露过《人生》创作的情形：

---

① 苏·阿·罗扎诺娃编：《思想通信》上册，马肇元、冯明霞译，文化艺术出版社，1997年，第1页。
② 王刚：《〈人生〉发表的前前后后——写在路遥〈人生〉发表35周年之际》，载《光明日报》2017年12月12日；詹歆睿：《关于路遥小说的编辑案例及其启示——兼论编辑的职业素养和职业态度》，载《渭南师范学院学报》2018年第19期；赵勇：《如果没有编辑影响路遥》，载《博览群书》2017年第10期；等等。以上文章均简述过王维玲与路遥之间的书信往来及《人生》改稿情况。
③ 刘路：《坦诚的朋友》，见马一夫、厚夫、宋学成主编《路遥纪念集》，人民文学出版社，2007年，第8页。

"我写《人生》反复折腾了三年——这作品是1981年写成的,但我1979年就动笔了。我紧张地进入了创作过程,但写成后,我把它撕了,因为,我很不满意,尽管当时也可能发表。我甚至把它从我的记忆中抹掉,再也不愿想它。1980年我又试着又写了一次,但觉得还不行,好多人物关系没有交织起来。"[1]路遥这样几次不成熟的创作,说明《人生》这部小说的"瓜"还没有真正成熟。

路遥第三次创作《人生》的直接动机,是完成中国青年出版社副总编辑王维玲的约稿。路遥与王维玲的友谊始于1981年5月在北京召开的全国首届优秀中篇小说奖颁奖会,路遥在会上结识了时任评委的中国青年出版社资深编辑王维玲。王维玲不仅是中国青年出版社《小说季刊》主编,也曾是柳青《创业史》的责任编辑,因其长期分工负责联系陕西,所以他对陕西作家格外关注,有种来自地域上的亲缘性。在王维玲后来的回忆中,路遥的《惊心动魄的一幕》给他在评审过程中留下了很深的印象,虽然还有不少稚嫩之处,但确实是一部既有特色又有水平的作品。王维玲早在见到路遥之前就对他的作品有一定的印象,而在颁奖会上认真倾听的路遥再次引起了王维玲的注意。在会上第一次见面,王维玲就把路遥约到休息厅,两人一见如故,进行了长时间推心置腹的谈话。就在这次谈话中,路遥提及自己对"城乡交叉地带"的一些思考,以及正在构思与之相关的中篇小说。作为资深编辑的王维玲,凭着多年来的职业敏感,非常看好路遥的创作,觉得这种构思很不一般,他热情鼓励路遥排除一切杂念下功夫去写。王维玲以马拉松作比文学创作,他曾对路遥说,对于一个献身文学事业的人来说,如同参加一场马拉松竞赛,不是看谁起跑得快,而是看谁的后劲足。在这场志趣相投的谈话后,王维玲果断代表中国青年出版社向路遥约稿。面对名编辑的约稿,而且又是《创业史》的责任编辑,态度又如此坚

---

[1] 路遥:《答中央广播电视大学问》,见《路遥文集》第2卷,陕西人民出版社,1993年,第447—448页。

决,路遥深受感动,一口应允。①

路遥在1981年的夏天来到陕北甘泉县,发起对《人生》创作的最后百米冲刺。他后来在创作随笔《早晨从中午开始》中这样讲述《人生》的创作情景:"细细想想,迄今为止,我一生中度过的最美好的日子是写《人生》初稿的二十多天。在此之前,我二十八岁的中篇处女作已获得了全国第一届中篇小说奖,正是因为不满足,我才投入《人生》的写作中。为此,我准备了近两年,思想和艺术考虑备受折磨;而终于穿过障碍进入实际表现的时候,精神真正达到了忘乎所以。记得近一个月里,每天工作十八个小时,分不清白天和夜晚,浑身如同燃起大火,五官溃烂,大小便不畅通,深更半夜在陕北甘泉县招待所转圈圈行走,以致招待所白所长犯了疑心,给县委打电话,说这个青年人可能神经错乱,怕要寻'无常'。县委指示,那人在写书,别惊动他(后来听说的)……人,不仅要战胜失败,而且还要超越胜利。"②

路遥朋友白描的回忆文,也可以与路遥的自述形成印证。他回忆道:"1981年夏,你在甘泉县招待所写作《人生》时,我在延安大学妻子那里度假。一天专程去看望你,只见小屋子里烟雾弥漫,房门后铁簸箕里盛满了烟头,桌子上扔着硬馒头,还有几根麻花,几块酥饼。你头发蓬乱,眼角黏红,夜以继日的写作已使你手臂痛得难以抬起。你说你是憋着劲儿来写这部作品的,说话时牙关紧咬像要和自己,也像要和别人来拼命。13万字的《人生》,你20多天就完稿。"③

路遥在延安地区(今延安市)甘泉县招待所潜心二十一天创作的稿件,名叫《生活的乐章》,还只是个初稿。当然,小说从《生活的乐章》到以《人生》为名的发表,还有一个精打细磨与修改的过程。

---

① 王维玲:《岁月传真——我和当代作家》,首都师范大学出版社,2009年,第304页。
② 路遥:《早晨从中午开始》,见《路遥文集》第2卷,陕西人民出版社,1993年,第4页。
③ 白描:《写给远去的路遥》,见马一夫、厚夫、宋学成主编《路遥纪念集》,人民文学出版社,2007年,第241页。

现有的史料证明，路遥在《人生》初稿完成后的1981年9月，就给王维玲写了一封信，专门谈自己的创作情况。

非常感谢您对我的信任和关怀，我甚至有点不安，觉得愧对您一片好心。以前的短篇，我自己都不很满意，因此不敢给您寄来，不过，在所有的约稿中，我对您的约稿看得最重，已经使我有点恐惧，我生怕不能使您满意，因此，每写出一篇，犹豫半天，还是不敢寄来。

我现在给您谈我的中篇，这个中篇是您在北京给我谈后，促我写的，初稿已完，约十三万字，主题、人物都很复杂，我搞得很苦，很吃力，大概还得一个月才能脱稿，我想写完后，直接寄您给我看看，这并不是要您给我发表，只是想让您给我启示和判断，当然，这样的作品若能和读者见面，我是非常高兴的，因为我们探讨的东西并不一定会使一些同志接受。我写的是青年题材，我先给您打个招呼，等稿完后，我就直接寄给您。①

从这封信中可以看出，路遥完成初稿后对作品的分量还是拿捏不准，不敢轻易拿出手，怀着惴惴不安的心情给王维玲写信。

王维玲接到路遥的信后写信给路遥，鼓励路遥寄去稿件。这样，路遥给王维玲寄去《生活的乐章》初稿才顺理成章。1981年10月，路遥给王维玲寄去初稿，并附一封短信：

您的信鼓舞和促进我的工作进度。现在我把这部稿子寄上，请您过目。

这部作品我思考了两年，去年我想写，但准备不成熟，拖到今年才算写完了……我自己想在这个不大的作品里，努力试图展示一种较为复杂的社会生活图景，人物也都具有复杂性。我感到，在艺术作品里，生活既不应该虚假地美化；也不应该不负责任

---

① 王维玲：《岁月传真——我和当代作家》，首都师范大学出版社，2009年，第305页。王维玲回忆，这封信是他在1981年9月21日收到的。

地丑化。生活的面貌是复杂的，应该通过揭示主要的矛盾和冲突，真实正确和积极地反映它的面貌，这样的作品才可能是有力量的。生活在任何地方都不会是一个平面；它是一个多棱角的"立锥体"，有光面的，也有投影，更多的是一种复杂相互的折射。

问题还在于写什么，关键是怎么写，作家本身的立场——可以写"破碎"的灵魂，但作家的灵魂不能破碎。

已经谈的太多了，也不一定正确，只是自己的一些认识，不对处，请您批评。至于这部作品的本身，您会判断的。我等着您的意见。①

王维玲收到书稿后，以激动的心情很快就阅读完小说的初稿，随后他又邀请了编辑室的两位同事许岱与南云瑞一起阅读。读完小说后，他们对这部小说初稿的内容、结构等方面的问题进行了一次讨论。从编辑的角度来看，这部小说的初稿显然已经比较成熟，但是个别地方的处理还需要调整一下，并且小说结尾的部分比较薄弱，不是很理想，对每个人物命运的走向还没有把握得很充分。如果可以对小说的全稿作一次充实调整、修饰润色，对结尾的思考可以更上一层的话，这部小说定会是一部喜人之作。

于是，王维玲在1981年11月11日执笔给路遥写了一封回信。有意思的是，王维玲给路遥写的许多信都没有留底稿，但唯独这封信留下了底稿。这封书信，可以成为编辑深度介入《人生》创作的重要史料。

路遥同志：

近来好！

我和编辑室的同志怀着极大兴趣，一口气把你的中篇读完了。你文字好，十分流畅，有强烈的生活气息和时代特色，让我们一读起来就放不下。虽然我生活在城市，对今天的农村生活变化不很了解，但读你的作品时，没有一点陌生的感觉，就像全都

---

① 王维玲：《岁月传真——我和当代作家》，首都师范大学出版社，2009年，第306页。王维玲回忆，路遥寄去的挂号信与小说初稿是1981年10月17日收到的。

是发生在我身边的事一样，让我关心事件的发展，关心人物的命运，为你笔下人物的遭遇和命运，一时兴奋，一时赞叹，一时惋惜，一时愤懑，我的心，我的情，完全被你左右了。读完你的作品，让我对你的创作更加注目和关心，对你的文学才能更加充满信心。我相信，你今后一定还能写出更为喜人的，同时也是惊人的作品，我期望着，等待着！

《生活的乐章》（即《人生》——笔者注）出版以后，会在文学界和青年读者中引起重视和反响。就我们看到的近似你这样题材的作品，还没有一部能到这样的艺术水准。为使你的作品更加完美，我们讨论了一下，有几点想法提供给你参考。

一、小说现在的结尾，不理想，应回到作品的主题上去。加林、巧珍、巧玲等不同的人物都应对自己的经历与遭遇，行动与结果，挫折与命运，追求与现实作一次理智的回顾与反省，从各自不同的角度总结过去，总结自己，总结旁人走过的道路，给人以较深刻的启示和感受，让人读后思之不尽，联想翩翩。

现在的结尾较肤浅，加林一进村，巧玲就把民办教师的职位让给他，并且对他表现出不一般的感情，给人的感觉，好像这一切都是巧珍的安排，让自己的妹妹填补感情上的遗憾。巧珍会这么做吗？！读过后感到很不自然。加林最后的反省和悔恨都还应再往上推一推。现实生活给予他这么重的惩罚，他应有所觉醒，有所认识，现在稿子发掘还不深，弱而无力。而缠绵的感情又显得多余，读者读到最后，想到的是加林和巧珍如何对自己、对生活作出评价，而不是其他！

二、关于巧珍。这是一个非常可爱的人物，应该贯彻始终。桥头断交，她显得比加林更感人，描写人物就是要在这些地方下功夫，显示人物的高尚和光彩。在他回村后，可以写她感情上的痛苦，但不应过多、过重，现在把她写得不能自拔，过了。她是个感情无比丰富的女性，同时又是一个理智的女性，两个方面都应显示出这个人物的光彩，现在对她的理智的一面展示不够，发掘不深，人物的血肉就显得不够丰满。她决定嫁给马栓，从不爱到爱，是她从理性的思索到感性的变化结果，要准确表现出人物的感情转变。巧珍和加林的不同在于，她是一个爱情专一的青年，但同时她也是一个自尊自爱，又实际，又理智的青年，要在最后的篇幅里，将这两方面充实丰满起来。

三、关于马栓。对他的性格描写还不够统一，他出场时，给人的印象是一个善于迎奉拍马，很会投机钻营，滑头滑脑的人，但在结尾和巧珍成亲时，又是一个朴朴实实，讲究实际，心地善良的青年农民形象。前后要统一，还是把他写得朴实可爱一点好。

四、关于加林，总的说来，写得很好，但有几个关键转折之处，还显得有些表面，发掘不深。他对巧珍是有感情的，为了与亚萍好，扔掉巧珍，他事前用尽心思，作了各种准备，没想到在大桥，仅三言两语，巧珍就明白了，那么轻易解决，这时他应感到意外，感到震惊，事后他应感到痛苦、感到不安！而且这种内疚的心情，应该越来越强烈，直到从省城回来，知道将要把他遣返回乡的冷酷现实不可改变，知道巧珍嫁给马栓，想到他与亚萍的关系不可能继续，他的失望悔恨，惋惜痛苦的心情应更强烈，他去找亚萍，告诉亚萍他心里真正爱的还是巧珍，这应是他不断反省，发自内心的话！这才符合人物当时处境，才能造成悲剧气氛。现在的稿子无论气氛，还是环境，无论加林，还是他周围的人物，写得都不够充分，不够强烈。

小说中，围绕加林和巧珍，加林和亚萍的爱情描写上，有重复的地方，也有刺眼的东西。还是含蓄一些更好，可适当作些修改。

五、德顺爷爷写得实在可爱，但他与加林的父亲到县里找加林说理，为巧珍抱不平等描写又过于简单，分量不够，应再深一点、重一点才好。

　　以上意见提供给你参考，想好后，修改起来也很便利。总的来说，不伤筋、不动骨，也没大工程，只是加强加深，加浓加细，弥补一些漏洞，使人物的发展更加顺理成章，合理可信。

　　关于下一步有两种考虑：一是你到我社来改，有一个星期时间足够了。二是先把稿子给刊物上发表，广泛听听意见之后再动手修改，之后再出书。我个人倾向第一种方案。现在情况你也知道，常常围绕作品中个别人物，个别情节，争论不休，使整个作品在社会上的影响受到伤害。我想，发表的作品和出书的作品都应该尽可能地避免这种情况发生才好。不知我的这些想法，你以为如何？

　　祝好！

王维玲
一九八一年十一月十一日[①]

　　我们在王维玲这封信中，可以看出这部名叫《生活的乐章》的中篇小说还不成熟：一是结尾转得很轻巧，结尾处的高加林回村后，他一进村子，巧珍的妹妹巧玲就把民办教师的职位直接让给他，在情节的处理上有些突兀；二是巧珍在高加林回村后，她感情上的痛苦过多、过重，写得不能自拔；三是马栓的性格前后描写得还不够统一；四是德顺爷爷与加林的父亲到县里找加林说理，为巧珍打抱不平等描写过于简单，分量不够；五是高加林几个关键转折之处，还显得有些表面，发掘不深。

　　路遥在焦急与不安的等待中，收到了来自王维玲非常诚恳的一封回信。这封回信里对路遥的小说初稿提出了很多中肯的修改意见，这让路遥非常感动。1981年11月，他很快再给王维玲写信：

　　非常高兴地收读了您的信，感谢您认真看了我的稿子，并提

[①] 王维玲：《岁月传真——我和当代作家》，首都师范大学出版社，2009年，第307—309页。

出了许多宝贵意见。我同意您的安排。我想来出版社，在你们的具体指导下改这部稿子，因为我刚从这部作品中出来，大有'身在庐山'之感。我现在就开始思考你们的意见。您接我的信后，可尽快给丕祥和鸿钧写信。估计他们会让我来的。①

这样，王维玲给路遥的直接上级、《延河》编辑部主编王丕祥与副主编贺鸿钧写了一封信，请他们批准路遥赴京改稿。这次赴京改稿直接促成了《人生》的定稿。

二

1981年12月，路遥赴京改稿。在赴京后的第二天，路遥就去找王维玲共同探讨自己关于小说的一些修改意见。二十多年后，王维玲回忆了当时的情景："事实上这个上午他谈的这些构想，几乎没有一条是原封不动地采纳我们的建议，但他谈的这些，又与我们的建议和想法那么吻合。听他讲时，我连连叫好；听完之后，我击掌叫绝。路遥的悟性极高，不但善解人意，而且能从别人的意见、建议之中抓住要点和本质，融会贯通，化为自己的血肉，融化到小说中去，他是一个富有创造性的人，一个艺术细胞十分活跃，天赋条件再好不过的人。我从事文学编辑几十年，最喜欢与路遥这样的作者合作，这种合作，随时能让我看到从作家身上爆发出来的创作性的火花；这样的创作性，让我激动，让我兴奋，让我痴迷，让我看到信心，看到希望，看到成功，对一个编辑来说，再没有比这高兴的事，这是一种难得的美的享受。"②

路遥的作品修改得很理想，创造性地解决了王维玲在信中提出的所有问题，于是中国青年出版社很快发排。我们今天看到《人生》的小说内容，就是路遥在这次赴京现场改稿后确定的。在定稿版的作品结尾中，加

---

① 王维玲：《岁月传真——我和当代作家》，首都师范大学出版社，2009年，第309页。
② 同上，第312页。

林要回村了，巧珍竭力阻止了姐姐巧英对加林的报复性侮辱；加林回到村口后，德顺老汉在富有魅力的深刻说教后，告诉加林巧珍已经跑到巧英公公高明楼那里求情，让想办法帮加林再教书……此时的高加林更是羞愧难当、自责不已，他一下子"扑倒在德顺爷爷的脚下，两只手紧紧抓着两把黄土，沉痛地呻吟着，喊叫了一声：'我的亲人哪……'"故事在此高潮中戛然而止，给读者留下无穷无尽的想象空间。这样的结尾，应该是在王维玲团队指导下修改到位的。

《人生》在定稿以后，又出现了新的问题。这部小说最初的名字并非现在被大众所熟知的《人生》，而是叫《高加林的故事》，后又改为《生活的乐章》。可是，这个名字连路遥本人和王维玲都觉得不是很理想，它应该有一个更契合主题的名字，但路遥在一时之间又无法想出一个更好的名字。于是，路遥和王维玲约定以书信联系，继续探讨小说的后续事宜。而《人生》这部小说名字的由来也颇费周折。在1982年的新年，路遥仍然为要给这部小说起什么样的题目而大伤脑筋，他甚至打算让这部小说就叫《你得到了什么？》。路遥为此曾去专信给王维玲团队的陕西编辑南云瑞。1982年1月6日，南云瑞把这封信转给了王维玲，此信后由王维玲保存。

  我突然想起一个题目，看能不能安在那部作品上，《你得到了什么？》或者不要问号。有点像柯切托夫的《你到底要什么？》格式有点相似，但内涵不一样。这个题目一方面从内容上说，对书中的每个人都适用，因为大家都失去了一些东西，但都得到了一些东西，有些人得到了切身的利益，有些人得到的是精神上的收获；有些人得到的是教训，有些人得到的是惩罚。另外，也是向看完此书的读者提问。我觉得这题目也还别致。请您很快和老王商量一下，看能不能用，也许我考虑不周，这方面实在低能。[①]

对这部小说的名字问题，王维玲也一直很关心，他特别注意到小说的题记是选用柳青《创业史》中的一段话："人生的道路虽然漫长，但紧要

[①] 王维玲：《岁月传真——我和当代作家》，首都师范大学出版社，2009年，第313页。

处常常只有那么几步，特别是当人还年轻的时候……"出于对路遥这部小说的深厚理解，他认为柳青的这段话可以为路遥的这篇小说下一个注脚。尤其是开头的"人生"两个字，既切题、明快，又好记，他认为小说可以直接取其中的"人生"二字为题，免得绕来绕去说不到主题上去。他的提议也得到中国青年出版社编辑室编辑们的一致认可。

王维玲以《人生》为小说的名字，再次写信给路遥，并征求他的意见。除此之外，他还期待路遥可以再加把劲儿，趁热打铁，继续进行《人生》下部的创作，这些建议都在他写给路遥的信里。

1982年1月31日，路遥的回信就寄到王维玲那里。路遥这样写道：

您的信已收读，想到自己进步微小，愧对您的关怀，深感内疚，这是一种真实的心情，一切都有待今后的努力，争取使自己的创作水平再能提高一点。

关于我的那部稿子的安排，我完全同意您的意见，一切就按您的意见安排好了。你们对这部作品的重视，使我很高兴。作品的题目叫《人生》很好，感谢您想了好书名，这个名字有气魄，正合我意。至于下部作品，我争取能早一点进入，当然一切都会很艰难的，列夫·托尔斯泰说过："艺术的打击力量应该放在作品的最后"（大意），因此这部作品的下部如果写不好，将是很严重的，我一定慎重考虑，认真对待。一旦进入创作过程，我会随时和您通气，并取得您的指导。上半年看来不行，因为我要带班。

这几天我的小孩得肺炎住院，大年三十到现在感情非常痛苦，就先写这些，有什么事情您随时写信给我。[①]

这样，中篇小说《人生》的题目才算是最终定下来了。由最初只是一个雏形的《高加林的故事》，再到《生活的乐章》，又到《你得到了什么？》，最后落脚到了《人生》，才算一锤定音。可以看出，作者给小说起名字的过程，既是选择最概括的词语诠释小说的过程，也是不断深化小

---

① 王维玲：《岁月传真——我和当代作家》，首都师范大学出版社，2009年，第314页。

说丰富内涵的过程。至此，《人生》这篇小说的修改工作才算是完满结束。可以说，如果没有编辑对作家创作的干预介入，没有编辑对小说的具体指导，《人生》是否会大获成功，也不得而知。

中国青年出版社非常看好《人生》，认为它所具有的能量会引起巨大的社会关注。为了扩大它的影响力，想在《人生》出书之前先找一家有影响的刊物，若能作为重点稿件推出则更好。王维玲想到上海的大型文学刊物《收获》就是一个很好的平台。有了这个想法以后，他立即写信征求路遥的意见，并再次催促他尽快上手续写《人生》下部。

路遥在1982年4月2日写了回信：

> 非常高兴地收读了您的信……我感到极大的愉快，也使我对所要进行的工作更具有信心，同时也增加了责任感；仅仅为了您的关怀和好意，我也应该把一切做得更好一些。对于我来说，各方面的素养很不够，面临许多困难需要克服，精神紧张，但又不敢操之过急。不断提高只能在不断的创作实践过程中才能实现，您的支持是一个很大的动力。
>
> 关于《人生》的处理我很满意，您总是考虑得很周到，唯一不安的是我的作品不值得您这样操心，这绝不是自谦。为此，我很感激您……[①]

王维玲征得路遥的同意后，便给《收获》编辑郭卓写信，向她推荐《人生》，并迅速把清样寄过去。这样，路遥三起炉灶、三易其稿、反复"折腾"了三年才创作完成的《人生》，很快就被《收获》杂志在1982年第3期头条位置刊发。小说的后记写有"1981年夏天初稿于陕北甘泉，同年秋天改于西安、咸阳，冬天再改于北京"，也印证了该小说在编辑指导下反复修改的过程。

《人生》发表后的1982年8月23日，路遥再次给王维玲写了一封长信，表达自己欣喜而理智的心情。此信这样写道：

[①] 王维玲：《岁月传真——我和当代作家》，首都师范大学出版社，2009年，第314页。

《人生》得以顺利和叫人满意的方式发表，全靠您的真诚和费心费力。现在这部小说得到注意和一些好评，我是首先要感谢您的。实际上，这部小说我终于能写完，最先正是您促进的。因为写作的人，尤其是大量耗费精力的作品，作者在动笔时不可避免地要考虑自己劳动的结果的出路。因为我深感您是可靠的、信任我的，我才能既有信心，又心平气静地写完了初稿。现在的结果和我当时的一些想法完全一样。您总是那么真诚和热忱，对别人的劳动格外地关怀，尤其是对我，这些都成了一种压力，我意识到我只能更严肃地工作，往日时不时出现的随便态度现在不敢轻易出现了……①

在路遥的这封长信中，他真切地表达了对王维玲的感激，如果没有编辑一步一步地激励与帮助，这部小说可能不会这样顺利地完成。路遥同时在这封信中阐明自己已不准备写作《人生》下部的理由，尤其是透露出他想要构思长篇小说的想法。笔者不妨大胆地推测，正是因为王维玲与陕西作家特别的亲缘关系，才格外注意陕西作家路遥，看到了路遥的才华，对路遥的创作进行不断鼓励和督促，才促成《平凡的世界》的最终降生。这样看来，《人生》的出场也在为后来《平凡的世界》做铺垫。

中国青年出版社1982年11月推出了《人生》单行本。《人生》单行本出版后，王维玲已担任《青年文学》主编，他专门在《青年文学》1983年第1期上组织编发包括唐挚《漫谈〈人生〉中的高加林》、蒋荫安《高加林悲剧的启示》、小间《人生的一面镜子》的一组《人生》评论文章，再次向全国读者推荐《人生》。

王维玲在此之后仍与路遥有几次重要通信，讨论邀请路遥给《青年文学》写稿与创作《人生》下部的事情。因这些书信不在本文的讨论范围内，故不再赘述。

---

① 王维玲：《岁月传真——我和当代作家》，首都师范大学出版社，2009年，第315—316页。

三

　　《人生》创作期间编辑与作者的密集书信互动反映出如下几点：《人生》就是作者长期积累后在特定机遇的总喷发；《人生》在创作过程中得到编辑的深度指导；编辑帮助作者完成了小说的最终命名。由此可见，一位独具慧眼的好编辑对作家创作的影响是巨大的，也可以看出一位优秀作家是如何一步步成长起来的。路遥遇到中国青年出版社编辑王维玲，无疑相当幸运，倘若没有王维玲及其编辑团队的深度介入，直接催促并参与指导《人生》故事的细化与主题的深化工作，这部小说能否拥有深刻的主题与产生重要文学影响，尚不得而知。也由此可见，作为特殊读者的编辑，拥有文学把门人特殊权力的审阅，是把其审美感知与文学经验，通过审读影响到作家的创作中，共同承担了建构小说《人生》美学思想的工作。作为柳青《创业史》责任编辑的王维玲，他编辑《创业史》时形成的固定审美经验与文学判断，也就自然迁移到对《人生》创作的指导上了，这点从《人生》的修改与定稿中可以清晰地看出来。从另一个角度来看，柳青是路遥的文学教父，路遥曾撰写过《柳青的遗产》《病危中的柳青》等随笔，表达对柳青的敬意。路遥与柳青在文化认同上具有相近性，在性格、心理上具有相似性，他认同柳青的创作观，心灵上也有着与柳青创作思想相似的敏感判断与接受机制。路遥曾坦言："我细心地研究过他的著作、他的言论和他本人的一举一动。他帮助我提升了一个作家所必备的精神素质。"[①]也正因为如此，路遥在坚持现实主义创作的道路上，能够正视中国改革开放之初的社会问题与社会矛盾，既深入开掘了现实生活的诗意，也尖锐地暴露出生活的丑恶与庸俗，强烈地传达出变革时期的农村青年人在人生道路的选择中所面临的矛盾与痛苦心理。

---

① 路遥：《早晨从中午开始》，见《路遥文集》第2卷，陕西人民出版社，1993年，第48页。

当然，王维玲的这种深度介入型编辑指导，对于路遥来说不是第一次。早在创作中篇小说《惊心动魄的一幕》时，路遥就得到现实主义文学批评大家秦兆阳先生的悉心指导。路遥在《早晨从中午开始》中称："秦兆阳等于直接甚至是手把手地教导和帮助我走入文学的队列。"[1]

《人生》刊发与出版后，便引起强烈的文学轰动，千千万万的读者被《人生》所打动。高加林和刘巧珍一时之间风靡全国。1983年3月中旬，《人生》获得中国作家协会举办的1981—1982年全国优秀中篇小说奖。当时主持评审的中国作协书记处书记冯牧称："现在青年作者，学柳青的不少，但真正学到一些东西的，还是路遥。"[2]

事实上，《人生》创作期间编辑与作者的密集书信互动，已构成了我国新时期文学的一种特殊现象，也可以视为编辑提前介入的一种独特的批评方式。像路遥这样优秀的创作主体，就是在创作《惊心动魄的一幕》与《人生》的"规训"中一步步地走向成熟，并最终在六年后完成了长篇小说《平凡的世界》的创作。新时期之初这种编辑深度介入的独特文学现象，也应当引起当代文学研究者更多的重视。

原载《中国文学批评》2020年第1期，人大复印报刊资料《中国现代、当代文学研究》2020年第8期全文转载

（本文系与梁爽合作）

---

[1] 路遥：《早晨从中午开始》，见《路遥文集》第2卷，陕西人民出版社，1993年，第48页。

[2] 王维玲：《岁月传真——我和当代作家》，首都师范大学出版社，2009年，第319页。

捕捉"社会大转型"时期的历史诗意

——路遥《平凡的世界》创作动因考

当代已故著名作家路遥的长篇小说《平凡的世界》,是我国新时期以来为数不多的畅销书和常销书,被誉为"茅盾文学奖皇冠上的明珠,激励亿万读者的不朽经典"[①]。

一部优秀文学作品的诞生,与作家的创作动机、思考、表达等分不开。路遥的这部《平凡的世界》是出于怎样的原因创作出来的呢?1991年冬,路遥撰写《早晨从中午开始》时曾笼统地回答过这个问题,"我决定要写一部规模很大的书","作品的框架已经确定:三部,六卷,一百万字。作品的时间跨度从一九七五年初到一九八五年初,为求全景式反映中国近十年间城乡社会生活的巨大历史性变迁"。[②]

那么,路遥为何要下定决心创作这部长篇小说,"谨以此书,献给我生活过的土地和岁月"[③]呢?笔者结合掌握的回忆文章及书信等资料,梳理促使路遥下决心创作这部长篇小说的主要动因,力求揭开这部经典作品的创作之谜。

[①] 路遥:《平凡的世界》(普及本),北京十月文艺出版社,2011年,书腰推荐语。
[②] 路遥:《早晨从中午开始》,见《路遥文集》第2卷,陕西人民出版社,1993年,第6、10页。
[③] 路遥:《平凡的世界》,见《路遥文集》第3卷,陕西人民出版社,1993年,扉页。

一

中国青年出版社副总编王维玲不断催促路遥创作《人生》下部，引发路遥的认真思考。他下决心另起炉灶，开始创作一部长篇小说，这部小说就是后来的《平凡的世界》。

《人生》是路遥三起炉灶、三易其稿、反复"折腾"三年才创作完成的优秀中篇小说。在1981年的第三次创作过程中，路遥与时任中国青年出版社副总编辑的王维玲进行了密集的书信交流，王维玲直接推动了《人生》的创作，并深度指导了作品故事的细化与主题深化，与作者共同完成了小说的最终命名。对此，笔者的论文专门进行过深入研究。[①]

1981年12月，路遥赴京在王维玲的指导下完成《人生》的修改后，却迟迟定不下小说的名字。王维玲这时注意到小说的题记是选用柳青《创业史》中的一段话："人生的道路虽然漫长，但紧要处常常只有那么几步，特别是当人还年轻的时候……"他认为这段话可以作为这部中篇小说的一个注解。尤其是开头的"人生"两个字，既切题、明快，又好记，小说可以直接叫《人生》，免得绕来绕去说不清楚。他的提议得到中国青年出版社编辑们的一致认可。

于是，王维玲再次写信征求路遥意见。他还鼓励路遥续写《人生》下部，并且要路遥尽快上马，趁热打铁，一鼓作气。这些建议全在他写给路遥的信里。1982年1月31日，路遥的回信就寄到王维玲那里。路遥这样写道：

> 您的信已收读，想到自己进步微小，愧对您的关怀，深感内疚，这是一种真实的心情，一切都有待今后的努力，争取使自己的创作水平再能提高一点。

[①] 梁向阳、梁爽：《经典是怎样"炼"成的——以〈人生〉创作中编辑与作者的书信互动为视角》，载《中国文学批评》2020年第1期。

  关于我的那部稿子的安排,我完全同意您的意见,一切就按您的意见安排好了。你们对这部作品的重视,使我很高兴。作品的题目叫《人生》很好,感谢您想了好书名,这个名字有气魄,正合我意。至于下部作品,我争取能早一点进入,当然一切都会很艰难的,列夫·托尔斯泰说过:'艺术的打击力量应该放在作品的最后'(大意),因此这部作品的下部如果写不好,将是很严重的,我一定慎重考虑,认真对待。一旦进入创作过程,我会随时和您通气,并取得您的指导。上半年看来不行,因为我要带班。

  这几天我的小孩得肺炎住院,大年三十到现在感情非常痛苦,就先写这些,有什么事情您随时写信给我。[①]

  路遥的回信印证了王维玲鼓励自己写下部的意见。那么,这个下部到底是什么呢?结合《人生》的创作过程,笔者以为就是《人生》的"续集",或者说是讲述高加林因精简再次回到农村后续故事的小说。

  读过《人生》的朋友都知道,《人生》的最后一章"第二十三章"注明"并非结局"。高加林回到生他养他的农村后,他一下子"扑倒在德顺爷爷的脚下,两只手紧紧抓着两把黄土,沉痛地呻吟着,喊叫了一声:'我的亲人哪……'"故事在此高潮中戛然而止,给读者留下无穷无尽的想象空间。

  那么,高加林这样一位在社会变革初期时刻想进入城市的乡村知识青年,他怎么会甘心命运的安排?他未来的人生又将如何呢?……这些问题一定激发起王维玲这样一位编辑过柳青《创业史》的优秀编辑的极大兴趣。他自然会引导作者继续沿着高加林的性格逻辑,"趁热打铁",写好《人生》的下部,这也是必然的情感逻辑与思维逻辑。于是,王维玲一边给上海大型文学刊物《收获》推荐《人生》,一边又写信再次催促路遥尽快上手续写《人生》下部。

  王维玲对路遥有知遇之恩,是路遥的"贵人"。路遥自然不敢马虎,于1982年4月2日给王维玲写了回信:

[①] 王维玲:《岁月传真——我和当代作家》,首都师范大学出版社,2009年,第314页。

> 非常高兴地收读了您的信……我感到极大的愉快，也使我对所要进行的工作更具有信心，同时也增加了责任感；仅仅为了您的关怀和好意，我也应该把一切做得更好一些。对于我来说，各方面的素养很不够，面临许多困难需要克服，精神紧张，但又不敢操之过急。不断提高只能在不断的创作实践过程中才能实现，您的支持是一个很大的动力……①

在这封信中，路遥谈到他的准备不足与不安。

1982年8月23日，也就是王维玲把《人生》成功推荐到《收获》杂志1982年第3期头条刊发后，路遥再次给王维玲写了一封长信。在这封信中，他阐明已不准备写作《人生》下部的理由，还透露出构思长篇小说的信息。信这样写道：

> 南云瑞不断地向我转达您的一些意见，尤其关于《人生》下部的意见。这是一个很重要的问题，需要我反复思考和有一定的时间给予各方面的东西的判断。我感到，下部书，其他的人我仍然有把握发展他（她）们，并分别能给予一定的总结。唯独我的主人公高加林，他的发展趋向以及中间一些波折的分寸，我现在还没有考虑清楚，既不是情节，也不是细节，也不是作品总的主题，而是高加林这个人物的思想发展需要斟酌处，任何俗套都可能整个地毁了这部作品，前功尽弃。
>
> 鉴于这种情况，我需要认真思考，这当然需要时间，请您准许我有这个考虑的时间，我想您会谅解我的。我自己在一切方面都应保持一种严肃的态度，这肯定是您希望我的。本来，如果去年完成上部后，立即上马搞下部，我敢说我能够完成它，并且现在大概就会拿出初稿来了……
>
> 我现在打算冬天去陕北，去搞什么？是《人生》下部还是其他？我现在还不清楚，要到那里后根据情况再说。

---

① 王维玲：《岁月传真——我和当代作家》，首都师范大学出版社，2009年，第314页。

>另外，我还有这样的想法：既然下部难度很大，已经完成的作品也可以说是完整的，那么究竟有无必要搞下部？这都应该是考虑的重要问题。当然，这方案，我愿意听从您的意见。
>
>我也有另外的长篇构思，这当然需要做许多准备才可开工。①

在这封信中，笔者可以读到这样的信息：一是，王维玲因爱才再三催促路遥完成《人生》下部，而路遥却因思考不到位没有答应。换个一般作家，在作品走红时肯定会迎合编辑意图趁热打铁写出下部，但路遥就是路遥，他有常人无法理解的清醒与理智。二是，路遥因为王维玲的不断催促，才促使对高加林回到农村后人生的深入思考，决定要创作一部系统思考乡村青年生存、奋斗、情感乃至命运的长篇小说。

在此之后，路遥给王维玲的信件中，多次提及创作长篇小说的事情。《人生》单行本1982年12月在中国青年出版社出版后，王维玲再次向路遥约稿。路遥很快给王维玲回信。

>我明年计划较广泛地到生活中去，一方面写中篇，一方面准备长篇小说的素材。创作走到这一步，需要更大的力量和耐心走下一步。我自己已到了"紧要的几步"了……②

王维玲后来回忆："收到这封信后，我立即给路遥回信。我还是希望他考虑《人生》下部的创作。我告诉他，柳青在《创业史》第一部出版之后，进入第二部创作时，就曾产生了一些新的想法和变动。若进入《人生》下部的写作，极有可能在下部的构思和创作上，对生活的开掘和延伸上，艺术描写和艺术处理上，都可能出新创新，再一次让人们惊讶和赞叹。""在对待《人生》下部的写作上，我在较长时间内都非常积极，力促路遥立即上马写作。后来随着路遥的不断来信，信中不断给我下毛毛雨，我才开始冷静下来，不再催他。"③

---

① 王维玲：《岁月传真——我和当代作家》，首都师范大学出版社，2009年，第315—316页。
② 同上，第317页。
③ 同上，第319页。

通过对这些书信的解读，笔者得出这样一个判断：即王维玲因爱才而对路遥的不断催促，促成了《平凡的世界》的降生。

二

路遥为何放弃反复思考的《人生》下部，转而寻求新的故事资源，最终创作出长篇小说《平凡的世界》呢？换言之，《平凡的世界》最初的故事原点是什么？这就是路遥弟弟王天乐的人生际遇，它直接激活了路遥《平凡的世界》的创作灵感。

1991年冬，路遥在享受成功喜悦的时候，撰写了《平凡的世界》创作随笔《早晨从中午开始》。这篇六万字的创作随笔的题记，是"献给我的弟弟王天乐"。路遥甚至在这篇随笔中用近一节的篇幅（第十六节），谈王天乐在自己生活与创作中的作用。其中有这样一段话：

> 我得要专门谈谈我的弟弟王天乐。在很大的程度上，如果没有他，我就很难顺利完成《平凡的世界》……另外，他一直在农村生活到近二十岁，经历了那个天地的无比丰富的生活，因此能够给我提供许多十分重大的情节线索；所有我来不及或不能完满解决的问题，他都帮助我解决了。在集中梳理全书情节的过程中，我们曾共同度过许多紧张而激奋的日子；常常几天几夜不睡觉，沉浸在工作之中，即使他生病发烧也没有中断。尤其是他当五年煤矿工人，对这个我最薄弱的生活环境提供了特别具体的素材。实际上，《平凡的世界》中的孙少平等于是直接取材于他本人的经历……有关我和弟弟天乐的故事，那是需要一本专门的书才能写完的。[1]

这些文字，是路遥对弟弟王天乐多年来追随并帮助自己创作的最大褒奖。

---

[1] 路遥：《早晨从中午开始》，见《路遥文集》第2卷，陕西人民出版社，1993年，第31—32页。

要梳理清楚路遥与弟弟王天乐的关系，需要交代路遥的特殊身世。路遥的生身父母是陕北清涧县典型的多子农民，一辈子生育六男三女（其中一个儿子夭折，其余皆长大成人）。1957年秋，父母把长子路遥过继给延川的大哥顶门为儿。路遥的伯父伯母在1957年秋收养路遥后，还在1972年收养了路遥的三弟"四锤"（即王天云，1956年生）。路遥与弟弟"四锤"两人同时在延川的大伯家"顶门"为儿，这种情况在陕北并不多见。

1957年以后，路遥就在延川县生活、学习、工作至1973年。1973年秋，路遥被推荐到延安大学中文系读书，1976年大学毕业被分配到陕西省文艺创作研究室《陕西文艺》杂志社担任编辑。1980年，担任《延河》编辑的路遥已靠自身努力改变了命运，成为陕西省小有名气的青年作家，但他仍无法摆脱"农裔城籍"的困境。路遥的生存之境虽在省城，但生命之根仍在农村，他"农裔"的大部队在农村。一方面，他虽然过继给延川的伯父为子，但延川和清涧两个家庭的事情都要顾及。另一方面，他是家中长子，也是这个家族站在省城重要"公家"门上的唯一一人，必须承担家庭责任。如他后来在《早晨从中午开始》中所坦言的那样："从十几岁开始，我就作为一个庞大家庭的主事人，百事缠身，担负着沉重的责任。"①

延川养父母这边的弟弟"四锤"，在路遥的帮助下成为延川县农机局施工队的一名合同制推土机手。这份合同制的工作，是路遥花费好多周折才办到的。他以后还不断地帮助"四锤"解决问题，从路遥1981年左右给好友海波的通信中可看到这些情形。②

清涧的生身父母那边，有三男三女。其中，大妹妹"荷"（即王荷，1951年生），二十多岁时就因病去世；大弟弟"刘"（即王卫军，1953年生）参军后转业留在西安的陕西省结核病医院工作。而四弟"猴蛮"（即王天乐，1959年生），在1976年勉强读完清涧县的高中后，在农村教了两

---

① 路遥：《早晨从中午开始》，见《路遥文集》第2卷，陕西人民出版社，1993年，第31页。
② 详见北京十月文艺出版社2013年出版的《早晨从中午开始》中路遥给海波的书信。

年书。他无法面对一贫如洗的家庭，于1979年夏出走到延安城，干起背石头的揽工营生，一干就是两年。对此，王天乐后来回忆："1979年夏天，我怀揣7毛人民币，身背20多斤重的一捆破铺盖卷，惊恐地出现在这座城市里……当我来到城东桥头蹲下不到一小时，一个镶着金牙、抽着黑卷烟棒的中年人就到了我的面前。他问我是不是来揽工的，我赶忙对他巴结式地点了点头。他问我是匠工还是小工，我如实说是小工……"[①]另外，路遥还有两个妹妹与一个弟弟，分别叫"新芳"（即王萍，1962年生）、"新利"（即王英，1966年生）、"九娃"（即王天笑，1968年生），当时年龄尚小，在清涧县农村学校上学。

在改革开放之初，我国城乡社会仍有着严格界限与鸿沟。一方面，从身份上来讲，农村人世代被束缚在土地上，既要一年四季背朝黄土面朝天地劳作，又要缴纳农业税赋；而城市人口则可以买到国库供应粮。这是典型的城乡二元社会结构。另一方面，城市是现代化与文明的象征，而农村则是落后的象征；向往城市就是向往现代化与文明，向往城市户口就是向往摆脱贫穷的生活。这无可厚非。就以王天乐而言，他在国家政策松动之时，坚定地跑到陌生的延安城里当一名揽工汉，也再不愿回到农村里去。那么，王天乐为何没有选择去榆林城，而是舍近求远跑到当时的延安城呢？潜在的原因是，只见过"两三次面"的长兄路遥就毕业于延安大学，在延安有很丰富的人脉资源，万一有机会帮他找份工作，他就可以跳出"农门"，脱离苦海了……王天乐是极度聪明的年轻人，他在延安揽工后，不断给远在西安的哥哥写信汇报揽工心得——昨天读了什么书，有怎样的体会；今天又读了什么书，又有怎样的心得。

事实上，王天乐是清涧老家中最让路遥放心不下的兄弟，他本应该成为家中的顶梁柱，可不甘心命运的摆布。在路遥的印象中，他与这个兄弟只见过"两三次面"，甚至没说过几句话。但看到王天乐写给自己的信

[①] 王天乐：《揽工记忆》，见刘春玉等编著《喊山——无言的黄土歌》，陕西人民教育出版社，1991年，第102页。

后,他流泪了,认为王天乐是几位弟妹中最有思想的人。从那时起,王天乐不甘于命运的性格以及"出走"行为深深地刺激着路遥,勾起了路遥作为大哥心中的那份责任。因此,路遥决心不惜一切代价,帮助这位在老家弟妹们中学历最高、最可能成功的弟弟。也就是说,在1979年到1980年之间,路遥除了要搞好编辑工作,以饱满的激情进行创作之外,还要抽出很大一部分精力来帮助王天乐找工作。

在新时期之初,农村人要进入城市立足,只有参加大中专院校升学考试一条途径。对于王天乐这样一个连英语字母ABC都认不全的社办高中毕业生来说,知识缺陷使他无法走通这条路。另外一条路,就是通过参加招工等方式跳出"农门"。在党的十一届三中全会之后,国家的招工政策越来越严,除了在农村招收矿工等重体力工种工人外,几乎不给农村投放指标。煤矿井下工是危险工种,对于条件好的农村人来说也是不屑的。在帮助王天乐改变命运的过程中,路遥可谓绞尽脑汁。

路遥找到时任中共延安县委书记的张史杰,设法把王天乐的户口从榆林地区清涧县迁移到延安地区延安县冯庄公社李庄大队。1980年秋,王天乐从李庄大队招工到铜川矿务局鸭口煤矿采煤四区当采煤工人。

那么,路遥为何能找到张史杰,以及张史杰为何愿意帮助路遥呢?这需要进一步勾勒一下路遥的身世与创作情况方能交代清楚。张史杰在1965年至1968年担任中共延川县委书记,而路遥是延川县以初中生为骨干成员的"红色造反派第四野战军"(简称"红四野")中赫赫有名的"王军长"。1978年,路遥以"文革"武斗时的延川县书记张史杰为原型创作了中篇小说《惊心动魄的一幕》。该小说在《当代》杂志1980年第3期上发表,并于1981年获全国首届优秀中篇小说奖。正是基于"文革"时期的特殊友谊,路遥才去找了张史杰。

《人生》发表后,中国青年出版社副总编辑王维玲不断催促路遥创作《人生》下部。就在1982年8月,路遥给王维玲回信时第一次透露出将创作长篇小说的信息:"我也有另外的长篇构思,这当然需要做许多准备才可开工。"①而此时的王天乐，正在铜川矿务局当井下采煤工人。到《平凡的世界》真正动笔创作之前的1984年秋，路遥已经想办法把王天乐调入《延安报》当记者，给王天乐提供了一个更大的飞翔平台。1988年，路遥推荐王天乐到西北大学作家班学习；1991年，帮助王天乐调入《陕西日报》当记者。此后，王天乐一直在《陕西日报》任记者，并在新闻记者的岗位上做出了不俗的成绩。王天乐也非常珍视这段揽工汉经历，在西北大学作家班上学期间撰文："感谢生活一开始就给我左脚上留下了个纪念品。我带着这个'提拔重用'过的标记，下过矿井，流过血，吃过宴会，走过地毯，并以记者的身份和各式各样的人打过交道。眼下正在西北大学中文系混文凭，但无论走到哪里，左脚上的伤痕好像常常在提醒着我——你曾经是一名'小工'。"②2007年，王天乐因病去世。

通过对王天乐人生行迹的梳理，笔者发现他与《平凡的世界》中的主人公孙少平的人生轨迹高度吻合。应该说，在路遥最初决定要创作《人生》下部，继续讲述高加林回到黄土地以后的人生故事时，王天乐的人生际遇直接激活他的创作灵感：一位怯懦的乡下少年，在县中学通过读书获得了仰望星空的梦想与动力；他回到农村当了两年民办教师后，毅然决定"出走"，进入城市寻找属于自己的人生坐标。在新时期之初，这样的农村人属于新潮的胆大者。也就是说，王天乐就是路遥所苦苦寻找的拥有现代文明知识的"出走者"，他拥有"后高加林"的所有特征，这真是"踏破铁鞋无觅处，得来全不费工夫"。路遥的创作灵感就这样在"长期积累"之后"偶然得之"，并形成了创造性思维。这样，路遥以王天乐为主要原型构思孙少平的人物故事方在情理之中。笔者从《平凡的世界》中主要人物孙少平的人生轨迹来观察，也可以印证这一判断：第一部，主要讲述"文革"后期，乡下少年孙少平在原西县中学上学的故事和回到农村当小学老师的故

---

① 王维玲：《岁月传真——我和当代作家》，首都师范大学出版社，2009年，第315—316页。
② 王天乐：《揽工记忆》，见刘春玉等编著《喊山——无言的黄土歌》，陕西人民教育出版社，1991年，第102页。

事；第二部，主要讲述改革开放后孙少平到黄原城当揽工汉的故事；第三部，主要讲述孙少平因偶然机遇到铜城煤矿当井下工人的故事。孙少平的人生故事，与王天乐的人生经历有着高度的相似与契合。

长篇小说《平凡的世界》最初构思版叫《走向大世界》。路遥最初设定这部小说的基本框架是"三部六卷一百万字"，还分别给这三部曲取名为《黄土》《黑金》《大城市》，决心要把这一礼物献给"生活过的土地和岁月"。这部小说最初所形成的"黄土""黑金""大城市"的文化意象，某种意义就是王天乐的人生际遇所激活的。这样，我们也就不难理解路遥在1991年撰写创作随笔《早晨从中午开始》时，执意在题记中写上"献给我的弟弟王天乐"的缘由。

三

长篇小说《平凡的世界》的构思，是不断深化与细化的过程，而不是一蹴而就的。当路遥头脑中烂熟于心的现实主义创作模式与弟弟王天乐的人生际遇相遇后，路遥心中的创作灵感就被彻底激活了，他敏锐地捕捉到时代变化的"历史诗意"，从而进行了更为深入的现实主义文学思考。

早在70年代大学读书期间，路遥就认真读书，他曾回忆："在大学里时，我除过在欧洲文学史、俄国文学史和中国文学史的指导下较系统地阅读中外各个历史时期的名著外，就是钻进阅览室，将新中国成立以来的几乎全部重要文学杂志，从创刊号一直翻阅到'文革'开始后的终刊号，阅读完这些杂志，实际上也就等于检阅了一九四九年以后中国文学的基本面貌、主要成就及其代表性作品。"[①]在大学期间，路遥也在精神气质上自觉追随柳青。同学回忆，"在路遥的床头，经常放着两本书：一本是柳青的《创业史》，一本是艾思奇的《辩证唯物主义和历史唯物主义》，是路

[①] 路遥：《早晨从中午开始》，见《路遥文集》第2卷，陕西人民出版社，1993年，第17页。

遥百看不烦的神圣读物"①。

柳青与路遥都是陕北人，因为出生与成长地域的相似性，文化认同的相近性，故路遥一登上文学场，便一直默认柳青就是"文学教父"，并从柳青身上学到好多东西。路遥在诸多场合有过这样的表述，他也撰写过《柳青的遗产》《病危中的柳青》表达对柳青的无限敬意。路遥中篇小说《人生》1983年荣获全国第二届优秀中篇小说奖时，中国作家协会书记处书记、著名文学评论家冯牧讲："现在青年作者，学柳青的不少，但真正学到一些东西的，还是路遥。"②到1985年，路遥在《平凡的世界》动笔之前，已经认真研读过七遍《创业史》，这也进一步说明柳青与《创业史》之于路遥精神生活的重要性。

现实主义史诗性小说的创作观，契合了路遥的文学理想与人生担当。但是，怎样学习柳青，路遥又有自己的理解。柳青《创业史》书写农业合作化运动的形成，但其核心是写梁生宝等人在异常艰难困苦的情况下，如何走"组织起来"的道路。"组织起来"所呈现的价值核心，即"兄弟同心，其利断金"。而在《平凡的世界》的核心构思中，路遥则更是强调以陕北农村一对兄弟孙少平、孙少安的奋斗串联起中国城乡社会普通人物的命运。我们在成稿的小说中看到这样一番情景：孙少平是拥有现代文明知识、渴望融入城市的"出走者"，他渴望自强与自立，自尊与自爱，渴望自身心灵的解放。孙少安则是立足于乡土的脚踏实地的现实奋斗者，早在农业社期间，他为了让村里社员们吃上饭，毅然打破"大集体"的大锅饭；改革开放后，他抓住机遇发家致富，就是要"活得像个人"。路遥小说的这种人物构思方式，在形式上与梁生宝的集体意识、担当精神相悖，但其实是另一种担当。成型后的《平凡的世界》与柳青的《创业史》在精神气质上是"殊途同归"，均是讲好"中国故事"，均是对"自强不息、

---

① 白正明：《路遥的大学生活》，见马一夫、厚夫、宋学成主编《路遥纪念集》，人民文学出版社，2007年，第4页。
② 王维玲：《岁月传真——我和当代作家》，首都师范大学出版社，2009年，第319页。

厚德载物"中国精神的文学展示。我们可以看出，路遥这位"社会大转型期"由中国最底层农村一步步奋斗到城市的作家，是如何充分领略了这"大转型期"的主题与诗意，并深刻感受到它所赋予的史诗性的品格，我们也能感受到"孙少平"身上的王天乐元素。

现实主义作品的创作方式，要求路遥一丝不苟、全方位地占有资料，熟悉所书写时代的特征与气质。为此，路遥先后用三年左右的时间，做这个"三部六卷百万字"鸿篇巨制的准备工作。他潜心阅读了一百多部长篇小说，分析作品结构，玩味作家的匠心，确立自己的小说大纲；他阅读了大量政治、经济、历史、宗教、文化以及农业、工业、科技、商业等方面的书籍；他甚至还翻阅过这十年间的《人民日报》《光明日报》《参考消息》《陕西日报》《延安报》；他也多次重返故乡陕北，深入工矿企业、学校、集镇等地，进行生活的"重新到位"，加深对农村、城镇变革的感性体验。这样，路遥在不断丰富与细化中，才决定把人物命运放置在社会历史的大转折时期，下决心以黄土高原上普通人的奋斗串联起1975年初到1985年十年间中国城乡社会的巨大历史性变迁，书写普通劳动者的生存、奋斗、情感乃至梦想的故事。

路遥为何要把这部长篇小说设计在"1975年到1985年十年间中国城乡广泛的社会生活"中呢？他在《早晨从中午开始》中这样解释："从一九七五年到一九八五年中国大转型时期的社会生活发生了巨大的变化。各种社会形态、生活形态、思想形态千姿百态且又交叉渗透，形成比以往任何一个时期都更为复杂的局面。"[①]众所周知，1975年到1985年十年间就是中国社会的大转型时期。"文化大革命"于1976年以粉碎"四人帮"为标志性事件而结束，而1975年正是"文革"行将结束的前夜，社会上涌动着变革的力量；1978年12月，以党的十一届三中全会的召开为标志，中国社会进入以经济建设为中心的新时期。在此后，中国普通百姓长期被压抑

---

① 路遥：《早晨从中午开始》，见《路遥文集》第2卷，陕西人民出版社，1993年，第23页。

的创造性热情被激发出来，当然也包括路遥弟弟王天乐这位闯入城市的农村人。路遥熟悉这个时代的品性与气质，他自然会想到把人物命运放置在社会大转型时期，自然会想到像历史的"书记官"那样记录历史，自然也会想到如何在典型环境中展示典型人物命运……

文学评论家肖云儒回忆1985年4月6日晚与路遥在延安相见的情形："不料当晚11点后，他突然闯进我的房间，坐在我的床头说：你跑了一天，很累，不管怎么累，你要认真听完我今晚这个长故事，感觉一下，判断一下，一定要帮这次忙！他脸上是所有进入创作境界之后的人那种痴迷、亢奋、热切、无他无我、无现实的神经质样子。这个春夜他的话多而且长，一直讲到两点。讲一群从黄土地深处走出来的青年，青春的悲欢，步履的艰难，直到把他们由农村中学生讲成了煤矿工人，讲成了航天专家。脸上游动着各种各样极富表现力的光影和色彩——这就是《平凡的世界》。"[1]

1985年5月18日，路遥又一次给长期扶持自己的"贵人"王维玲写信，专门汇报当时的心情以及创作长篇的准备情况。他这样写道：

很长时间未和您联系了。这两年诸事纷纭，一言难尽，有机会见面再说吧……

《人生》这部作品，提高了我的知名度。这两年我一直为一部规模较大的作品做准备，我痛苦的是：我按我的想法写呢？还是按一种"要求"写呢？或者二者兼之呢？后两种状态不可能使我具备创作所需要的激情，前一种状况显然还要遭受无穷的麻烦，对一个作家来说，真正的文学追求极其艰难。当然，一切还取决于我自己，我一直在寻找勇气。年龄稍大一点，顾虑就会多一些，我想我还是可能战胜自己的。

我不久又去陕北补充素材，如果没有意外，我下半年可以动笔，估计写起来很艰难，在时间上也会拖得很长，有一点长处

---

[1] 肖云儒：《文始文终忆路遥》，见晓雷、李星编《星的陨落——关于路遥的回忆》，陕西人民出版社，1993年，第68页。

是，我还能沉住气。

　　我几年中大部分时间躲在家读长篇（计划读一百五十部），很少外出，如来北京，再去看您。祝您愉快。①

　　通过这些相互印证的文字，笔者可以得出一个结论，到1985年上半年，路遥长篇小说的构思已经基本成熟，他准备下半年动笔。

　　一部小说的创作过程，既有偶然性的因素，也有必然性的因素，路遥的《平凡的世界》自然也不例外。路遥因王维玲不断催促创作《人生》下部而引发深入思考；因弟弟王天乐的人生际遇而激发起创作灵感；因对现实主义创作方法的熟悉，而敏锐地捕捉到时代变化的"历史诗意"，并在不断阅读与对生活的"重新到位"中，进一步深化与细化了创作内容与主题。至此，路遥长篇小说所有的构思均指向小说的构思"终点"，我们也看到《平凡的世界》中的人物已经绰绰约约地朝读者走来了。

原载《南方文坛》2021年第1期，人大复印报刊资料《中国现代、当代文学研究》2021年第9期全文转载

---

① 王维玲：《岁月传真——我和当代作家》，首都师范大学出版社，2009年，第320—321页。

通往史诗性创作的道路上

——基于中国现代文学馆珍藏的路遥致秦兆阳两封书信的解读

作家书信作为一种重要的可信史料,保存了特定时期文学生成的生动侧面与鲜活记忆。研究者将其纳入研究视野,有助于深入解读作家复杂的心路历程,探寻作品形成的过程。

随着研究的不断深入,我在2021年得到珍藏于中国现当代文学馆的两封路遥20世纪80年代初致《当代》主编秦兆阳先生的书信研究授权。此前,这两封书信未曾公开见诸任何报刊,收录路遥书信最全的北京十月文艺出版社2020年版的《路遥全集》也未收录,应当视为路遥的佚信。

路遥在创作随笔《早晨从中午开始》中称:"秦兆阳是中国当代的涅克拉索夫"。他情不自禁地赞叹:"坦率地说,在中国当代老一辈作家中,我最敬爱的是两位:一位是已故的柳青,一位是健在的秦兆阳。我曾在一篇文章中称他们为我的文学'教父'……而秦兆阳等于直接甚至手把手地教导和帮助我走入文学的队列。"[①]

路遥在创作突围期的80年代初致秦兆阳先生的这两封书信弥足珍贵。以此为基点,可以深入探讨秦兆阳先生"手把手地教导和帮助"路遥"走入文学的队列"的来龙去脉。

---

① 路遥:《早晨从中午开始》,北京十月文艺出版社,2013年,第45页。

一、中国现代文学馆珍藏的路遥80年代初致秦兆阳的两封信

路遥给《当代》主编秦兆阳先生的第一封信,是1981年12月14日写成的。全文如下:

尊敬的老秦同志:

您好。我来中青社改一部作品,现基本已完成工作。我很想来看看您,但又怕打扰您。另外,我老是这样,对于自己最尊重的人,往往又怕又躲避,望您能原谅。

我想请求您一件事:上海《萌芽》丛书初步决定出我一本集子,包括十二个短篇和两部中篇,约二十来万字。他们这种书都要求有个老作家在前面写个序,并且让作者自己找人。我自己很想让您给我写几句话,不知您能不能同意。如您觉不方便,我就不麻烦您了。两部中篇都是您看过的,其他的短篇只有十来万字。如您能同意,上海方面也最后审定出版,我就将另外的十来万字短东西寄您看一看。当然,书现在还未最后定下出版,这封信有点早。主要是这次来京,想知道您的意见,到时我就不再写信打扰您了。您如果忙,就不要给我写信了。可将您的意见托刘茵同志写信转告我。

我在这里改完一部十三万字的小说,中青社已决定出版,我深知道,我在学习文学创作的过程中,您起了关键的帮助作用,我自己在取得任何一点微小的进步时,都怀着一种深深的感激而想起您。

您身体怎样?万望保重!您给子龙的信及他的小说在社会引起重大反响和关注。尤其是您的文章,文学界反映(应)很强烈,是这一段我们那里谈论的主要话题。

祝您健康并且愉快。

（我20号左右就回了西安）

路遥　14/12

　　第二封信，是路遥于1982年1月7日再度写给秦兆阳先生的，严格意义上是一封回信。全文如下：

尊敬的老秦同志：

　　您好。非常意外地收到您这么长一封信。上次在京期间托刘茵同志转您信后，我已经后悔不已。您现在用这么认真的态度和一个小孩子交谈，我除过深深的敬意，更多的是因为打扰了您而感到内疚。老秦同志，您在一切方面对年轻的同志具有一种吸引力，我们大家都愿仔细倾听您的声音。您使我想起伟大的涅克拉索夫和《现代人》杂志周围那些巨大的人们。我国现代文学发展的状况不能令人满意，除过其他复杂的原因，很重要的一点是缺乏一种真正美好的文学风尚。用一种简单的、类似旧社会戏园子里捧"名伶"的态度，根本无益于文学的真正发展，只能带来一些虚假的繁荣。科学和神圣的东西让一些嘻皮笑脸的人操持怎么能让人不寒心呢？在这样一种情况中，一个严肃的、热情的、不看门第而竭尽全力真正关怀文学事业发展的人，他所发出的声音——站在山巅上发出的独特的、深沉的、哲人和诗人的声音，对文学公众的吸引力是无可比拟的，因为这一切在我们的环境中是宝贵的。

　　您的信在这里已经引起热烈反应。陕西地区正在努力的青年作家很多。你的信——正确地说，是您的风度给了我们一个极强烈的印象。《延河》的几位负责同志都传看了信，很快决定在刊物上发表，谅您会同意。当然，我很不安，也感到惶恐。我自己的水平和这件事很不相称。我虽然很高兴，但也很痛苦，您会相信这是我的真实心情。我想把此信作为我那本集子的代序，因为您的信实际上涉及了许多广阔的问题。这件事我要和出版社商量，争取他们的同意。

　　信已经很长了，又耽搁了您的时间。我现仍在编辑部上班，下半年可能让择专业，我准备认真扎实地在生活和创作中摸索，以不负您的厚望。

　　致敬意！

路遥　7/元

这里需要说明的是，这两封书信是秦兆阳先生逝世后，其子女捐赠给中国现代文学馆的。社会上再有无路遥致秦兆阳的散佚书信？我的推测应该还有一些，只是我们目前还没有发现而已。

二、路遥中篇小说处女作《惊心动魄的一幕》由黄秋耘转给秦兆阳

　　要研究路遥的这两封佚信，必须梳理清楚路遥中篇小说处女作《惊心动魄的一幕》的发表过程，不然无法说清楚其中的逻辑关系。

　　路遥1978年完成的中篇处女作《惊心动魄的一幕》，其发表过程非常艰难，可以说"屡败屡投"。路遥的这部中篇处女作，后来发表在时为文学季刊的《当代》杂志1980年第3期上。这部小说是路遥作品首次在我国大型文学刊物上的亮相，并于1981年荣获全国首届中篇小说奖。这部小说的发表，极大地提升了路遥的文学创作信心。随后，他才有中篇小说《人生》以及长篇小说《平凡的世界》的创作。对此，2015年，我曾刊发过论文进行过研究[①]。这几年来，随着研究史料的不断发现，有必要再进一步梳理与探讨。

　　路遥在创作随笔《早晨从中午开始》中称："记得1978年，我28岁，写了我的中篇小说处女作《惊心动魄的一幕》。两年间接连投了当时几乎所有的大型刊物，都被一一客气地退回。最后我将稿子寄给最后两家大刊

[①] 梁向阳：《路遥〈惊心动魄的一幕〉的发表过程及其意义》，载《文艺争鸣》2015年第4期。

物中的一家——是寄给一个朋友的。结果，稿子仍然没有通过，原因是老原因：和当时流行的观点和潮流不合。"

那么，路遥又如何把《惊心动魄的一幕》投给《当代》呢？路遥回忆："朋友写信问我怎办，我写信让他转交最后一家大型杂志《当代》，并告诉他，如果《当代》也不刊用，稿子就不必再寄回，他随手一烧了事。"[1]

路遥延川时代的朋友、《山花》创办人之一白军民生前接受我采访时，称这位"朋友"就是黄秋耘先生[2]，他听路遥说过此事。黄秋耘先生是我国当代著名作家，1954年担任过中国作家协会《文艺学习》编委，1959年担任《文艺报》编辑部副主任；"文革"时期，他被下放到广东省出版社工作，担任广东人民出版社革委会副主任；1976年到1982年之间，他主持国家出版局委托广东"牵头"的《辞源》修订工作。黄秋耘为何推荐路遥这部小说，原因不得而知。因为这是个"孤证"，我在撰写《路遥传》时无法采信。这些年，坊间也有关于此事的传闻，但均无明确出处。

为了求证此事，我又辗转联系到路遥夫人林达女士，她短信回复："黄伯伯是我母亲几十年的老战友。也见过路遥，他认可了路遥的作品，推荐给他的朋友秦兆阳，后者认为修改后可发，于是招路遥进京。在文学作品的发表过程中，这个渠道是正常的。但最终还是作品为王，作品不行，人际关系再铁也没有用。路遥可能是听我讲过这件事后，才会对白军民说的。当然在此事之前，路遥并不知道我父母的背景。"[3]

循着这个思路，我又找到林达的弟弟、同在延川插队的林彬先生。他的博客中有回忆母亲的文章：母亲袁惠慈是抗战初期八路军驻港办事处主任廖承志批准的、中共东南特委派出的"香港学赈会青年回国服务团"第一批进入广东茂名地区的成员之一。"1939年1月，服务团派出共产党员黄秋耘、袁惠慈、进步青年马勇前到电白县抗日游击守备区指挥部工作……

---

[1] 路遥：《早晨从中午开始》，北京十月文艺出版社，2013年，第45页。
[2] 2013年6月25日，笔者采访路遥小学老师、好友白军民的记录。
[3] 2022年2月12日林达短信回复。

3月，宣布成立电白县中心支部，黄秋耘为书记，袁惠慈、麦逢德为委员，为抗战游击战做好准备。"①也就是说，黄秋耘与袁惠慈是抗日战争时期的生死战友。黄秋耘见过袁惠慈的女婿、青年作家路遥，读懂了这部作品，也认可了这部作品。在此基础上，他才推荐给了老朋友、《当代》主编秦兆阳。名作家推荐作品，是众多青年作家文学起步的重要方式，这个渠道是正常的，也是合理的。问题的关键是，《当代》主编秦兆阳先生也很欣赏这部作品。"根本没有想到，不久，我就直接收到《当代》主编秦兆阳的一封长信，对我的稿子作了热情肯定，并指出不足；同时他与我商量（在地位悬殊的人之间，这是一个罕见的字眼），如果我不愿意改，原文就发表了，如果我愿意改动，可来北京。"②

那么，这部曾"周游列国"的退稿为何会得到黄秋耘的认可呢？这里有必要简单梳理路遥新时期之初的创作情况。

新时期之初，担任《延河》文学杂志编辑的青年作家路遥，业余从事文学创作。当时，文学界拨乱反正，作家的创造性劳动得到极大的鼓励，这对心性刚强的路遥产生了巨大的冲击。路遥一边冷静地审视着文坛动向，一边认真思考与创作。

1978年，就在"伤痕文学"铺天盖地之时，路遥以自己亲身经历过的"文革"武斗为题材、以"文革"前夕担任延川县委书记的张史杰为原型，创作了中篇小说《惊心动魄的一幕》，"这篇作品所反映的内容，都是我亲身经历和体验过的生活，其中的许多情节都是那时生活中真实发生的"③。当时，中国共产党历史上著名的十一届三中全会还没有召开，"文化大革命"还没有被彻底否定，而路遥以"主题先行"的方式，进行

---

① 见《母亲袁惠慈在抗日战争中》，"灵清2"的博客。
② 路遥：《早晨从中午开始》，北京十月文艺出版社，2013年，第45页。
③ 路遥：《致刘茵》，见《早晨从中午开始》，北京十月文艺出版社，2013年，第570页。此信是2012年12月"首都各界纪念作家路遥逝世20周年座谈会"活动期间，刘茵提供给我的。北京十月文艺出版社邀请我作为"特邀编辑"编写2013年版《路遥全集》时，我将此信提供给北京十月文艺出版社并编入《路遥全集》。

"文革"反思,这不能不说具有思维的前瞻性。1978年12月18日至22日之间召开了党的十一届三中全会,全党停止使用"以阶级斗争为纲"的口号,把工作重点转到"社会主义现代化建设"上来后,文学编辑们能否完全领会路遥的创作意图,这仍是个未知数。

事实上,《惊心动魄的一幕》写成寄出后,路遥的心也就随之悬了起来。这部中篇先是时任《延河》副主编的作家贺抒玉推荐至某大型文学刊物,不久被退了回来;又寄给一家刊物,二次被退回[①]。两年间,接连投了当时几乎所有的大型刊物,都被一一客气地退回。每次投稿后,路遥在等待发表的焦虑与煎熬中度日如年。而那时的陕西作家却一路高歌,继莫伸的《窗口》、贾平凹的《满月儿》获1978年全国优秀短篇小说奖后,陈忠实的《信任》和京夫的《手杖》又分获1979年与1980年全国优秀短篇小说奖。到1980年,陕西已先后有四位作者在全国获奖,而路遥却出师不顺。

这样,路遥的创作一直在中篇与短篇之间徘徊,他甚至重新捡起短篇,先后发表了《在新生活面前》《夏》《青松与小红花》《匆匆过客》《卖猪》等短篇小说。这些小说仅仅是发表、增加数量而已,并没有引起任何实质性的"轰动效应"。

当《惊心动魄的一幕》再次被退回时,路遥甚至有点绝望了,最后他将稿子通过朋友转给最后两家大刊物中的一家,结果稿子仍没有通过,原因仍是与当时流行的观点和潮流不合。这样,才有岳母袁惠慈找到老战友黄秋耘帮助推荐的事情。

林达在短信中称:"在此事之前,路遥并不知道我父母的背景",我以为这个说法是成立的。林达父亲林彦群与母亲袁惠慈早年在新加坡与香港等地长期从事地下党工作,新中国成立后在国家华侨事务委员会与中国新闻社工作。"文革"时期,他们均受到冲击。1982年,林彦群担任中国

---

① 贺抒玉:《短暂辉煌的一生》,见马一夫、厚夫、宋学成主编《路遥纪念集》,人民文学出版社,2007年,第257页。

新闻社福建分社社长，1984年10月离休；袁惠慈则于1953年后长期在中国新闻社工作，1985年在中国新闻社福建分社离休。作为中共长期从事地下工作的知识分子，以及在"文革"中受到严重冲击并下放到福建的归侨干部，他们保持低调、内敛的作风，自在情理之中。也就是说，在林达让母亲袁惠慈给《当代》推荐稿件这件事上，路遥只知其一、不知其二也是非常正常的事情。

黄秋耘下决心推荐这部小说，因为他深深懂得"热情对待每一个青年作者的习作"意味着什么。黄秋耘在回忆录《风雨年华》中曾详细回忆1937年自己的处女作《矿穴》发表在上海《艺文线》的过程，以及该刊主编柯灵的来信鼓励的情况。他由此发出由衷的感慨："因此，我想吁请全国报刊的主编和编辑们，要热情对待每一个青年作者的习作，如同当年柯灵先生对待我一样。须知道，几句热情鼓励的话，有时也许可以作为动力，促使某一个青年作者在文学创作领域里做出点成绩来。可惜在三十年代还存在于编者和作者之间的那种亲切的情谊，今天已经不多见了。"[1]

黄秋耘先生晚年的这段话，可以视为他推荐路遥《惊心动魄的一幕》的有力注解。

三、在秦兆阳的关怀下，路遥赴京完成《惊心动魄的一幕》的修改

正如路遥所言："怎么不改呢！我怀着无比激动的心情赶到北京。"[2]这样，才有了路遥与《当代》主编秦兆阳先生的第一次见面。

据时任《延河》副主编的董墨先生回忆：1980年4月，《当代》编辑刘茵打电话到《延河》，明确地说："路遥的中篇小说《惊心动魄的一幕》，秦兆阳同志看过了，他有些意见，想请路遥到北京来改改，可不可以来？"董墨把电话内容告诉路遥，路遥欣喜若狂，他终于要看到所期望

---

[1] 黄秋耘：《风雨年华》，人民文学出版社，1983年，第35页。
[2] 路遥：《早晨从中午开始》，北京十月文艺出版社，2013年，第46页。

的结果了①。《当代》是新时期以来我国文学杂志的"四大名旦"之一，它以发表现实主义作品为主，整体大气、厚重，能在《当代》上发表小说当然是每个作家所梦寐以求的事情。

1980年5月1日，路遥激动地给《当代》编辑刘茵写了一封长信，诚恳而详细地阐释了创作这部小说的动因、思路乃至写作中的苦恼。这封信件，是目前我们看到的路遥本人关于《惊心动魄的一幕》最系统的创作阐释。他甚至明确地说："我曾想过，这篇稿件到你们那里，将是进我国最高的'文学裁判所'（先前我不敢设想给你们投稿）。如这里也维持'死刑原判'，我就准备把稿子一把火烧掉。我永远感激您和编辑部的同志，尊敬的前辈秦兆阳同志对我的关怀，这使我第一次真正树立起信心。"②在此信中，路遥忐忑不安的心情一览无余。

就在5月1日这天，路遥还给好友曹谷溪写了一封信，表达了他当时的激动心情："好长时间了，不知你近况如何。先谈一下我的情况，我最近有些转折性的事件。我的那个写'文化革命'的中篇小说《当代》已决定用，五月初发稿，在《当代》第三期上。这部中篇《当代》编辑部给予很高评价，秦兆阳同志（《当代》主编）给予了热情肯定……中篇小说将发在我国最高文学出版单位的刊物上（人民文学出版社）这是一个莫大的荣誉。另外，前辈非常有影响的作家秦兆阳同志给予这样热情的肯定，我的文学生活道路无疑是一个最重大的转折……"③

在此信中，路遥连续使用"我国最高文学出版单位""莫大的荣誉""一个最重大的转折"这些极端性词语来表达他的兴奋心情。这说明在路遥文学突围时期，文学前辈秦兆阳与《当代》编辑部的充分肯定，对

---

① 董墨：《灿烂而短促的闪耀——痛悼路遥》，见马一夫、厚夫、宋学成主编《路遥纪念集》，人民文学出版社，2007年，第294页。
② 路遥：《致刘茵》，见《早晨从中午开始》，北京十月文艺出版社，2013年，第573—574页。
③ 梁向阳：《新近发现的路遥1980年前后给谷溪的六封信》，载《新文学史料》2013年第3期。

他提升文学创作信心具有重要意义。

1980年5月初,路遥应邀到《当代》编辑部修改小说。他在责任编辑刘茵的带领下,去北京市北池子秦兆阳简陋的临时住所,见到了这位德高望重的《当代》主编①。据刘茵后来回忆:"路遥见到秦兆阳后非常局促,双手放在膝盖上端坐着,一副诚惶诚恐的样子。"②

路遥在秦兆阳的关怀下,在责任编辑刘茵与二审编辑孟伟哉的帮助下,在人民文学出版社修改了二十来天小说,修改稿比原稿增加了一万多字。1980年5月30日,路遥改完稿离京时,给负责二审的孟伟哉留了一封信,具体谈了这部小说的修改内容:

> 您和刘茵同志谈过意见后,我又把稿件整理了一遍。我想了一下,觉得农民场面结束后,是应该很快跳到礼堂门口的。您的意见是对的。因此我把以后的那两节(现已合成一节)调整到农民场面的前面去了;农民场面一节重写了一遍。现在已经从农民场面的结束直接过度(渡)到礼堂门口上。至于您提出删去的那些内容,我用这种方法保留了下来。主要考虑到:一、如果没有这个内容,马延雄回城的理由、必要性以及他对这个行动的思想动机将给读者交待(代)不清楚,会留下一些漏洞(主要通过马延雄和柳秉奎的谈话说清楚这些)。二、这些都是马延雄和柳秉奎两个重要人物的细节描写,尤其是马延雄雨中挣扎一节。整个文章密度大一些,好不容易有这么个空子抒情性地描写了一下。
>
> 现在这样处理,您提出的意见解决了,也保留了那一节。这只是我个人的感觉,可能不对,请您再看,如不行,我再改。
>
> 您和刘茵同志提出的其他意见,我都尽力按你们说的解决了。我自己文字功夫很差,有些疏露(漏)和错别字请编辑部的

---

① 据《当代》原编辑汪兆骞先生回忆,是刘茵与他一同领路遥见了秦兆阳。见汪兆骞:《我们的80年代:中国的文学与文人》,现代出版社,2020年,第75页。
② 厚夫:《路遥传》,人民文学出版社,2015年,第127页。

同志给予纠正。①

另据时任《当代》杂志编辑的何启治先生回忆:"老孟说:路遥的中篇小说《惊心动魄的一幕》是秦兆阳把稿子交给我看的。读稿的时候我动了感情,就把末尾改成像恩格斯在马克思墓前的演说那样,营造了一种有震撼力的氛围,充满了庄严感,悲壮感。大约有一千多字吧。此作刊发在《当代》1980年第3期,荣获'《当代》文学奖'和1977—1980年全国优秀中篇小说奖。此作一面世便引起轰动,说路遥写了史诗式的题材。其实,当代文学的优秀作品后面,往往也有编辑的劳动。"②

这样,《惊心动魄的一幕》就顺利在《当代》杂志1980年第3期"中长篇小说栏目"头题刊发,秦兆阳为此专门题写了标题。

在秦兆阳的力荐下,《惊心动魄的一幕》还一连获了三个荣誉极高的奖项:1979—1981年度《当代》文学荣誉奖;《文艺报》中篇小说奖;全国首届优秀中篇小说奖。尤其是全国首届优秀中篇小说奖,是新时期以来陕西作家第一次获奖。《惊心动魄的一幕》的发表与获奖,改变了路遥在陕西文学界坐冷板凳的状况。在1981年的全国首届优秀中篇小说获奖座谈会上,担任评委的中国青年出版社资深编辑王维玲郑重向路遥约稿,才有路遥《人生》的深度创作与发表③。此后,"农裔城籍"的路遥找到"城乡交叉地带"这个真正属于自己独特生命体验的优质文学表达区位。

《惊心动魄的一幕》的最初推荐人、时任《延河》副主编的作家贺抒玉后来回忆:"这次成功对路遥在文学创作上的发展起了举足轻重的作用。犹如一个水手,在大海中游向彼岸过程中疲惫不堪的时候遇上了一艘快艇。此后,路遥的写作便跃上了一个新的台阶。"④

―――――――

① 此信的复印件珍藏在延安大学路遥文学馆,刘茵提供。
② 何启治:《朝内166:我亲历的当代文学》,人民文学出版社,2016年,第357页。
③ 王维玲:《岁月传真——我与当代作家》,首都师范大学出版社,2009年,第304页。
④ 贺抒玉:《短暂辉煌的一生》,见马一夫、厚夫、宋学成主编《路遥纪念集》,人民文学出版社,2007年,第257页。

四、秦兆阳为何赏识路遥的这部"新人新作"

许多人会思考：秦兆阳先生为何愿意这么无私地帮助路遥？我的理解是，应该从两方面来看待这个问题：一方面，作为文学前辈的秦兆阳先生，对路遥的善意与扶持绝不来自简单的个人情感，而是其文学思想与人生方式的必然结果；另一方面，路遥所坚持的现实主义文学创作方法与作品打动了秦兆阳，具备让秦兆阳用心用情扶持的基本水平与能力。

《当代》编辑朱盛昌1980年5月3日的"日记"这样记录：

> 陕西作者路遥给刘茵回信，讲他写中篇《惊心动魄的一幕》的缘起，对《当代》拟发他这个作品很是感激。路遥这篇作品是别人转来的，刘茵看后觉得不错，秦兆阳拿了去看后很赞赏，认为这篇作品很独特，迄今还没有任何一篇作品像这样去反映"文化大革命"，他决定发表。让马上通知作者，并询问其创作缘由。路遥在给刘茵的回信中说，这篇东西是根据一件真实事件写成的，投了好几个刊物，都退了。最后他投给《当代》试一试，如果《当代》也说不能用，他就把稿子烧了，从此不再写小说。我把信给兆阳同志看了。他跟我说，这个作者有生活，没有生活是写不出来的。别人不用，不明白是什么原因。他把小说的故事讲给我听后说，这个作品突出写的是一个正面人物，只是把斗争写得残酷了些。这没有关系，因为作品的基调给人的感觉还是高昂的。我们应该发表这个作品，而且要把这个作者好好树一树。他说，我们就是要培养青年作者。
>
> 路遥表示愿再修改一次。秦怕到时又给了别人，叫我们请他来社里改。我让刘茵给路遥打了电话。[①]

朱盛昌的日记中明确记录，《当代》主编秦兆阳先生说："我们应该

---

① 朱盛昌：《秦兆阳在〈当代〉（日记摘录）》，载《新文学史料》2015年第3期。

发表这个作品,而且要把这个作者好好树一树。他说,我们就是要培养青年作者。""这个作者"就是路遥。

据朱盛昌后来回忆:"兆阳同志关于'我们就是要培养青年作者'的思想,在《当代》编辑部中达成了共识。编辑部公开在刊物上宣布'每期必发新人新作',每期发稿时我们都要检查本期有几篇新人新作,把这作为一项制度执行,相应地每期还要发'本期新作者简介';又将新人新作作为考核编辑人员业绩的重要内容,对于从来稿中发现了有价值的新人新作的编辑给予及时表扬鼓励;对于有基础的新人新作,编辑部总是给以耐心细致的帮助,提出详细意见帮助修改加工,争取达到发表水平。这些措施的实行,大大鼓励和吸引了广大业余作者,他们纷纷来稿,甚至把被别的编辑部退回的稿件寄给《当代》,希望得到关注。"①

这个回忆就很能说明问题。这充分说明《当代》刊发"新人新作",是在秦兆阳先生推动下的一种制度性安排,绝非个人兴趣。

秦兆阳1938年奔赴延安,是陕北公学分校与延安鲁迅艺术学院美术系学生,他的青春年华是在抗日战争与解放战争中度过的。新中国成立后,他担任过《文艺报》执行编委、《人民文学》副主编。据一些文章介绍,"他在编辑部内宣布,要将《人民文学》办成俄国19世纪《祖国纪事》《现代人》那样有影响的第一流刊物,要有自己的理论主张,要不断推出新人新作"②。《祖国纪事》和《现代人》是19世纪在彼得堡发行的文学和社会政治杂志。《现代人》是19世纪俄国著名的公民诗人涅克拉索夫于1847年接办的一份文学刊物,该刊以介入的姿态成为俄国批判现实主义的喉舌,如同"产生思潮的实验室"③,是众多俄国文学家刊发作品、产生影响的重要园地。《人民文学》从1956年4月号起,相继推出了王蒙的《组

---

① 朱盛昌:《秦兆阳编〈当代〉》,见《文学名著诞生地:人民文学出版社:1951—2021》,人民文学出版社,2021年,第53页。
② 王培元:《何直文章惊海内——记秦兆阳先生》,见秦晴、陈恭怀编《编辑大家秦兆阳》,人民文学出版社,2012年,第278页。
③ 洪子诚:《秦兆阳在1956》,载《中国当代文学研究》2021年第6期。

织部新来的青年人》、耿简的《爬在旗杆上的人》、耿龙祥的《明镜台》等一系列正视现实、直面人生的现实主义力作。1956年9月,秦兆阳以"何直"的笔名在《人民文学》发表理论文章《现实主义——广阔的道路》,主张文艺应"严格地忠于现实,艺术地真实地反映现实,并反转来影响现实"[1]。这篇具有真知灼见的文章触犯了当时的政治规约,加之他不愿参加对"丁陈反党集团"批判斗争等方面的原因,刚正不阿的他最终被错划为右派。

秦兆阳1979年落实政策回京后进入人民文学出版社工作,他开始筹办大型文学刊物《当代》杂志并担任主编。直到1994年10月病逝,他在主编任上工作了十五年。历史选择了秦兆阳,秦兆阳也以自己的思想底色点亮了《当代》。在秦兆阳的带领下,《当代》"始终把为人民服务、为社会主义服务作为办刊的唯一宗旨,注重作品的思想艺术品位,注重题材的新颖与艺术风格的多样化"[2],形成了正大严肃的风格,成为当代文学的重镇,刊发了《芙蓉镇》《活动变人形》《古船》《白鹿原》等一系列现实主义力作。正如评论家孟繁华所指出的那样:"从创刊那天起,《当代》就以其鲜明的关注现实和批判精神,成为当代中国现实主义文学的旗帜。"[3]

从另一个角度看,路遥的中篇小说处女作《惊心动魄的一幕》,是路遥经过深思熟虑后选择的题材。它没有迎合当时"伤痕文学"发泄情绪的路子,而是进行彻底的"文革"反思,塑造县委书记马延雄在"文革"中为制止两派的武斗而进行飞蛾扑火式的自我牺牲。路遥有在"文革"武斗时的亲身经历和生死体验,写起来得心应手。他对当时的文艺政策走向有一个基本的判断,认为"伤痕文学"虽是逞一时之快发泄情绪,但文坛

---

[1] 秦兆阳:《现实主义——广阔的道路》,见《文学探路集》,人民文学出版社,1984年,第139页。
[2] 《当代》编辑部:《永远纪念我们的主编兆阳同志》,见秦晴、陈恭怀编《编辑大家秦兆阳》,人民文学出版社,2013年,第114页。
[3] 孟繁华:《〈当代〉,现实主义文学的旗帜》,见《文学名著诞生地:人民文学出版社:1951—2021》,人民文学出版社,2021年,第160页。

终究要有一些正面歌颂共产党人的作品，而他的这部作品的"着眼点就是想塑造一个非正常时期具有崇高献身精神的人"①。在创作手法上，这部中篇深受法国作家雨果《九三年》的影响。《九三年》写的是在光明与黑暗短兵相接时英雄主义的闪光。路遥在这部中篇中也想来个土崩瓦解的结果，在矛盾的最高潮结束。他下定决心创作这部与当时的文坛潮流有些不甚合拍的中篇，本身就是剑走偏锋的一着险棋。

很多年后，时任《延河》诗歌编辑的晓雷回忆："我看过去后的第一感觉是震惊，既震惊这部小说的真实感和我的朋友闪射出来的令我羡慕甚至嫉妒的艺术才华，又震惊于这部小说主题和思想的超前。那时我的思想还深陷在'文化大革命'好的长期喧嚣形成的樊篱中，而如今由我的朋友捧出一部讨伐'文化大革命'的檄文，怎能不让我感到惊恐呢？但我的真诚认可了这作品的真诚，我毫不含糊地肯定了它，并表示我的支持。我们在共同商量这作品的题目，似乎叫作《牺牲》，意思是表面写一位县委书记在'文化大革命'的批斗中牺牲了，实际深意表明不仅这位县委书记是'文化大革命'的牺牲品，而且所谓的造反派和保守派都同样是'文化大革命'的牺牲品。"②不仅晓雷看到这部小说时叫好，时任《延河》副主编董得理也有同感，路遥拿出这部小说的初稿让他看后，他认为："这个中篇小说与当时许多写'文革'题材的作品，有很明显的不同，这种不同是作家着眼点的不同。"③

《惊心动魄的一幕》就是秦兆阳担任《当代》主编后不久发现的"新人新作"。秦兆阳认为当时文坛弥漫的"伤痕文学"调子过于低沉浅薄，而他更愿看见这时期的文学创作呈现拨乱反正的姿态，也就是说作家揭露矛盾时不能被消极的东西压住，要用严肃和奋发的面貌表现正向的东西，

---

① 路遥：《致刘茵》，见《早晨从中午开始》，北京十月文艺出版社，2013年，第572页。
② 晓雷：《故人长绝——路遥离去的时刻》，见李建军编《路遥十五年祭》，新世界出版社，2007年，第175页。
③ 董墨：《灿烂而短促的闪耀——痛悼路遥》，见马一夫、厚夫、宋学成主编《路遥纪念集》，人民文学出版社，2007年，第294页。

让人从困难中看到出路。秦兆阳认为《惊心动魄的一幕》中的县委书记马延雄舍生取义的崇高的心灵，正展示了党的优良传统并值得现实主义文学艺术歌颂；文学艺术揭露丑恶的目的，就是要唤起人们追求美与崇高的力量。作为在抗日战争初期就投奔革命的老共产党人，作为长期从事革命文艺的老文艺工作者，作为50年代反右运动中就被打倒、长期遭受不公正待遇的文艺界老领导，我甚至认为秦兆阳在马延雄身上看到了自己的影子。

此外，《惊心动魄的一幕》的副题是"1967年纪事"。这种"纪事体"现实主义文学小说样式，也是秦兆阳所欣赏的。对这样一部契合其文艺思想与编辑思想的好作品，秦兆阳怎能不由衷地赏识呢！

从这个意义上讲，路遥的确是幸运的，他的命运得到幸运之神的垂青。正是基于秦兆阳先生的赏识，《当代》1981年第2期刊出樊高林的评论文章《读〈惊心动魄的一幕〉》；也正是基于秦兆阳的赏识，路遥在1981年又把第二部中篇小说《在困难的日子里》投给《当代》。路遥于1981年6月10日，在给《当代》编辑刘茵的信中，透露了此事："我最近在考虑一个长篇的过程中：'抢'了一个中篇，属平庸之作，犹豫了一下，已在前不久寄给秦兆阳同志看了，他已经回信给我，说他的初步意见是可以在《当代》发表，并对稿件极准恳地提出了他的意见。老秦收到我的稿子就看了，并且很快就回了信，这种精神使人感慨不已。《当代》是我感激不尽的。您、老秦、老孟等同志的关怀我会永记不忘，今后仍需要你们的帮助与引导……"[1]

《在困难的日子里》的副题是"1961年纪事"，这部小说的创作手法延续了《惊心动魄的一幕》的纪事体风格。这部小说也是在秦兆阳先生的关怀下、在责任编辑何启治的具体帮助下，不断修改完善后才发表在《当代》1982年第5期上的。[2]

---

[1] 此信的复印件珍藏在延安大学路遥文学馆，刘茵提供。
[2] 路遥：《致何启治之二》，见《早晨从中午开始》，北京十月文艺出版社，2020年，第197—208页。

五、秦兆阳在书信体评论中旗帜鲜明地为路遥撑腰鼓劲

路遥因少年记事时才由清涧老家过继给延川的伯父为子，特殊的家庭环境与求学经历，使他形成了过于自尊而敏感的性格。他笔下的人物如高加林、马建强、孙少平等人身上均有他的性格影子。依路遥敏感而自尊的个性，在《当代》刊发的中篇小说《惊心动魄的一幕》荣获全国首届优秀中篇小说奖之后，他向《当代》主编秦兆阳写信求序才有可能。

1981年12月，路遥应中国青年出版社副总编辑王维玲之邀赴京改稿。这样，他致秦兆阳先生的第一封信，就是在这种背景下写出的。信中透露这样几个信息：一是他再次赴京修改十三万字的小说，这部小说将由中国青年出版社出版。他还没有起好书名，就是后来的《人生》。[①]二是，上海的《萌芽》杂志拟出版的"萌芽丛书"中有一部路遥的中短篇小说集。这部小说集就是后来在重庆出版社出版的《当代纪事》。路遥想请秦兆阳先生为这部小说集作序，这才是这封信的重点。三是，《惊心动魄的一幕》发表后，他又给秦兆阳先生投了一部中篇小说，也得到秦兆阳先生的肯定。在这封信里，路遥措辞十分谨慎，姿态十分谦卑，他这样写道："我深知道，我在学习文学创作的过程中，您起了关键的帮助作用，我自己在取得任何一点微小的进步时，都怀着一种深深的感激而想起您。"

在路遥向秦兆阳写出第一封信的半个多月之后，也就是1982年1月7日（或者之前），他意外地收到秦兆阳的来信，也就是说第二封信是路遥的一封回信。路遥的第一封信是由《当代》编辑刘茵转交给秦兆阳先生的，在80年代初我国邮递条件并不发达的情况下，秦兆阳先生能迅速给路遥回信，充分说明了他对路遥的高度重视。

严格意义上，秦兆阳先生的这封《要有一颗热情的心——致路遥同志》的回信，是他长期深思熟虑的结果。他不仅对《惊心动魄的一幕》做

---
① 厚夫：《路遥传》，人民文学出版社，2015年，第153—155页。

出高度评价，更在于他要澄清与回答文学界的一些问题，旗帜鲜明地给路遥撑腰鼓劲。

  初读原稿时，我只是惊喜：还没有任何一篇作品这样去反映"文化大革命"呢！而你的文字风格又是那么朴实。

  这不是一篇"针砭时弊"的作品，也不是一篇"反映落实政策"的作品，也不是写悲欢离合、沉吟于个人命运的作品，也不是以愤怒之情直接控诉"四人帮"罪行的作品。它所着力描写的，是一个对"文化大革命"的是非分辨不清、思想水平并不很高、却又不愿意群众因自己而掀起大规模武斗，以至造成巨大牺牲的革命干部。

  所以路遥同志，你被所熟悉的这件真事所感动，经过加工把它写出来，而且许多细节写得非常真切，文字又很朴素，毫无华而不实的意味，实在是难得。这说明你虽然年轻，思想感情却能够跟我们党的优秀革命传统相通相联（连），说明你有一种感受生活中朴素而又深沉的美的气质。这，好得很！

在信中，秦兆阳先生也客观地分析了这部中篇小说没有被评论界关注的原因：

  它甚至于跟许多人所经历、所熟悉的"文化大革命"的生活，以及对"文化大革命"的反感之情和对"四人帮"的愤慨之情，联系不起来。因此，这篇作品发表以后，很长时间并未引起读者和评论界足够的注意，是可以理解的。

信末，秦兆阳在研读文本的基础上，从作家与编辑双重身份出发，对小说提出中肯建议：

  朴素自然，写得很有真实感，能够捕捉生活中动人的事物，正是你的长处，有这种长处是很可贵的。但是，是否还应该在此基础上达到更深沉、更宏大、更美妙呢？如果应该，我想你是能够达到的！

  路遥路遥，文学的道路的确是很遥远的。我自己仍然在这条长路上艰难地颠顶移步。但愿今后能与你共勉。[①]

  应该说，这封书信体评论完全是路遥的一份意外惊喜。1981年12月14日，路遥在给秦兆阳先生写求序信件时，他并没有整理好自己的书稿，也没有提供中短篇小说集中的任何内容，完全是"信口一说"。秦兆阳先生能在极短的时间内就写好这篇近三千字的书信体评论，说明他已经酝酿很久，或者说早已写就，尽管这封信的署名时间是1981年12月30日。

  路遥1982年1月7日写给秦兆阳先生的第二封书信，便是他给秦兆阳先生来信的回信。路遥在这封信中按捺不住激动的心情，情不自禁地赞叹："您使我想起伟大的涅克拉索夫和《现代人》杂志周围那些巨大的人们。"[②]

  在这封回信中，路遥第一次把秦兆阳比作俄罗斯的"涅克拉索夫"。他还透露了两个重要信息：一是这封信在陕西文学界引发极大反响，《延河》杂志决定刊发。二是路遥想把这封信作为那个准备出版的中短篇小说集的代序，争取获得出版社的同意。这也进一步印证我的判断：这封信是秦兆阳先生对路遥创作长期认真思考的书信体文论，它绝不是一蹴而就的应景性书信。在回信中，路遥再次以恳挚恭敬的言辞对秦兆阳先生表达了"深深的敬意"，并表示自己将继续"认真扎实地在生活与创作上摸索"，以不负厚望。事实上，在此后路遥就转入长篇小说"《人生》下部"[③]的创作阶段。我在有关论文中进行过深入探讨，在此不做展开[④]。

  在路遥给秦兆阳先生回信的两个月后，也就是1982年3月25日，《中国青年报》第四版"新老作家之间"栏目刊发了秦兆阳《要有一颗热情的心——致路遥同志》书信体评论。1983年3月，由秦兆阳先生这封信"代序"的路遥中短篇小说集《当代纪事》由重庆出版社出版。不过，这部

[①] 马一夫、厚夫主编：《路遥研究资料汇编》，中国文史出版社，2006年，第2—4页。
[②] 详见路遥《致秦兆阳之二》，中国现代文学馆珍藏。
[③] 见中国作家协会《作家通讯》编辑室编《作家通讯》1982年第3期。
[④] 梁向阳：《捕捉"社会大转型"时期的历史诗意——路遥〈平凡的世界〉创作动因考》，载《南方文坛》2021年第1期。

《当代纪事》只精心挑选了六个短篇小说、两个中篇小说，而非路遥当初给秦兆阳写求序信时所称的"包括十二个短篇和两部中篇"，这从另一个侧面反映了路遥做事的严谨性。

据朱盛昌日记记载，1982年2月4日，也就是正月十一下午，秦兆阳专门给编辑部同志讲了两个多小时编辑理念，其中就谈到路遥的《惊心动魄的一幕》。"回顾一下这两年多以来受欢迎的作品，还是现实主义深入的，带血带肉的真实。也与艺术的完整性有关。《惊心动魄的一幕》出来没有引起人们的重视，当时我也只觉得写得新鲜，但没有认识这个题材的更深的意义。他写的人物，在'文革'中有没有这样的人？很少；但有没有这样的心理？不少。这个作品特别。我刚读的时候，没有认识到这个意义，因而没有给他提出更好的修改意见。其实，这是一个长诗的题材。要带出他过去与群众的血肉联系，也要写出他死后群众对他的怀念。叙事诗就应该选这样的题材。"①

《当代》编辑何启治的一篇回忆秦兆阳的文章，也提及1983年新年座谈会上，秦兆阳再次谈到《惊心动魄的一幕》的情况。"路遥的《惊心动魄的一幕》写的就是史诗性的题材：革命老干部为了制止武斗在雨夜踏着泥泞去赴死。这题材气魄大，强烈振动人心，是时代火花的爆发，应该并且可能写成史诗式的作品。但作者做得不够，还是没有达到。这样的干部为什么会为了群众去赴死？他平时是怎么工作的？跟农民有什么样的交情？对'左'的错误有什么抵制和斗争？可惜作者对这个反极左的典型写得不够充分。如果从极左思潮和党的传统的群众路线的冲突这个角度把这个故事写深了，写好了，其历史意义就更大了。"②

秦兆阳先生后来在《当代》编辑部会议上不断地提到《惊心动魄的一幕》，并以此为例提出编辑要引导作者写出具有史诗性品格的作品，这充分说明他在路遥作品中看到了某种闪光的东西。

---

① 朱盛昌：《秦兆阳在〈当代〉（日记摘录 续一）》，载《新文学史料》2016年第1期。
② 何启治：《"休云编者痴，我识其中味！"——秦兆阳谈文学编辑工作》，见秦晴、陈恭怀编《编辑大家秦兆阳》，人民文学出版社，2013年，第45页。

《当代》是路遥的文学福地。从1980年到1982年短短的两三年之间，路遥就在《当代》杂志上连续发表两个中篇小说，其中的《惊心动魄的一幕——1967年纪事》荣获全国首届优秀中篇小说奖；《在困难的日子里——1961年纪事》获1982年度《当代》文学中篇小说奖。此外，他还得到《当代》主编秦兆阳先生书信体评论的推荐。这些荣誉，是许多青年作者奋斗一辈子也不能得到的。当然，路遥只是秦兆阳先生提携、扶持过的众多青年作家中的一位。

1982年以后，路遥谨记秦兆阳先生的教导，他"认真扎实地在生活与创作上摸索"，用六年左右的时间，准备与撰写了反映中国城乡史诗性变迁的长篇小说《平凡的世界》。1988年5月25日，他给《平凡的世界》画上了最后一个句号。

在此期间，路遥虽忙于创作，但一直惦记自己的恩人秦兆阳先生。1983年2月8日，路遥致何启治的信结尾这样写道："另：老秦最近身体怎样？我怕打扰他，一直不敢给他写信。您再给我写信时，顺便给我说一下他的情况。"[①]这里的"老秦"就是秦兆阳先生。路遥这位内心极其敏感的奋斗者，面对一位"高山仰止"的文学前辈，"怕打扰他"自在情理之中。

1985年深秋，路遥封闭在铜川矿务局陈家山煤矿创作《平凡的世界》第一部。《平凡的世界》创作过程，如同艰苦卓绝的文学远征，投入紧张创作中的路遥甚至经常忘记吃饭。此时，当他知道秦兆阳先生偕夫人来到西安的消息后，决定回西安陪伴几天，可是连阴雨使矿区通往外界的道路中断了。他好不容易才坐上一辆带有履带的拖拉机，准备通过另一条简易路出山，结果是在一座山上因路滑被阻七小时不能越过，他只好含泪返回。望着窗外纷纷扬扬的雨雪，在心中祈求秦老的原谅。《平凡的世界》创作完成后，路遥多次赴京，但都鼓不起勇气看望这位尊敬的老人。

1992年春夏之际，路遥完成了创作随笔《早晨从中午开始》。这篇长达

---

① 路遥：《致何启治之七》，见《早晨从中午开始》，北京十月文艺出版社，2013年，第212页。

五六万字的创作随笔,是路遥在生命的后期留下的一部真实反映《平凡的世界》创作心态、过程乃至文学理解的重要随笔。在这篇随笔中,路遥在多个地方谈到对秦兆阳先生的感激:"我内心中对老秦的感情却是独特而无可替代的""秦兆阳面容清瘦,眼睛里满含着蕴藉与智慧""秦兆阳是中国当代的涅克拉索夫。他的修养与学识使他有可能居高临下地选拔人才和人物,并用平等的心灵和晚辈交流思想感情。只有心灵巨大的人才有忘年交朋友。直率地说,晚辈尊敬长辈,一种是面子上的尊敬,一种是心灵上的尊敬,秦兆阳得到的尊敬出自我们内心""但我永远记着:如果没有他,我也许不会在文学的路上走到今天。在很大的程度上,《人生》和《平凡的世界》这两部作品正是我给柳青和秦兆阳两位导师交出的一份答卷"。[①]

1992年11月17日,路遥在四十二岁时英年早逝。路遥病逝后,文学前辈秦兆阳先生发了"痛悼路遥同志望亲属节哀请代献花圈"[②]的唁电。1994年10月,被路遥念兹在兹的文学前辈秦兆阳先生也病逝了。想必在天堂见面后,路遥还会继续聆听秦兆阳先生的教诲,会在这位"中国当代的涅克拉索夫"的指导下,"认真扎实地在生活与创作上摸索",创作出更多具有史诗性品格的作品。

秦兆阳"手把手地教导和帮助"路遥"步入文学的队列"的故事,成为我国当代文学史上的一段佳话。

原载《中国现代文学研究丛刊》2022年第7期,收入《中国现代文学馆馆藏文物文献研究(2022卷)》

[①] 路遥:《早晨从中午开始》,北京十月文艺出版社,2013年,第44—46页。
[②] 郑文华:《作家路遥(摄影集)》,陕西人民出版社,2002年,第126页。

新时期阎纲文学评论探析

年逾九秩的著名文学评论家阎纲先生，从事文艺活动已经有七十多年了。他直到现在仍然笔耕不辍，还出版《我还活着》散文集[①]。新时期是阎纲"评论人生"的高光时期，他一直身处文学现场，发表了许多重要的作品评论，坚定地为新时期文学发声与护航。与此同时，他还不断呼吁加强文学评论力量，编辑出版评论丛书，促成《评论选刊》诞生，为新时期文学评论事业作出了重要贡献。

一、发出"在场者"的评论声音

从1949年至今，中国当代文学走过了七十多个年头。作为文坛的"常青树"与"在场者"，著名评论家阎纲先生一直与当代文学同行。"在场/缺席"是西方形而上学体系内部构成"存在论"基本问题域的一对基本概念。所谓"在场"，就是"存在呈现于此时此刻（当下时刻和当下场所）"。[②]强调的是空间与时间上的当下性。阎纲退休之前长期在《文艺报》《人民文学》《小说选刊》《中国文化报》等文艺报刊从事编辑与评论工作，因为身份的特殊性，他见证了当代文学的许多重大事件，参与了许多重要作品的争鸣与讨论，对当代文学的发生与历史进程都有着直接

[①] 阎纲：《我还活着》，太白文艺出版社，2022年。
[②] 汪民安主编：《文化研究关键词》，江苏人民出版社，2019年，第541页。

的感受与经验。从这个意义上讲，他就是中国当代文学场域的重要"在场者"。

1950年，年轻的阎纲在家乡陕西礼泉县开始了文艺宣传工作，并在1951年出席陕西省首届文艺创作者代表会议并领取奖项。1952年，阎纲作为调干生考入兰州大学中文系，系统学习文学专业的理论知识，为以后的评论生涯打下了坚实的基础。1956年，阎纲大学毕业后分配到中国作协，进入《文艺报》从事编辑与评论工作。1961年底，阎纲与王朝闻、李希凡、侯金镜等评论家在《文艺报》上对《红岩》进行过系统评介，他还在1963年出版过《悲壮的〈红岩〉》一书。应该说，"十七年"文学期间，是阎纲评论人生的起步时期。正是因为长期"在场"，阎纲才能深刻认识、准确把握当代文学的发展进程。

1975年，阎纲结束了干校生活重返文坛，参与《人民文学》复刊工作，并担任编辑。"文革"结束后，文坛乍暖还寒，思想解放还未全面展开，《人民文学》发表了刘心武的短篇小说《班主任》。《班主任》发表后，招致诸多反对、批评之声。阎纲在《班主任》遭受非议的时候，站出来撰写了《谨防灵魂被锈损——为新作〈班主任〉叫好》，进行评介与支持，称《班主任》正是"提醒人们严肃注意孩子的彻底解放的问题，能不激起家庭、全社会、教育者、受教育者的滚滚思潮吗？"阎纲坚定地为"正视现实生活，勇于提出尖锐的社会问题，不落俗套的《班主任》拍手叫好"[①]。《班主任》作为"伤痕文学"的开篇之作，其引发的反响与思潮在当代文学史上具有非凡的意义，这与阎纲等评论家们的支持与阐释也有直接的关联。

党的十一届三中全会后，全国第四次文代会的召开标志着新时期文学的到来。新时期是思想解放、人性复归的文学时代，文学迎来了勃勃向上的黄金时代。随着《文艺报》的复刊，阎纲重返《文艺报》担任编辑工作。阎纲许多重要的文学评论文章，均写于这一时期，如《不妨解剖一

---

① 阎纲：《阎纲短评集》，华岳文艺出版社，1990年，第32页。

个——论"写真实"》《高尚的圣者和殉道者——读〈犯人李铜钟的故事〉》《小说出现的新写法——王蒙近作》《〈灵与肉〉和张贤亮》《为电影〈人到中年〉辩——对〈一部有严重缺陷的影片〉的反批评》等。这些文章对应着当时的作品争鸣,这不仅说明阎纲是"在场的",也说明阎纲作为"在场"的评论家参与、触发乃至引领了当时的文学思潮。

1979年由《人妖之间》作为导火索引发的"写真实"的争论,正是70年代末到80年代初文学思潮争论的焦点。伴随着思想解放,50年代、60年代关于"写真实"的讨论又开始重新被关注与评估。"'写真实'成了新时期中国文学界和理论界最热门的话题。""多数文章肯定了这一口号的正确性,否定了过去对这一口号的批判,指出这是现实主义的核心"。[1]阎纲在文章《不妨解剖一个——论"写真实"》中讨论什么是"写真实",讨论"真实"的标准,指出"真实不真实,实践出真知",又进一步提出:"认识表现为曲折的实践过程,文艺创作亦复如此。"号召文艺界"把有尖锐争议的作品提出来大家公开讨论"[2]。这些观点为当时"写真实"的讨论提供了颇具价值的意见,也可以看出阎纲敏锐的洞察力与对文艺思潮的精准把握力。

阎纲正是秉持现实主义"真实性"的理念开展文学评论,发掘优秀作品,为有争议的作品发声支持。中篇小说《犯人李铜钟的故事》是阎纲发现并极力推荐的作品。这部短篇小说在发表之初,也没有逃过和《班主任》一样被批判的命运。阎纲第一时间站出来,撰写了《"高尚的圣者和殉道者"——读〈犯人李铜钟的故事〉》为其鸣不平。称赞小说中的"李铜钟"是普罗米修斯式的人物,同普罗米修斯一样都是"最高尚的圣者和殉道者",称这部作品"恢复了我国文学的现实主义传统",认为它的价值在于"作者具体写时,怎样把'真实'和'崇高'艺术地结合起

---

[1] 吴义勤:《"写真实"与"真实性"》,载《南方文坛》1999年第6期。
[2] 阎纲:《阎纲短评集》,华岳文艺出版社,1990年,第67—68页。

来"①。阎纲在评论张贤亮当时颇有争议的作品《灵与肉》时称:"他念兹在兹的,是恩格斯的话:'真实地描写现实关系。'比之一般的'伤痕文学'来,他更忧愤深广。""张贤亮所操的现实主义,无疑是深化了的。"②同样,在为电影《人到中年》作出辩护时,阎纲评论《人到中年》:"为歌颂而暴露",并由此指出:"直面人生,正视社会矛盾,实在是发展文艺创作的必由之路。"③他关注王蒙具有意识流色彩的新作《夜的眼》《布礼》《风筝飘带》《春之声》《海的梦》《蝴蝶》,准确地概括出王蒙新作是一种方法上的借鉴,认为王蒙新作是"现实主义的新品种,并没有告别现实主义的几个真实性的要求"④。举此重要几例,可以看出在新时期文学之初,在坚定的现实主义文学立场下,阎纲既有作为一个评论家所具备的敏锐目光,又有敢于发声、敢于引领文学潮流的胆识。

阎纲文学评论的语言也非常有特色。对具体作品的评价,阎纲总能通过犀利、简洁,且富有诗一样澎湃的语言,对作品进行敏锐、生动、精确的评论判断。他评论小说《犯人李铜钟的故事》时,这样辩护:"嗟呼!已诺必诚,不忧其躯。壮哉!真正共产党人的侠风义气!"⑤同样对高晓声系列小说中的人物"陈奂生",阎纲评论道:"陈奂生终日劳碌,半生清苦;忍气吞声,逆来顺受;时来运转,受宠若惊;眼花缭乱,呆头木雕;好心办事,事与愿违。世道大变,人情难测,一身清白的农民,掉进'关系学'的五里云雾。"⑥这都展现出阎纲文学评论生动、鲜活的语言特色。刘再复在评价阎纲的评论风格时说:"在历史转变时期,文学更需要感应的神经,攻守的手足,更需批评的生气、活力和战斗力。新时期文

---

① 阎纲:《小说论集》,湖南人民出版社,1982年,第237—244页。
② 同上,第347页。
③ 阎纲:《文学八年》,花山文艺出版社,1987年,第322页。
④ 阎纲:《文坛徜徉录》,人民文学出版社,1984年,第183页。
⑤ 阎纲:《小说论集》,湖南人民出版社,1982年,第240页。
⑥ 阎纲:《文学八年》,花山文艺出版社,1987年,第280页。

学是在清除极'左'的血污中开拓自己的道路的，它首先要赢得生存与发展的权利，它需要不带学院气的犀利的'时文'。"[1]白烨对阎纲的评价亦如此："他引人注目的是：仗义执言，不避锋芒，义愤中深含识见；实话实说，不落俗套，平朴中自有文采。他把真情与诗意揉成一体，带来了一股清新引人的文评新风。"[2]就连阎纲自己总结对文学评论的要求时也认为："唯八股之务去，行文体之改革，引诗意和真情入文，推倒呆滞生硬的评论之墙。"[3]这都是其文学评论富有活力与诗意的原因所在。我们可以看出，新时期之初，倘若没有阎纲这些激情且富有战斗性的文学评论的挖掘与阐释，很多优秀的文学作品可能会被埋没。

作为新时期文学的"在场者"，阎纲不仅对具体的文学作品进行关注与评介，还特别善于总结新时期之初文学的鲜活特征，梳理新时期文学的基本经验与不足。这主要体现在《中篇小说的兴起》《长篇小说印象》《日趋繁荣的短篇小说——给一位短篇小说作者的复信》《姹紫嫣红又一年——一九八〇年的中篇小说》《文学八年》《文学十年》等重磅文章中。在文章《长篇小说印象》中，阎纲看到进入新时期长篇小说落后的现状，指出要总结经验教训，长篇小说缺少的是塑造"艺术典型的社会新人形象"，并且"要创造人物典型，首先要把人当成人"[4]。这为新时期长篇小说创作指明了方向。作为中国当代文学研究会副会长，阎纲在中国当代文学研究会第四次学术讨论会作题为《文学八年》的发言，用发展的、整体的文学观将1976—1984年八年以来的文学演变概括为从"解放文学"向"改革文学"的过渡，根据新时期八年以来文学发展的经验，提出：

---

[1] 刘再复：《时代，呼唤着阎纲式的批评家——〈文学八年〉序》，见《文学八年》，花山文艺出版社，1987年，第3页。
[2] 白烨：《有胆有识 有声有色——评阎纲的文学批评》，见《文学警钟为何而鸣》，作家出版社，2012年，第5页。
[3] 阎纲：《文学八年》，花山文艺出版社，1987年，第556页。
[4] 同上，第135—136页。

"文学地写，艺术地写，写出真实的现实，不论用什么手法。"[1]其后，在1986年"中国新时期文学十年学术讨论会"的发言《文学十年》中，阎纲也是立足全局，用发展的眼光观察文坛，把1976—1986年十年以来的文学概括为"思想深度和历史内容""文学观念的恢复与扩大""创作方法的革新"三方面"横竖三条线，相互交错"的文学图景，指出新时期文学："思想深度和历史内容"的深化是从"回归到现实主义特性，增强人民性"到"人道主义的涌起"再到"人道主义的延续"下"自觉的现代文明意识。"[2]这种人道主义便是尊重主体性，尊重主体的创造性，是启蒙现代性的主体性。因为"文学主体性话语突出体现了启蒙主义关于普遍主体与自由解放的信念与理想，'主体性''人的自由与解放''人道主义'几乎是当时的相关文章中出现最多的术语，且这三者之间有明显的关联性（主体性表现为人的自由创造性，而人道主义则是对人的自由创造精神的肯定）"[3]。这个声音契合了80年代中后期所倡导的"主体性""人道主义"的文学潮流。

总之，作为新时期文学的"在场者"，阎纲积极介入当代文学现场，敢于为有争议的作品发声，为新生的文学现象保驾护航、开辟道路，展现了作为"在场"的评论家对新时期文学发展的责任与担当。

二、重视评论队伍建设

作为评论家的阎纲，十分关注新时期文学评论地位与发展，重视新时期评论队伍建设。1980年12月，在中国当代文学研究会第二次学术讨论会上，阎纲作题为《文学四年》的报告。在此报告中，阎纲深感文学评论地位低下的境况，为文学评论现状鸣不平："一般文学评论者地位不

---

[1] 阎纲：《文学八年》，花山文艺出版社，1987年，第530—543页。
[2] 阎纲：《文学警钟为何而鸣》，作家出版社，2012年，第209—210页。
[3] 陶东风：《"主体性"》，载《南方文坛》1998年第2期。

高，文学编辑地位更低，我自己既是编辑又搞评论，算是'引车卖浆者流'吧！正由于此，我讲话顾虑不多，有勇气为小说评论和小说编辑鸣不平。""我们不是无所事事，而是做了大量有益的事情，不能自馁……我们只有深入研究小说创作的现状，才能有力地推动小说创作的发展。"①

之后，在1984年12月29日召开的中国作协第四次会员代表大会上，阎纲更是进一步呼吁要有"创作自由"与"评论自由"。他提出："要改变评论落后的状态，必须实行改革，必须有评论自由的保证。""要产生科学的、说理的评论，要产生充满自信、激情、壮志和豪情的评论，要产生富有个性的评论，要产生大评论家和评论大才，其思维必须进入自由状态，必须有百家争鸣和政治民主的保证。"②阎纲强烈呼吁提高文学评论地位，呼吁进入新时期要有科学、说理、自信、激情、个性的评论。阎纲在评论界早早提出"个性的评论"，他虽未形成专门关于评论"个性"的系统论述，但已发出评论要有"个性"与"自由"的呼声，这非常具有先见之明。事实上，文学评论与文学创作是相辅相成的，两者绝不是背向发展；文学创作要繁荣与发展，文学评论也要跟上时代的脚步。正如刘再复所言："构成新时期文学思潮的，应当包括文学创作和文学评论，如果承认这一点，那么，一群冲锋陷阵的评论家，就是伟大的文学新潮的一部分。在这一评论家群中，阎纲是杰出的，他的呐喊并不白费，他和他的战友们的呐喊无疑是新时期文学发展的文化动力之一。"③正是由于阎纲等一批评论家们的努力，新时期文学评论事业才会披荆斩棘，迈向新的征程。

在关注文学评论地位与发展境况的同时，阎纲还合作主编"中国当代文学评论丛书"，为老一代评论家们出版评论选集。与此同时，他还促成了新时期全国第一家文学评论选刊《评论选刊》的诞生，助力青年评论家

---

① 阎纲：《文坛徜徉录》，人民文学出版社，1984年，第538—540页。
② 阎纲：《文学八年》，花山文艺出版社，1987年，第511—512页。
③ 刘再复：《时代，呼唤着阎纲式的批评家——〈文学八年〉序》，见《文学八年》，花山文艺出版社，1987年，第3页。

的成长。

　　1982年，阎纲与冯牧、刘锡诚合作主编"中国当代文学评论丛书"，出版了陈荒煤、胡采、冯牧、洁泯、朱寨、王春元、李元洛、谢冕、陈辽、张炯、缪俊杰、王愚等十多位老评论家自选集。在这套丛书的序言中，阎纲提到出版这套丛书的目的："是为了总结当代文学评论的经验，扩大当代文学评论的队伍，提高当代文学评论的质量，促进当代文学创作的发展。"并谈道："文学评论和文学创作，是文学事业的双翼。文学评论与文学创作相互借重。"[①]这套丛书之所以选取很多有分量的老一辈评论家的选集出版，就是为新时期文学评论发展铺路。这套丛书出版以后，受到文学界的广泛赞誉。

　　除此之外，1984年阎纲促成了《评论选刊》的诞生，并担任这本刊物的主编。在《评论选刊》创刊之时，阎纲便在发刊词中称："近年来评论家们，特别是中、青年评论家，研究的范围越来越广阔，专题的开掘越来越深入。他们从创作论、作家论、文学史和批评史的撰写，到国内外评论信息的交流、文学评论方法的革新，都显示出实绩和潜力。文学评论的状况比任何时候都好。"[②]《评论选刊》成为广大文学评论家们争鸣的平台，也成了新的评论力量一展才能的舞台。当下许多著名的评论家，如李敬泽、王晓明、白烨、张志忠、南帆、黄子平等，当年都是《评论选刊》遴选出的坚锐力量。《评论选刊》对中、青年评论家的扶持，使得新时期文学评论队伍不断壮大。在创立《评论选刊》时，阎纲还考虑了一个刺激文学评论事业发展的方法，这便是设立评论奖项。尽管在新时期的80年代已经有了表彰文学创作的"茅盾文学奖""全国优秀短篇小说奖""全国优秀中篇小说奖"等全国性文学大奖，但为文学评论家颁奖却很少见。阎纲在《评论选刊》的发刊词中提议："《评论选刊》呼吁为当代文学评论举办全国性的评奖，或对优秀论文、著作和优秀评论家颁发国家

---

① 阎纲：《阎纲短评集》，华岳文艺出版社，1990年，第253页。
② 同上，第376—377页。

奖。""《评论选刊》愿为这一评奖的实现尽其绵薄。"[1]虽然这一愿望当时没有得以实现，但在《评论选刊》的呼吁之下，中国当代文学研究会率先设立中国当代文学研究优秀成果表彰奖，取得了广泛的影响，激励着广大评论家的热情，促进了新时期文学评论事业的良性发展。

1985年秋，阎纲借调河北省文联，在《评论选刊》与《文论报》上组织和转载了几场争论（论争），其中便有引发激烈讨论的刘再复的"性格二重组合原理"。这些争论（论争）活动，无疑激发了文坛的批评活力。

由此可见，作为新时期文学的"在场者"，阎纲用充满激情的工作方式，为文学评论家队伍的壮大、为文学评论事业的繁荣作出了重要贡献。

三、"塑形"新时期陕西文学

作为从陕西走出去的陕籍文学评论家，阎纲与当代陕西文学可谓渊源深厚。早在20世纪60年代，阎纲便与柳青有所接触，几次探望柳青。从1960年夏天第三次文代会上阎纲与柳青的直接接触，到1978年最后一次在北京病房探望柳青，阎纲与柳青在一次次交往中逐渐熟知。1981年，阎纲出版《〈创业史〉与小说艺术》的研究专著，就是对这位故去的陕西文学精神导师的致敬。

进入新时期，阎纲在关注全国文坛的同时，对陕西文学特别关注。尤其是1983年，阎纲应《宝鸡文学》之约，因有感于陕西新时期文学处于闭塞与落后的状态，撰写了《走出潼关去》一文。阎纲在文中指出："尽管潼关的无形的城墙那么厚，城门关得那么紧。太厚，太紧，污浊的空气进不来，新鲜的空气也进不来。我们的文学天地太小，我们的艺术眼界不宽。"阎纲是陕西老乡，自然"不加掩饰地流露对自己乡土艺术的偏爱"，但他也指出陕西文学短板在于"诚实无欺但伤于太实，出于泥土却失之太土"。在艺术选择上，阎纲希望陕西作家"在'洋为中用，古为今

---

[1] 阎纲：《阎纲短评集》，华岳文艺出版社，1990年，第376页。

用'的方针下选择自己的艺术道路"[①]。阎纲号召陕西作家学习已故著名作家柳青先生敢于吃苦、献身艺术、耐得住寂寞的精神。这一文章喊出了陕西作家要"走出潼关、走出陕西"的口号,指出了当时陕西文学创作的短板,极大地激励了陕西文学的发展。这篇文章爱心切切,直到现在仍振聋发聩。

曾任鲁迅文学院常务副院长的著名作家白描回忆,在阎纲喊出"走出潼关去"的口号后,陕西作家们开始以行动反思自己,正视创作。这一口号喊出后最具有标志性的一次活动,便是1985年秋召开的"陕西长篇小说促进会"。这一活动促成了"路遥投身《平凡的世界》的创作,贾平凹开始写作《浮躁》,京夫动笔《八里情仇》,程海酝酿《热爱生命》,邹志安写作《多情最数男人》",而白描也开始了《苍凉青春》的写作。陈忠实在1985年冬天"在写作《蓝袍先生》过程中,突然勾起对白鹿原早年生活的记忆,写作《白鹿原》的念头瞬间而起"[②]。可以这样说,正是阎纲喊出的"走出潼关去"的这声秦腔,点醒了陕西作家,也激发了他们的斗志。从此,陕军开始东征,"文学陕军"的品牌叫响全国。

阎纲与新时期以来多位陕西重要作家交往甚密,不遗余力地关注、鼓励他们的创作。阎纲对路遥的关注主要在80年代,且主要集中在关于《人生》的探讨方面。《人生》发表之前的1981年10月,阎纲受《文艺报》之命回到西安,与陕西作家进行了一场"农村题材创作"的讨论会。在这次讨论会上,路遥提出农村与城镇"交叉地带"的概念。《人生》发表后的1982年8月17日,阎纲给路遥写信探讨文学创作问题,称路遥是"陕西年轻作家的形象"。阎纲论及高加林的形象时称:"既像保尔·柯察金,又像于连·索黑尔,是具有自觉和盲动、英雄和懦夫、强者和弱者的两重性的人物形象。"他断定《人生》是"一部建设四化的新时期,在农村和城市

---

① 阎纲:《阎纲短评集》,华岳文艺出版社,1990年,第283—287页。
② 白描:《"在场"的阎纲》,载《文艺报》2022年8月15日。

交叉地带,为青年人探讨'人生'道路的作品"[1]。阎纲对《人生》的判断概括是准确而深刻的,这些话语后来均成为解读《人生》的重要观点。

  阎纲与陈忠实的交往始于1976年。因《机电局长的一天》事件,《人民文学》杂志需要重新组稿,作为编辑的阎纲前往西安,曾向陈忠实约稿。但阎纲对陈忠实创作的实际关注,主要集中在90年代。1993年《白鹿原》出版后,阎纲在同年中国社会科学院举办的长篇小说新作讨论会上,称《白鹿原》"是个里程碑!"[2]随后阎纲将发言撰写成《〈白鹿原〉的征服》,称这部作品:"它既是心灵史,又是社会史。""《白鹿原》的诗魂在精神,在发掘,发现我们民族几千年来生生不息生命的精神、赖以存在的精神,使得本民族其所以不被击倒、被消灭,而延续数千年直到今天的'民族精神'。"这种在《白鹿原》中体现的民族精神,被阎纲概括为"生存、处世、治家、律己和自强不息"[3]。阎纲对《白鹿原》的相关论述,是准确而具有深度的,对《白鹿原》精神内核的论断,仍启迪着广大读者与评论者。事实上,《白鹿原》魔幻兼具历史与现实的创作方式,也正应验了阎纲当年要陕西作家"洋为中用,古为今用"的创作忠告。

  阎纲对贾平凹关注得较早,是在贾平凹《满月儿》发表之时。贾平凹《满月儿》发表后,"阎纲撰文称贾平凹是真'作家','关中才子'","平凹语言了得,诗意的白话入耳入脑","他的想象力上天入地,他的思想奇特,是禅,你猜不准的"。[4]之后,阎纲在1980年撰写的《贾平凹和他的短篇小说》一文中称贾平凹的可贵之处在于:"逐渐形成自己的风格,尽管他仍在孜孜不倦地继承和借鉴。"阎纲鼓励年轻的贾平凹:"希望他更上一层楼,向生活的深度和广度进军。"[5]1984年7月中旬,在陕西人民出版社组织的贾平凹作品讨论会上,"阎纲则一口断定贾

---

[1] 阎纲:《阎纲短评集》,华岳文艺出版社,1990年,第244—247页。
[2] 阎纲:《与陈忠实对话〈白鹿原〉》,载《文学自由谈》2017年第5期。
[3] 阎纲:《〈白鹿原〉的征服》,载《小说评论》1993年第5期。
[4] 魏锋:《贾平凹与阎纲》,载《陕西工人报》2022年8月23日。
[5] 阎纲:《阎纲短评集》,华岳文艺出版社,1990年,第73—74页。

平凹是'关中才子',他惊叹他文学作品的独特和丰富,他祝愿这位才子型作家更攀高峰,说他的作品今后应该朝'博大'方面推进,应该建树起'大家'的风度"[1]。

阎纲对贾平凹的真切关注,对其后来的创作有莫大的帮助。即使在1993年贾平凹的《废都》引起极大争议的时候,阎纲还是力挺贾平凹,称《废都》为才子书:"废都,才子书,对荒诞世相的再现见怪不怪,对丑恶灵魂的曝光煞是无情,给异化为宿命论的文人骚客画像造型,给新时期新犬儒主义者唱挽歌,敢于耻笑如此类群不过一个大'废'。"阎纲从文学史角度敏锐地注意到:"《废都》的出现是文学坚守社会化同时趋于平民化、私密化的一个转折,是文学多元竞放的又一标志。"阎纲在肯定与鼓励的同时,也客观地评价《废都》"愤世嫉俗,婉曲多致,但堕'恶趣',性描写空前露骨,妇女读者多有折辱之感"[2]。阎纲对《废都》的评论一语中的,切中要害。阎纲对贾平凹这位"大作家小弟弟"的关注与诚恳批评,激励着贾平凹的创作不断进步,使得他在当代文坛独树一帜,终成大家。

新时期以来,阎纲还把目光投注在陕西其他有代表性的作家身上。如评论刘成章的散文时称:"它是无韵之信天游。""它是散文诗,是黄土诗魂的风味散文。"[3]评论作家程海的小说《热爱命运》时称:"意识的流动愈加自由,象征意味益渐强化,甚至到达出神入化的境地,却一步也不离开生活具象的尽管貌似随意的素描。"[4]从这些评论中可以看出,阎纲对新时期陕西作家与作品关注的深度与广度,以及倾注的特别情感。当然,阎纲还对李星、莫伸、和谷、邹志安、王蓬、高建群、王海等人的评论与创作,都给予了极大的鼓励。

---

[1] 孙见喜:《鬼才贾平凹·第一部》,北岳文艺出版社,1994年,第248页。
[2] 阎纲:《文学警钟为何而鸣》,作家出版社,2012年,第260—261页。
[3] 阎纲:《余在古园》,河北教育出版社,1998年,第198—205页。
[4] 阎纲等:《程海小说十人谈》,载《小说评论》1991年第6期。

阎纲对新时期陕西文学所起的作用，真可谓功莫大焉。贾平凹言："他爱文学，更爱文学人才；爱家乡，爱家乡的面食，爱家乡的秦腔，可以说，阎老师对我的创作给予了重要的帮助，对我的成长影响非常大，也是终生的良师益友。"[1]也诚如白描所言："如果说柳青是文学陕军的精神导师，阎纲则可以看作是文学陕军的塑形师。"[2]贾平凹与白描的声音，也可以视为陕西新时期以来许多作家的共同心声。

结　语

文学评论工作，是新时代文学的重要力量。对于新时代评论工作而言，阎纲的"评论人生"无疑具有重要的启示性意义。它启示我们的文学评论者，要俯下身子，成为新时代文学的"在场者"，既要敢于呼应时代，为书写时代气象的优秀文学作品发声与护航，又要善于引导文学风尚，为中华民族伟大复兴贡献出文学评论的力量。

原载《南方文坛》2023年第1期

（本文系与夏华阳合作）

---

[1] 魏锋：《贾平凹与阎纲》，载《陕西工人报》2022年8月23日。
[2] 白描：《"在场"的阎纲》，载《文艺报》2022年8月15日。

后 记

花了近一个月时间，才编就这本文学批评文集。按照"当代陕西文学评论文丛"的约稿规定，我在自己近三十年来刊发的文学批评文章中精选出这样几类文章：对当代散文创作现象的观察文章；对陕西作家的研究与批评文章；对我国当代已故著名作家路遥的研究与批评文章。某种意义上，这个言说范围是"自己的园地"（周作人语），属于自己的优势阵地，故取名为《批评：空间与言说》，其目的是强调批评的主体属性。

我是位大学写作教师，因为要承担高校基础写作教学，要从事文学研究，业余还要兼顾文学创作，这样我的身份势必会在学者、作家与批评者之间游移。我对自己的身份发生质疑，是因一件事情引起的。2008年12月，陕西省召开"陕西青年作家创作会议"。会议的设置是这样的：针对十位青年作家进行"二对一"帮扶式研讨——即一位著名作家、一位文学批评家帮助一位在国内崭露头角的青年作家。我有幸成为十位受邀的"文学批评家"之一出席了会议，并作了会议发言。我是"文学批评家"？连我都对自己的身份产生了质疑。我到底是什么人，难道真是一个身份游移不定的人？……

其实，我的第一身份是文学写作者。20世纪80年代，我曾是位狂热的文学青年，有过自己炽烈的文学梦想，也曾在《当代》《延河》等文学刊物发表过小说、散文。1990年进入延安大学任教后，我又被改造成一名中规中矩的普通教师，现在虽说忝列于二级教授之中，但以传道、授业、解感为业而已。由于职业与生存的需求，我的写作重点也一再发生位移，由文学创作为主转入文学研究、文学批评了。掐指一算，我由当年迷恋文学到现在已经近四十年了，我也由当年一位心志甚高的文学青年，被岁月打磨成一位快到花甲之年的"准老年人"了。这些年来，我虽然像蜗牛一样负重前行，走得艰难，但我对文学的痴心不改，我心中的激情尚在。

  由于身份的独特性，我的文学发言始终与自己的爱好相统一。我从当代散文研究出发，走到延安文艺研究的深处，再进而形成自己路遥研究的学术与批评优势。与此同时，我仍坚持业余文学创作。我的历史文化散文《漫步秦直道》入选人教社2000年版全日制普通高级中学语文教材《语文读本》第一册；散文《"我的延川老乡"——关于北京知青的记忆》入选2013年第14期《新华文摘》；其他多篇散文也入选多种散文选本。我还出版过《走过陕北》《陕北味 故乡情》《心灵的边际》《行走的风景》等散文集。就我个人而言，我是长期坚持文学研究与文学创作的受益者，形象思维与逻辑思维得到有效互补。我有问题意识时就撰写文学研究与批评文章，有闲情逸致时就创作抒情散文，经常在这两种笔端之间进行自如切换。

  我记得，在1989年11月，路遥给我担任社长的"九月枫"文学社题词："有耕种，就有收获；即使没有收获，也不为此而终生遗憾。"这句朴素的话语，直到现在我仍然受益。

  感谢陕西省作家协会，感谢当代陕西文学评论文丛编委会，是信任与鼓励让我有胆量编就这本《批评：空间与言说》。这本文论集算是我耕耘几十年的成果汇报，尽管果实不是很饱满，但我还是想呈献给亲爱的读者朋友审视与评判。

梁向阳
2023年1月26日于一步斋